民国文学史论 第二辑

李 怡 张中良 主编

国家出版基金项目
NATIONAL PUBLICATION FOUNDATION

诗歌教育
与中国现代新诗的发展

李俊杰 著

南方出版传媒
花城出版社
中国·广州

图书在版编目（ＣＩＰ）数据

诗歌教育与中国现代新诗的发展 / 李俊杰著. -- 广
州 ： 花城出版社，2019.6
（民国文学史论 / 李怡，张中良主编. 第二辑）
ISBN 978-7-5360-8830-6

Ⅰ．①诗… Ⅱ．①李… Ⅲ．①新诗－诗歌研究－中国
Ⅳ．①I207.25

中国版本图书馆CIP数据核字(2018)第298091号

出 版 人：肖延兵
专业审读：罗执廷
特邀编辑：张灵舒
策划编辑：张 瑛
责任编辑：张 瑛
技术编辑：凌春梅
装帧设计：杨亚丽　贡日亮

书　　名　诗歌教育与中国现代新诗的发展
　　　　　SHIGE JIAOYU YU ZHONGGUO XIANDAI XINSHI DE FAZHAN
出版发行　花城出版社
　　　　　（广州市环市东路水荫路 11 号）
经　　销　全国新华书店
印　　刷　佛山市浩文彩色印刷有限公司
　　　　　（广东省佛山市南海区狮山科技工业园 A 区）
开　　本　787 毫米×1092 毫米　16 开
印　　张　12.25　1 插页
字　　数　220,000 字
版　　次　2019 年 6 月第 1 版　2019 年 6 月第 1 次印刷
定　　价　49.00 元

如发现印装质量问题，请直接与印刷厂联系调换。
购书热线：020 - 37604658　37602954
花城出版社网站：http://www.fcph.com.cn

总序一：文学研究与历史意识

李怡

在相对平静的中国现代文学研究领域，最近几年出现的"民国文学"研究的设想似乎是值得注意的动向，面对这样一种动向，有人认为是打破某种学术停滞的契机，但也有人提出了自己的质疑，表达了自己的担忧，但无论如何，有关民国的话题已经成为我们无法绕开的存在，即使质疑，也有必要理解它生成的理由。

在我看来，借助"民国社会历史"这一视角研究中国现代文学，最重要的其实并不是提出了"民国"这一概念，更大的价值是它提示我们，文学的研究必须回到历史的语境之中。既然中国史已经可以清晰地划分为古代史与近现代史，又有什么必要独立出一个"民国史"呢？这当然是为了进一步关注和描述民国特有的社会、政治与文化情态。一般说来，古代、近现代，这都是世界通行的普泛性概念，这些概念的意义在于昭示了一种共同的人类历史进程，其意义自不待言。但是普泛性的概括并不能代替各个国家和民族的具体遭遇和问题，共同的历史进程之中，依然掺杂千差万别的"民族史""区域史"，特别是像中国这样的独特的东方"现代"国家，许多历史的细节都不是西方话语体系的"近现代"所能够涵盖的，中国的"现代"就集中发展于"民国"，所以研讨"民国"也就是真正落实中国的"现代"历史是什么。近些年来，民国史研究是中国史学界取得显著成果的一个领域，可以说，在尊重、回到历史的取向上，历史学家已经走在了学术的前列。中国现代文学研究开始重视"民国"历史种种，从根本上讲就是得益于历史学界的启示。

因为这样的启示，我们的文学研究也才开始摆脱了"理论的焦虑"，在新的领域找到了自我充实的可能。中国现代文学研究其实一直存在着某种理论的焦虑症。先是有中国式的马克思主义理论"武装头脑"，继而又用西方的各种文学理论来框架我们的现象，到头来发现它们都难以准确描述现象的丰富和复杂，这才出现了几乎是众口一词的"回到历史现场"、体察具体历史情境之类的倡议。

当然，所谓"回到历史现场"也并不是一件那么容易的事情，它关乎我们对待历史的态度，也牵涉我们自己的思维能力，并且在某种意义上也不应当成为"非理论""去理论"的简单借口，在更深的地方，"理论"依然有其不可替代的价值，并且将可能恰到好处地推进我们的认知。"回到现场"不是绝圣弃智，不是排斥理论思维能力，而是让我们的理性的能力更妥当地敞开事实呈现的广阔空间，或者说理性思辨的节奏和方向与丰富的历史事实两厢贴合。自然，这样的历史考察就不是那么容易的，至少不是我们表述学术态度时那么容易。文学研究最终依靠的不是一种"表态"而是更为深邃的能够破解精神秘密的"意识"，这就是我们所谓的"历史意识"。历史意识是在尊重历史现象中产生的，但又不是对历史现象的乱七八糟的堆砌，其中深含着我们自身思维能力的发展和成熟，所以，"回到历史现场"不会是一次性完成的，也不会只有哪一家的"现场"，它同样值得讨论、辨别、清理和驳诘。

这样，我们的"民国文学史论"就有了第二辑，也许还会有第三辑。连续性的发展表达的是不同认知的结果，重要的在于，随着我们对"民国"特定历史的逐步"返回"，我们对于文学的理解也逐步加深了，观点也日益丰富了。

感谢那些多年来一直关心我们研究的同行、朋友和广大的读者，我们都在不断充实着自己，在越来越深入的历史考察中解读现代的中国，在越来越广阔的视野中丰富我们的思想意识。当然，也要感谢花城出版社，这些有理想有坚守的优秀编辑，没有你们的策划、督促和鞭策，也绝不会有这连续数年的学术工程。

2018 年 8 月于成都江安花园

总序二：还原民国文学史

张中良

不止一次听到质疑：既然中国现代文学史的概念早已获得公认，20 世纪中国文学史的概念也逐渐为人们所接受，为什么还要另起炉灶提出民国文学史？

尽管存在着质疑，而且对民国文学史的理解也不尽相同，但这个概念总算引起了人们的注意，这就扩大了探讨的空间。

民国文学史的概念，1994 年见之于一套"中国全史"时，只是参照历代文学史的分法，标志着一个时段，并没有涉及多少民国赋予文学的意义。现在，仍有学者持同样的理解。2006 年，秦弓提出"从民国史视角看现代文学"，意在把现代文学还原到民国史的历史语境中去重新审视。2009 年，李怡阐述现代文学的"民国机制"，将问题的讨论向前推进了一步。几年来，民国文学乃至民国文学史的概念逐渐凸显出来，中国现代文学研究会、北京师范大学文学院等举办的学术会议都曾就民国文学问题展开过讨论，《文学评论》《中国现代文学研究丛刊》《学术月刊》《文艺争鸣》《广东社会科学》《湖南社会科学》《厦门大学学报》《湖南大学学报》《郑州大学学报》《重庆师范大学学报》《衡阳师范学院学报》《金陵科技学院学报》《兰州学刊》《当代文坛》《江汉学术》等刊物发表相关论文。从讨论来看，民国文学史确有新民主主义文学史、现代文学史、20世纪文学史所不能表征的独特而丰富的意涵，既然如此，"民国文学史"的梳理、叙述与阐释又有何不可？

在相当长的时期，民国是一个禁忌。人们每每把民国简化为一个败亡的政府，如果作为一个历史时期来表述的话，通常是"解放前""旧社会"。一个简单的逻辑就是：政府如果不腐败，怎么会被推翻？旧社会如果不黑暗，怎么会结束？在这样的背景下，有谁还敢"冒天下之大不韪"去探讨民国问题呢？

然而，问题在于：民国在推翻了清朝政权、结束了两千余年的封建帝制的基础上建成，是辛亥革命的胜利成果，而非历史的耻辱；民国作为亚洲第一个共和国，曾经寄托了中华民族走向现代化的希望；民国是一个国家实体，而国家从来就不等同于政府，民国有多种势力对峙、冲突、交错、并存的政治，有虽然地区之间并不平衡，但毕竟曾经几度繁荣的经济，有由弱到强的外交，有终于赶走侵略者的抗日战争胜利，有大踏步发展的新式教育，有束缚与自由交织的新闻出版，有丰富多彩的文学艺术，等等，怎么能够因为民国政府的最后败亡而抹杀民国的一切？民国是一个历史过程，从诞生到成长再到衰败，怎么可以由其结局否定此前的所有历史？

即使为了总结历史经验教训，也不能无视民国的存在。中国向来有后世修史的传统，1956 年，国家制定十二年科学发展规划时，中华民国史研究被列入其中，然而，1957 年的"反右"使规划搁浅，在接下来阶级斗争之弦越绷越紧的政治形势下，民国史研究没有人敢于问津。关于民国时期政治史、经济史、口述史等资料经过整理面世一批，但没有一种以"民国"冠名。1971 年 9 月 13 日三叉戟折戟温都尔汗之后，"文革"狂潮呈现衰势。1972 年，周恩来总理再次号召编写中华民国史，中国科学院近代史研究所成立了中华民国史研究室，开始启动研究与编写工作。但在"文革"后期，学术研究步履维艰。直到改革开放以来，才恢复了实事求是的优良传统，民国史研究逐渐步入正轨。[①] 史料的发

---

① 参照张宪文等：《中华民国史》第 1 卷，南京：南京大学出版社，2005 年，"导论"，第 2—5 页。

掘、整理与出版，敏感问题的探索，均有可喜的成绩。在此基础上，张宪文等著《中华民国史》（4卷本）、李新担任总编的《中华民国史》（12卷本）① 等代表性成果先后问世，引领读者走近民国史的真实。

比较而言，中国现代文学研究在民国文学的历史还原方面要落伍很远。人们已经习惯于在原来的思维框架中思考问题，怯于拓展新的学术视野。直到今天，还有人担心研究民国文学会不会有什么风险？历史已经走到 21 世纪，多少惨痛的教训才换来了新时期以来的改革开放，走回头路的可能固然并没有完全杜绝，但我们应该相信社会的进步、民族的良知、人民的觉醒，如果有谁再敢倒行逆施，很难得逞。民国文学史研究的指归，小则是要呈现真实的民国文学史风貌，丰富人们的历史认知，大则是要普及实事求是的历史主义精神，保障社会稳步前进。

以新民主主义观点、现代性或 20 世纪眼光来梳理与阐释文学史，自然各有所长，但是民国文学在民国的背景下诞生、成长，打上了深刻的民国烙印，表现了独特的民国风貌，而从 20 世纪 50 年代以来的学术史来看，从迄今出版的近 600 种现代文学史著作来看，回避民国文学概念，便无法揭示文学的民国基因，因而，很难准确地画出这一历史时期的中国文学全图，无法解释文学发展的复杂动因，也无法理解民国文学的多元内涵与艺术个性。

民国政治自始至终是一种多元化的政治。北洋政府时期，南北对峙自不必说，北洋政府内部派系林立，你方唱罢我登场，客观上给新文学提供了一个相当宽松的发展空间。1927 年 4 月 18 日南京国民政府成立，到 1937 年卢沟桥事变，这期间不仅存在着尖锐的国共冲突，而且两党之外还有活跃的自由主义阵营、根基深广的民主主

---

① 李新总编：《中华民国史》（12 卷 16 册），北京：中华书局，2011 年。

义力量，国民党内部也有各种错综复杂的派系。全面抗战爆发之后，各派政治力量团结在民族统一战线的旗帜下共同抗日，但又各自保留着相对独立的空间，不仅有陕甘宁边区、新辟的敌后根据地与广义的国统区之别，而且在国统区内部，也有桂、粤、滇、晋等具有一定独立性的区域。这种多元化的政治是民国文学形成多样形态的重要原因。民国的法律，有其自身的缺陷，也存在着法律层面与实践层面的巨大反差，但作家的生活与创作还是有一定的法律保障。若不然，鲁迅怎么能够在对教育总长的诉讼中胜诉、恢复了被免去的教育部金事职务？在他成为左翼作家之后，怎么能够躲得了牢狱之灾，继续他的著译事业？在"白色恐怖"之外，还有广阔的空间，于是，才会有色彩斑斓的民国文学。民国时期，尽管确有政治压迫与文化管制，但民国文学却能在错杂的空间中得以发展，不仅内蕴丰盈复杂，而且审美风格也是千姿百态。

　　民国文学应是民国时期文学的总称，就文体而言，不仅有五四文学革命开创的新文学，也有传统形式的旧体诗词、戏曲、文言小说、文言散文，还有介乎二者之间的改良体；就政治倾向而言，不仅有官方属意甚深而命途蹇涩的三民主义文学，官方倡导且得到广泛呼应的民族主义文学，也有左翼倡导的革命文学、左翼文学，还有"五四"以来脉息不绝的自由主义文学、民主主义文学；就创作方法而言，不仅有现实主义，也有浪漫主义、古典主义，还有形形色色的现代主义，以及各种方法的杂糅重构；就审美格调而言，有《凤凰涅槃》式的豪迈弘放，也有《义勇军进行曲》式的慷慨悲壮，还有《再别康桥》式的缠绵悱恻；从喜剧风格来看，有鲁迅浙东式的冷隽幽默，也有李劼人式的麻辣川味，有老舍杂糅着京味儿与英国风的月色幽默，还有张天翼式的湖南辛辣讽刺；就城乡文明倾向来看，有新感觉派式的斑驳陆离的都市色彩，也有沈从文式粗犷与清新交织的湘西风光，还有赵树理最为典型、叙事偏于传统的乡土通俗，等等。气象万千的文学风景，无论是其内蕴，还是其形式，都在民国的历史进程中形成，都与民国的机制息息相关，因而民国文学研究不是单纯的外部研究，而且含有审美机理的内部研究。

民国文学史研究还是刚刚起步，要做的工作有许多。我与李怡教授曾经交流过，我们都认为，一部成熟的文学史著作应该有扎实的研究作基础，与其现在匆匆忙忙地"凑"一部民国文学史，毋宁脚踏实地地考察民国文学与民国政治、经济、法律、战争、外交、民族、宗教、文化、教育、艺术、新闻出版、自然环境及灾变诸多方面的关联，考察文学所表现的民国风貌，考察民国文化生态对文学风格的影响（或曰民国文学审美建构不同于前后时代的特色），然后再进行民国文学史的整合性的叙述与分析。我们不去奢望将来关于 20 世纪上半叶的文学史叙述仅由民国文学史来承担，那样既无必要，也不可能，大一统式的构想本来就是与学术自由相背离的。但我们相信，民国文学史的叙述必定会在中国文学史的总体框架中占有不可或缺的一席之地。

我们的构想与努力有幸得到花城出版社乃至上级管理部门的认同与支持，"民国文学史论"第一辑六卷列入"'十二五'国家重点图书出版规划项目"与"国家出版基金项目"，于 2014 年出版，并在"国家出版基金项目"2015 年绩效考评中获得"优秀项目"。丛书问世以来，有学者在海内外发表评论，予以积极的肯定。这对我们来说，无疑是巨大的鼓舞。民国文学话题也遇到一些质疑，但探索并未中止，视野与深度反而不断拓展，曾经一度持有尖锐意见的学者也加入了推进民国文学研究的队伍，这正是我们所希冀的良性学术生态。花城出版社张瑛副编审在成功策划了"民国文学史论"丛书第一辑之后，又积极策划第二辑、第三辑。如果说第一辑主要是在观念与宏观方面打下基础的话，那么，第二辑则较多在语言、审美品格、文学教育、经典作家、形象和刊物等典型个案等方面做出新的拓展，第二辑的问世将会进一步丰富读者对民国文学的认识。第二辑 11 卷同样被列入国家出版基金项目，感激自在不言之中！这无疑也增强了我们将民国文学研究不断引向深入的信心。

2018 年 8 月 19 日修订于上海

|目　录|

第二编　教育对新诗发展的促进

第三编　个案研究与诗歌教育研究视角的延展

绪论　教育视域下的中国现代诗歌研究

引言

中国有悠久的"诗教"传统，由于晚清至民国时局的变化，思想革命由潜流而洪流，裹挟着经济、军事、政治等层面的簇新和文化、社会心理、学术方式等调整，这一传统随之遭遇了新变。20 世纪以来，在古典形态的传统社会中长期存在的"启蒙"话语和教育机制伴随剧变的政治格局、经济方式和文化革新而嬗变，重新考察诗歌教育与文学发展、人格养成及诗文化的再造之间的交互作用，探讨校园教育对新文化创作、传播及研究路径的更新，有其历史价值与现实意义。"诗教"作为传统意义上的人格、道德、审美、伦理等教化的一般形式，负载着复合型的历史与文化内涵。一方面传统意义上"思无邪"代表的道德教化、"多识鸟兽草木之名"说明的知识教化、"兴、观、群、怨"彰显的人格、审美、政治教化，另一方面，从后置的历史文化视角来看，尽管中国传统诗歌的审美理想、形式创设与现实功能在共时性层面的异同与历时性层面的发展，但就其本体在中国文化结构中起到的作用而言，中国传统诗歌与诗学有相对稳定的特性。现代中国以后，在新文化传播的过程中被重新组织与建构。新文化运动中，新诗迅速进入课本、课堂和教育机制之中，为传统意义上的诗歌教育带来了新变。相较于传统中国知识结构，文学语言形态的转换、文学教育的现代转型和心理结构的调整共同促使"诗教"传统不断嬗变。新的教育理念、教育方式、教育材料、教育对象和从教者的观念与方法，更新了"诗教"的传统，传统话语意义上的诗教"启蒙"也不断裂变，撑破其外延，扩充了更为丰富的现代内涵。从古代意义上的"诗教"发展到现代意义上的文学教育中的诗歌课程，不仅是在教学内容的改变，更是在文化形态发展变革之际的积极调整，在这之中，文学的生态与制度引发的文学理论、文学创作与文学教育相应的复杂变革值得我们深入探讨。

新世纪以来的中国现代文学研究，在召唤历史品格回归、重新探索现代文学阐释框架之中有了新的动向，强调文史对话，凸显文学现场的复杂和众声喧哗，成为一种值得关注的研究范式。在这一基础之上，注重史料的开掘与整理，关注具体的历史情态与现代文学之间发生的交互关系，呈现政治、经济、教育、法律等多方面的具体元素与特定时期文学发展之关系的研究，成为在探讨人文学科发展历史过程中不断被确立起来的崭新学术理路。本书的研究对象是新文化运动以来，20 世纪二三十年代中国新诗教育与中国诗歌文化发展的关系，通过史料还原，重述新诗教育与诗歌发展的轨迹，探讨教育对诗歌文化传播、影响与建构，并从中结构百年中国诗歌文化发展的逻辑，以期为融合文学生产、学术研究与文学教育三者的紧密关联提供学理性的历史经验与现实依据，这一阶段相对稳定，1937 年全面抗战爆发以后的新诗教育则需要另文专门研究。中国现代新诗已历经过百年时光的涤荡，"百年新诗"与 20 世纪历史文化发展之间的复杂关联依旧是值得重新审视的问题。新诗是开新文学风气之先的代表性文体，同时也是在持续的创作过程中不断构成与现实问题、思想命题与审美话题产生交互对话关系的文体，以往中国现代新诗研究侧重本体，通过新诗形式研究以说明问题，本文采取历史化研究策略，以诗歌教育为视角，探讨新诗发展问题，借历史情境打开视域，激活对新诗发展的新思考方式。

"新诗"与 20 世纪的社会历史文化的变迁之间存在一种张力关系，这不是简单意义上的同步发展，其中还包含着与 20 世纪社会历史文化之间张力性的冲突、对立、矛盾、悖谬、和合等复杂关系。异域文化的冲击、本土经验的融合和新诗自我意识地逐渐确立。通过新诗发展历程考察，我们可以发现，新诗的发生、成长，与校园这一文化空间密不可分，教育情境中诗歌的创作、批评、史著以及舆论，又深刻地影响了新诗的艺术探索。

从学术史角度来看，长期以来，新诗本体研究是搭建历史阐释框架的重要甚至是唯一的路径。20 世纪 80 年代以来，随着对新诗历史的研究趋于知识化、系统化，对诗人、诗潮、诗体、流派的深入细致考察以及对新诗的古典文化传统、诗歌语言、中西交流等方面的研究也逐渐成为新诗研究的主体部分。值得注意的是，20 世纪 90 年代以后中西诗歌研究方法的不断交融深化，新诗的内部研究视角也得以拓展，从审美阐释到语言、文化、影响研究等多角度的形式探索渐成新诗研究的不同面向，然而在这其中对于历史的描述逐步隐遁，以潜在的既定事实和逻辑框架代替对社会历史文化情形的描述与研究，以新诗本体演变涵盖实事性变迁，促使我们不断开拓被忽视的新诗研究"历史化"运作的广阔空间。新世纪以来，随着研究的进一步发展，中国现代新诗研究迈进了又一个崭新的阶段，那就是以历史的视角进行对新诗的再考察。我们发现，使用大量社会史、经济史、政治史、军事史、教育史细节证据来探讨宏观理论问题，避免过度阐释，成为一种务实、新颖且行之有效的学术路径。其中，李怡先生提倡的"民国机制"研究路径成为我们的普遍追求，召唤历史品格回归、重新探索现代文学阐释框架成为学术界的一种动向。在这一基础之上，近年以来，注重史料的开掘与整理，关注具体的历史情态与现代文学之间发生的交互关系，呈现政治、经济、教育、法律、军事等多方面的具体元素与特定时期文学发展之关系的研究，返观文学、重构观念，成为研究过程中的一种自觉，这里面的代表性著作包括《中国共产党的文化战略与延安时期的文学生产》《国民党文学思想研究》《民族国家概念与民国文学》《民国文学史料考论》《民国文学：概念解读与个案分析》《民国政治经济形态与文学》①等著作。本著遵循这一思路，以新诗发展的具体历史情态中"教育"为视角，研究 20 世纪二三十年代诗歌教育与中国现代新诗发展的关联。

新文学的发生、成长与成熟的过程，与文学教育密不可分。传统的"启蒙"话语和教育方式伴随 20 世纪初剧变的政治、经济和文化发生变革，本论著认为，"诗歌"的革新不仅参与其中，还与"教育"互动而产生重要作用。新文化运动以后，校园情境不仅为文学活动提供了传播空间，同时也是文学创作和研究的主体，诗歌教育是诗歌创作、消费和知识生产的媒介。

新诗作为白话文学的代表进入教科书后，借助教育的传播媒介扩大了新文化运动的影响，教育情境中的新诗创作、讲述、批评、和学术研究又开拓了新诗的艺术高度和理论主张，持续开拓艺术性探索和社会性意义。20 世纪二三十年代的校园既是教学和学术研究机构，也是社会运动、文学运动的中心，新诗不仅作为文学启蒙的方式在校园之中得以传播，校园诗人群体也通过新诗创作表达文化诉求，从而进一步拓宽了新诗本体艺术风貌和理论探索深度。

进行诗歌教育与新诗发展的研究，不仅能揭示诗歌作品在诗学内部层面发展逻辑的问题，还能建立起它与外部社会文化的关联，借此探讨促进诗歌艺术

---

① 参看李怡、张中良主编："民国文学史论"丛书（李怡等的《民国政治经济形态与文学》、张中良的《民族国家概念与民国文学》、张福贵的《民国文学：概念解读与个案分析》、陈福康的《民国文学史料考论》、姜飞的《国民党文学思想研究》、周维东的《中国共产党的文化战略与延安时期的文学生产》），广州：花城出版社，2014 年。

发展的多重因素。本文的诗歌教育不仅紧紧围绕狭义所指向的学校教育，也同时描述作为文化身份的从教者和学生群体、作为文化空间的校园文学情态以及具有更广泛的社会意义的诗歌教育讨论，通过诗歌教育的研究将促使新诗本体演变与历史视野的融合。

导言部分提出了要研究的问题，对该专著的突破和创新之处略加说明，并对诗歌教育的概念加以厘定。

第一章尝试探讨新文化运动背景下"教育"理想的出现与"新诗"的教育传播契机。通过分析思想启蒙理想与教育途径、教科书编写与新诗获得的文学机会讨论新诗如何与教育发生关联。对中国新诗史上的重要著作如《谈新诗》等提出教育史意义上的阐释和解读，挖掘新诗发展之于教育发展的内在关系，提出它为新诗进入教育领域创造了契机，为新诗的课堂讲述提供了范本，为学生群体参与公共文化讨论和启蒙思想的流布创设了空间，通过探讨初期白话诗的教育学意义，强调新诗教育与思想启蒙的合流。

第二章着力分析新诗创作研究与新文学教育的相互拓展，通过考察学生刊物，提出新诗进入教育领域不仅为学生提供创作的语言范本和思考的精神样本，而且学生创作的潮流也影响新诗批评观念的建构，以"小诗"的创作为例，探讨校园情境、诗坛、学术研究构成的新诗间的互动情推动了新诗发展，以不同教学情境和从教者的新诗讲述，分析新诗课堂阐释的开放性特征。

第三章聚焦于研究教育情境中诗歌艺术与理论的发展，将注意力集中于校园诗人群体的创作与批评，通过研究新诗创作的"代际互动"、教育需求中"解诗学"发生和新诗史写作研究，说明教育情境为新诗创作、批评和著史提供了文化空间。

第四章试图探索诗歌教育意义上的"新"与"旧"，新旧话语作为五四以来不断呈现的文化问题持续影响着中国文化的格局，在新诗层面，新旧话语呈现出因时而变体、新旧之对峙、对立与沟通、从形式到内容的持续探索。

第五章对具体诗教者的职业生涯、地方性历史文化中折射的教育诗歌变迁和超越时间的诗歌教育与诗人精神素养养成进行个案探讨。20 世纪上半叶，从事新文学及新诗的教育工作的知识分子，普遍拥有超越教育本身的丰富精彩的文学生涯，大多数从事诗歌教育的中国知识分子也几乎都拥有多重身份。在这多重身份的交织之中，在具体的社会生活的挤压之下，在不同历史境遇的摇摆中，他们所做出的文化判断、文学决定和秉承的文学理念、择取的文化观念，都因为个体经验的发展变化而不断自新。我们从个案角度去观察这些诗歌教育工作者，尝试理解20 世纪上半叶的文学教育在具体的教学实践中的调试、转向和发展。在这组侧面的集中展示中，可以从诗歌教育工作者的个体文化经验中获取 20 世纪诗歌教育发展的内在性因素，同时为新诗发展的理论和历史叙述逻辑形成，找到更为丰富的描述空间以突出其必要性。同时，时空中交错的复杂有具体历史文化情境，也可以"教育"视角来重审，以拓宽诗歌教育的研究视角的多层面和多维度。

一、问题的提出

1917 年 2 月胡适在《新青年》发表《白话诗八首》，标志着中国现代新诗进入文学传播的领域，从此对新诗这一文体的写作实践、理论批评和学术探索延绵至今。这一具有象征性的文本超越了"审美价值"的简单评定，直接进入"社会意义"的综合性考量范畴。由 1920 年新国语教科书《国语文类选》《白话文范》等相继出版，新诗也逐步进入中小学课堂，成为具有范本意义的学习对象。1936 年废名在北京大学的课堂上讲授新诗，讲稿经整理，多次出版，倘若我们把这份讲稿还原到原本属于它的教学情境"课堂"上去的话，那么废名在这门新诗课程中，说的第一句话是"要讲现代文艺，应该先讲新诗"①，这里的"讲"新诗，意味着"新诗"作为新文化运动以来诞生的一种文体，已可以通过课堂讲述，逐渐成为一门单独的课程，进入高校的教育系统之中了。同时，在教育传播过程中，新诗不再仅仅以一种创作的形态被学习或批判，而是一种可以用以谈论、叙述、传播、讲述的知识型结构。在废名的课堂里，它在"现代文艺"中，趋于首要的位置，换句话说，他认为新诗具有"现代文艺"的代表性特征，故需"先讲"。历史来看，"新诗"作为新文化运动的代表性文体从草创期的诞生与辨正中的发展，到作为一门可资讲述、并纳入知识生产体系的专门性文学体裁，"教育"在这其中扮演了重要的作用。新诗这一文体的最初探索，即带有强烈的进入教育机制的内在冲动性因素，胡适认为"中国的古文古字是不配做教育民众的利器的"②，在与梅光迪、任鸿隽的书信往来中，逐步生发出以诗歌革新的"尝试"去创造新文学、新思想和新

---

① 废名、朱英诞：《新诗讲稿》，陈均编订，北京：北京大学出版社，2008 年，第 24 页。

② 胡适《中国新文学运动小史》，原载《中国新文学大系·建设理论集》，上海：良友图书印刷公司，1935 年。转引自《胡适文集》（1），北京大学出版社，1998 年，第 111 页。

精神的主张，伴随新文化运动和"言文一致"的国语运动的兴起，新兴中学国语教科书中，首先出现的新文学作品和文学体裁的专门性研究文章，是关于新诗的。大体而言，中国现代新诗诗人的群体、诗潮流派、诗学主张等不断地层见叠出，都与"教育"的基本目标、"校园"的文化空间、"学术"探索与诗歌创作的互动之间有密切联系。

教育可以视作使新文化运动以来的文化主张和文学理念得以传播和实现的主要途径之一。新文学运动以来，各种新鲜的创作、观念、知识和历史描述方式，深刻地影响了中学和大学的教育；由师生构成的学校这一文化空间，又为新文学发展提供了读者与作者，其教学情境、文学社团和刊物以及知识传播的系统的建设等，也为新文学注入了源源不断的动力。在1940年，已有十余年高校文学教学经验的沈从文谈到一个观点，就是"文运"与"大学"的密切关系，他认为，文学发展一旦脱离教育，就会"萎靡、堕落、无生气"，"学校"教育一旦与文学发展相分离，就必然会"保守、退化、无生气、无朝气"①，这种理解是投身新文学创作和教学实践的知识分子最具有典型性的认识。教育长久以来就是作为小共同体的家庭与大共同体的社会之间关联的纽带，是社会生活、政治活动、精神生活的核心，诗歌是人类精神生活最为集中的展示。将新诗发展纳入教育情境中进行探索，是具有普遍的认识基础和共识的。

教育和新文学的互动关系中，新诗是最具独特性的存在。它是首先积极响应新文化运动以后的语文教育的变革主张的文体，并最具有参与性、话题性和互动性。诗歌形式变革所蕴含的审美特质、思想特征和现实主张在诗歌教育的过程中如何渐次展开，又何以相互影响，对这一历史过程何以逐步实现，尚缺乏细致地讨论。

考察诗歌教育意义上的中国现代新诗发展问题，是从当下新诗本体研究的普遍潮流中寻觅一种历史化视角的探索，这种探索的主要目的是为新诗形式演变找到其历史逻辑，不仅是为理解新文化运动开展和传播方式打开崭新的视角，同时也开启具体的教育实践何以影响新诗发展的历史逻辑的追问。

---

① 沈从文：《文运的重建》，《沈从文全集》第12卷，太原：北岳文艺出版社，2002年，第81—82页。

二、研究的历史与现状

从教育的发展变化的角度去研究中国现代文学的发生发展，并对此进行历史与文化双重意义的考察，是近 20 年来对于中国现代文学进行重新审视和研究的重要方向。同时，这种考察背后，不仅包含了回到具体历史场景中把握文学问题的学术思考，体现了现代文学研究范式的转轨，同时也凝聚着对当下教育问题，尤其是被视作文明高度与精神品质培育的人文学科的现实性关注。这一问题的明确设定与早期的相关成果，都可以从钱理群先生 1999 年主持出版的"20 世纪中国文学与大学文化丛书"中得以体现。这一"现代文学与现代教育"研究的重要收获，用钱理群先生为"20 世纪中国文学与大学文化丛书"做的序言《现当代文学与大学教育关系的历史考察》中的话来说，是"希望以具体的历史事实的描述为主"，"通过对大量原始资料的发掘"，在"历史情境之中"，"获得历史感"。当然，钱理群先生通过强调"历史"资料的研究路径，倡导将文学作为某种历史言说的材料，通过对新文学问题的历史化解说，探索某种现实性意义的可能，换句通俗的话说，他们是通过历史的学术研究回应现阶段的教育问题。从相关成果中，我们不断发现这一研究思路之下，现代文学研究整体发展的可能性：它不仅奠基并开启了教育研究与现代文学关联的基本视域，并探讨了许多具体的问题，还不断试图以历史重现的方式，拓展了文学研究的基本方法。

这一学术路径框定并开启了研究教育与现代文学关联的基本视域，相关的重要成果包括罗岗的博士论文《现代"文学"在中国的确立——以文学教育为线索的考察》，这是"将'文学'作为'现代建制'的有机构成部分，进而检视、分析它的历史构成与现实构造"的尝试，他的《危机时刻的文化想像——文学·文学史·文学教育》① 提出了从大学教育的角度考察现代"文学"如何通过一套知识话语被创制出来的问题，着重提出大学教育与学术生产的关系。陈平原也作为这一学术思路的倡导者提出："学术思想的演进以及文学艺术的承传，其实与教育体制密不可分。"② 通过"平淡无奇的课程设计与教材撰写"，来考察"一代人'文学常识'的改变"和"一次'文学革命'

---

① 罗岗：《危机时刻的文化想像——文学·文学史·文学教育》，南昌：江西教育出版社，2005 年。

② 陈平原：《中国大学十讲·自序》，上海：复旦大学出版社，2002 年。

的诞生。"这种"代际"的视野，从人与人之间缔结的社会关系、学术思想的演进和文学艺术承传的方式之中，给出文学思潮变迁的机制性探索。近年他连续撰文，讨论以民国时期北京大学为代表的文学教育，如《知识、技能与情怀》（上、下）①《校园里的诗性》②《文学史、文学教育与文学读本》③，这种从文学史研究辐射学术史、教育史、文化史、思想史等方向的不断演进，正是陈平原先生"触摸历史"的一种方式，在这一基础上激活现代文学史研究本身。陈方竞先生的《学府与报刊出版：中国新文学发生发展中的"症结"透视》④，也从教育的空间"学府"与传播媒介"报刊"，通过大学文化与出版文化，以更为具体的视野，对宽泛社会学意义的新文学研究视角进行了一种更为精准的"症结"透视。总的来说，这些研究著作从方向上提供了崭新的研究视域，这一视域为研究现代文学的"文""史"互动提供了指引性作用。在这种理解框架不断完形的过程中，诸多连续性的研究为展示 20 世纪中国文学与教育的互动关系做出努力，一方面，这一框架主要是为了突破思潮、流派、作家、作品的文学史既有叙述框架，另一方面，试图借相关研究或间接或直接地表达现实性的意义。

钱理群先生的《五四新文化运动与中小学国文教育改革》⑤ 将视角集中于五四新文化运动先驱提倡的"科学""民主"精神，通过历史追溯，透视当下中小学语文教育的症结，为我们展示了文学教育历史研究的现实性意义。王林的博士论文（北京师范大学 2004 年）《论现代文学与晚清民国语文教育的互动关系》探讨了晚清以来现代语文教育出现的历史情态，探讨了语文教育何以促进现代文学之发生、何以战胜传统文学、何以成就现代文学经典，张伟忠的博士论文《现代中国文学话语变迁与中学语文教育》（山东师范大学 2005 年）研究了现代文学与文学教育的相互关系和影响，侧重于对文学话语的分析。沈卫威教授的《"国语统一""文学革命"合流与中文系课程建制的确立》⑥ 从

---

① 陈平原：《知识、技能与情怀》（上、下），《北京大学学报（哲学社会科学版）》2009 年第 6 期、2010 年第 1 期。

② 陈平原：《校园里的诗性》，《学术月刊》2011 年第 1 期。

③ 陈平原：《文学史、文学教育与文学读本》，《河北学刊》2013 年第 2 期。

④ 陈方竞：《学府与报刊出版：中国新文学发生发展中的"症结"透视》，《现代中国文化与文学》第 1 辑，成都：巴蜀书社，2005 年。

⑤ 钱理群：《五四新文化运动与中小学国文教育改革》，《中国现代文学研究丛刊》2003 年第 3 期。

⑥ 沈卫威：《"国语统一"、"文学革命"合流与中文系课程建制的确立》，《中山大学学报（社会科学版）》2011 年第 3 期。

历史事件的角度考察了中文系课程的发生，他还意识到民国建立后，南北两所国立大学因"大学精神""学术理念"的差异导向了"学术范式"的差异（《民国大学体制下的学分南北》）①，并通过史料考察，呈现出民国文学教育中的历史细节。这些堪称是溯源式的探索。刘绪才的博士论文《1920—1937：中学国文教育中的新文学》（南开大学 2013 年）则以历史材料为佐证，详细探讨了民初中学国文教育中知识身份的初构、教材选本的形成和新文学知识的生产等诸多问题。张传敏的《民国时期的大学新文学课程研究》②则以民国时期大学新文学课程设置为基础，着重探讨"新""旧"文学话语的关系，在对民国大学新文学课程的设置、讲义的特点、校园活动与课程语境等进行分析，借助相关历史资料的"碎片"发现新文学课程设置之于新文学发展的独特意义。

这样的历史叙述，颠覆了既往的以观念为主导的以论代史的现代文学历史阐述框架，以更为细腻、有效的历史重构，提供了新文学发展的内部逻辑与外在条件之间的关系。这种描述框架为新文学研究拨开了既定观念造就的迷雾，还之于明晰文学"本身"的逻辑，可以说是研究视野的一种自觉。借助更广泛的与教育相关的"大文学"史料对新文学传播、发展、影响、反馈、共同发展的历史进行重述与重构，将新文学问题重新搁置在具体时空逻辑中，由教育作为视野，为描述新文学发展的内部逻辑与外在条件之间的关系提供了一种新的视野和方法，这种视野与方法对新文学研究而言，不仅突破了既定观念造就的叙述框架的学术追求，以及还之于明晰的文学"本身"逻辑的学术理念，同时为一些具有现实性的命题，尤其是高等学校人文精神重建、文科的自我定位及相关问题找到了历史化的镜鉴。

郑焕钊的博士论文《"诗教"传统的历史中介：梁启超与中国现代文学启蒙话语的发生》（博士学位论文，暨南大学，2012 年），确立了梁启超文学启蒙话语作为古典"诗教"传统走向现代的历史中介。这也是对"诗教"的晚清民国处境及其转变的一种阐释。季剑青在其博士论文《大学视野中的新文学——1930 年代北平的大学教育与文学生产中》将自身定位为文学史的外部研究，考察了以北京为中心的大学教育与新文学的生产问题③，其中有第三章"学术视野中的新诗"从文学史、诗论、读诗会三个方面谈了"北平"大学的

①　沈卫威：《民国大学体制下的学分南北》，《山西大学学报（哲学社会科学版）》2012 年第 3 期。

②　张传敏：《民国时期的大学新文学课程研究》，北京：人民出版社，2010 年。

③　季剑青：《大学视野中的新文学》，博士学位论文，北京大学，2007 年。

诗歌教育活动。姚丹的《西南联大历史情境中的文学活动》①，通过对史料的细致爬梳，"从研究对象自身演进中发现其内在的逻辑，从这一逻辑中建立起理论框架来"，这是一种对文学内外关联进行较为有效说明的研究。从民国时期诗歌教育角度出发进行研究的林喜杰，其博士论文《群体性解读与想象——新诗教育研究》（首都师范大学，2007 年）的特点在于通过教材和教学方法的分析，不仅对新诗教育的历史问题进行观照，并提出对当下诗歌教育问题的解决对策，有强烈的现实关怀倾向。通观这些论著，中国现代文学研究在"教育"（学校）这个视角的关照下能够爬梳、整理和探索出更为丰富的诗歌发展景观，已经是共识。然而，描述诗歌教育如何与新文化运动之间产生联系、相互影响，从而生发既是诗歌教育问题，又是诗歌艺术演变本身问题的关键性论述尚且缺乏。

姜涛的论文《1930 年代的大学课堂与新诗的历史讲述》、龚敏律的论文《艾克敦与 30 年代中国"北方系"新生代诗人》、张亚飞的硕士论文《中国现代文学的接受与中学文学教育》（华东师范大学，2007 年）、董延武的硕士论文《1930 年代的大学新诗教学——以四部讲义为例》（首都师范大学，2014 年）等更为细腻地考察了历史情境与诗歌艺术演变和历史建构的相关问题。姜涛的论文试图以回归"历史现场"的方式重新认识新诗"历史讲述"的问题，进入 30 年代的课堂讲授，探讨新诗进入学院研究的起点，为新诗历史化研究的深入做了准备；龚敏律则是通过材料挖掘发现英籍教授哈罗德·艾克敦与中国北方诗人的关系，以教育情境的还原说明 30 年代现代主义诗学转型的重要问题。李宗刚、张亚飞的论文较为宏观地谈了一些问题，董延武的论文集中在讲义编撰的角度，各有侧重。尤其是姜涛的博士论文《"新诗集"与中国新诗的发生》② 和近作《公寓里的塔：1920 年代中国的文学与青年》③ 集中展示了作者的思考，前者体现了对新诗"传播"维度的考察，后者则以"代际"为视角，讨论了中国近现代思想文化及文学的流变。"在作品细读，观念梳理之外，不仅关注五四前后社会思潮的变动、新型政党政治的兴起，也要考察代际的更替、都市空间的分布、社会流动方式的转变、新型人际网络的形成等方

---

① 姚丹：《西南联大历史情境中的文学活动》桂林：广西师范大学出版社，2000 年。
② 姜涛：《"新诗集"与中国新诗的发生》，北京：北京大学出版社，2005 年。
③ 姜涛：《公寓里的塔：1920 年代中国的文学与青年》，北京：北京大学出版社，2015 年。

面"①，本文强调深入教育实践的现场，通过教材、教案、教学情境、教育理念等持续的挖掘和整理，历史化地重现教育情境中诗歌创作技巧的发展、理念的更新和学术思路的建设。新诗研究的一贯思路是注重本体研究，对于新诗和教育的讨论主要集中在对大学课堂中诗歌教育引发的对思潮变动、社会流动方式等问题的考察，不仅容纳了对大学课堂的考察，还引入例如中学课堂、教材、社团、学生创作等考察，以力图呈现更丰富和具体的诗歌教育情境，以说明教学情境与新诗发展的互动关系。

　　近年来，文史对话作为现代文学的一种重要的学术思路，深刻地影响了学术的发展，然而文史对话的落脚点究竟应该是文学本身的问题，上述诸多研究建立在"文史互证"的角度，进行新文学与教育之关联的解释与说明，真正值得关注的是，通过历史细节的捕捉，返还文学本身的演变逻辑依旧亟待完善。诚如李怡先生指出，"要更好地理解文学就不要局限在对文学'纯艺术性'的探讨当中，应该把文学与外面的世界更自觉地结合在一起"②。新诗作为一种独特的文体，一方面在历史沿革、语言重造、现代经验建构之间，既相互融洽，又紧张冲突，所谓的"本体"蕴含着的历史信息就有足够的阐释空间与说明性；另一方面我们又因为新诗史描述的固化，不满于既有的历史叙述，每每试图从文本内部寻找裂隙，重塑其历史。文学图谱的描绘方式本来就是丰富驳杂的，有的依赖于对文学现象、文学本体、文学家等研究以展示其本身的诸多问题，也同样有赖于通过对具体社会历史情境来描述其运作的基本方式，来探求其发生的具体时空和相关条件，当然，更重要的是在动态的具体历史情境中提出和解答问题。强调通过教育的视野来研究新诗的发展历程，既需要忠实于基本历史事实的研究，也需要从诗歌发展的内部逻辑中返回知识生产的具体时空，从观念中重新梳理更为深广的历史逻辑。中国现代文学研究，近年来倡导的价值多元的文学史观念使得文学研究本身不断扩容，诸多关涉新旧雅俗、中西文化的问题重新纳入考察系统。在原始资料不断开掘的情况下，开拓文学研究的视野，将政治、经济、教育等多重维度纳入文学研究的脉络，将文学现象与文化观念还原到历史脉络之中，也是本文追求的方向。

---

① 姜涛：《公寓里的塔：1920 年代中国的文学与青年》，第 22 页。
② 李怡、李俊杰：《体验的诗学与学术的道路——李怡教授访谈》，《学术月刊》2015年第 2 期。

三、本著的研究思路

本著尝试去研究民国教育与中国现代新诗的发展关系，这其中最为直观的是诗歌教育的研究，首先要对所谓"诗歌教育"视野限定的范畴进行划定。教育一般指的是指由学校教育为主体，构成有目的性、计划性、组织性的教学活动。本文所谈论的诗歌教育不仅紧紧围绕狭义所指向的学校教育，也同时描述作为文化身份的从教者和学生群体、作为文化空间的校园文学情态以及具有更广泛的社会意义的诗歌教育讨论所构筑的教育情境。所谓诗歌教育情境化描述，主要指由教员、学生、讲义、刊物、社团等构成的诗歌教授、学习、创作、讨论的动态环境，是围绕创作和阅读、讲述与学习、课堂内外的探讨与论争展开的新诗活动。强调这一情境，主要为说明诗歌教育搭建的动态性情境，这一动态性情境是以往研究中或被忽略不计，或不加说明直接拿来作为论说依据的，对材料本身充当历史进程中何种角色再进行探究，是还原丰富性的必要过程。

本著首先探讨"教育"这一晚清以来知识分子寄托改良国家的措施在民国以后如何为新诗这一独特文体创造发展契机的问题。

从教育最为直观的抽样——"教科书"的角度来看，清末民初教材改革过程历经了由"四部"到"七科"的变革。"四部"知识系统在晚清"器物"与"制度"层面的反思与不足以及受西方科学理性启蒙大潮的猛冲，不断解体与分化，逐渐被以近代学科为分门别类标准建构起来之"七科之学"（文、理、法、农、工、商、医）所代替，这一分化首先体现在教科书上。新教科书的编撰不仅新近加入了代表学习西方工业技术水平和先进科学理念学习的学科，同时还不断暗示着对传统政治、伦理和经济制度的等层面的文化反思；随着公民等教材的出现，由"皇权"转向"共和"的民主政治的启蒙在教育中推广发扬，使得学生群体作为最为一线的"受众"，成为中国民主化思潮启蒙的新生力量，甚至可以说，这一由教育构筑的思想启蒙浪潮为辛亥革命的成功进行了广泛的群众性铺垫，并为五四新文化运动提倡科学、民主的基本价值奠定了基础。有论者认为"清王朝不仅在辛亥革命的枪炮声中轰然倒塌，也是在琅琅读书声中倒塌的"①，足见"教育"投射在整体性历史变革中的意义。在

————————

① 石鸥、吴小鸥：《从有限渗入到广泛传播——清末民初中小学教科书的民主政治启蒙意义》，《教育学报》2010 年第 1 期。

"国民性阙失"的担忧中，强调文化的意义所逐步构建的从传统学说中的"仁"到现代意义上的"人"的修身、国文等教科书，在专制制度的宗法家国的缔结共同体关系的复数的人中，强调独立的"人"包含的人格尊严、价值和追求是文化层面最显著的新变；把经济上升到"四民之纲"的高度，直接挑战了中国社会传统的"重义理轻艺事""贵义贱利"和"道本器末"① 观念，使中国社会流传两千余年的传统安贫乐道的小农经济思想有了逐渐瓦解的可能。清末民初教科书在推广商业知识与实业技能中孜孜以求于富国之道，从"放学回家，温书习字。身体衣服，皆宜清洁"② 到体操、卫生等教科书的编纂，力求变"病夫"为"强种"，将鸦片、缠足等恶习一一摒弃。五四新文化运动能够以燎原之势成为普及性的社会运动，教科书的影响功不可没。③ 同样，新文化运动中显赫的诗文化的新变，同样也凭借了教科书这一重要的传播媒介。

　　胡适留美期间与梅光迪、胡先骕等通信过程中逐步形成了"试验作白话诗"在为"汉文"找寻"易于教育"和"普及"之道而生出"文学革命"的主张，而且认为"民众不能不教育"④，回国后与陈独秀等人轰轰烈烈地开展了新文化运动。新文化运动的展开，也和国家性的政治行为密不可分，1918年5月，北洋政府教育部训令包括北京、南京、成都等地在内的六所高等师范学校设立国语讲习科。1918年11月23日教育部发布"注音字母会"，公布39个注音字母，"以代反切之用"，"以便各省区传习推行"。这是第一次以国家专门机构名义正式公布的汉语拼音方案。由北洋政府教育部附设的国语统一筹备会于1919年4月21日成立。随着新文化运动展开的燎原之势，文化探索的不断深入，文学创作的日益繁荣，1920年教育部训令全国教科书改行国语，为新文化实绩介入影响教育事业创造了契机。

　　在这个基础上，打着"国语"和"白话文"招牌的教科书《国语文类选》和《白话文范》等相继出版，并不断再版，影响深远。值得注意的是，在新文学作品尚不足以支撑教科书选编的现实面前，国文课教材选择内容集中于探讨

---

① 吴小鸥：《清末民初教科书的启蒙诉求》，博士学位论文，长沙：湖南师范大学，2009年。

② 《单级修身教科书（初等小学·甲编）》，上海：商务印书馆，1913年。

③ 参看吴小鸥：《清末民初教科书的启蒙诉求》。

④ 胡适：《逼上梁山——文学革命的开始》，《胡适文集》（1），北京大学出版社，1998年，第140—163页。此篇原载1934年1月1日《东方杂志》第3卷第1期，后收入《中国新文学大系·建设理论集》；胡适：《中国新文学运动小史》，原载《中国新文学大系·建设理论集》。转引自《胡适文集》（1），第111页。

社会问题的篇章，即便是以"文学"冠名的，也多为宏观的文学主张。故而胡适的《谈新诗——八年来一件大事》的选入，具有特殊的意义。本文认为，在此种情形下，恰是白话诗，为"文学"教育思路的拓展、教育政策的出台、新文学教育的落实提供了具体实在的可能，而且为文学教育提供了具有可行性的操作范本。

新诗与文学教育是一种相互拓展的关系。20 世纪二三十年代新诗创作和有关新诗的论说进入中小学课本，其中传递出的文学观念、选诗的思路，体现了诗歌教育的面向。学院体制中的学生与教员对新诗的发展贡献了各自的力量，从事其他学科尤其是古典文学研究教学的学者，如朱自清、俞平伯、胡适包括闻一多，都面临着在"新""旧"两重文化中调试新文学坐标的问题，具有欧美文学背景的学者如朱光潜、梁宗岱、叶公超等，面临的则是西方理论资源观照中国文学的比较研究视野，中西古今之间的差异性如何得以弥合与消解，作为显性的或隐性的资源被吸纳或批判，在形式特征上如何处理，都依赖专业化与学科化的处理方式，这些诗人教授也通过教育行为，影响了相当数量的学生，并由此对新诗的艺术探索深化奠定了基础。

20 世纪 30 年代的文学讲义也将是本文研究的重点，这些极具个人化色彩的讲稿也呈现出各异的特色。具有代表性的新文学讲义包括有朱自清的《中国新文学研究纲要》，沈从文的《新文学研究——新诗发展》，苏雪林的《中国二三十年代作家》，王哲甫的《中国新文学运动史》，废名、朱英诞的《新诗讲稿》，林庚的《新文学略说》等，这些讲义不仅代表不同学者教师对新诗发展的态度，还存在不同史观、诗歌观对推动新诗发展起到的不同作用。本文研究了教学情境中新诗创作的繁荣与诗学理论的发展，首先关注的是对 30 年代中国文学史书写"热潮"中的新诗教育的体现方式和价值定位。20 世纪 30 年代建构"新文学"历史合法性的重要方式是通过编著新文学史实现的。懂与不懂催生出的"解诗学"是新诗教学中面临的重要问题。由"进步"的文学观念造就的新诗历史描述系统，也随个人经验、学术观念和对现实的不同理解而发生异变。文学史写作的面向，究竟还是可以归于教育情境的，考察文学史著作中新诗的位置，是一个重要的工作。这一时期文学史写作的热潮，也有诗歌专门史的参与，草川未雨的《中国新诗坛的昨日今日和明日》、陆侃如与冯沅君的《中国诗史》、徐芳的《中国新诗史》（1935 年北京大学文学院中国文学系本科毕业论文，由胡适指导）都是其中较为重要的文献，尚缺乏相关研究。

本著最渴望解决的问题就是既保留对诗歌本体建设的审美性理解，又能够满足"历史兴趣"，更为期待的是，打开崭新的诗歌研究的开放空间。从 20 世纪 80 年代以来，以历史重构的方式跳出受极左意识形态干扰的现代文学学科以论代史的阐释框架的研究模式逐步开展，有关新诗的起源、诗人的评判、潮流的梳理和创作及理论资源的辨别的研究大规模地开展，这种对于历史的挖掘，对形式与审美的说明的学术工作有益地促进了新诗研究的发展。然而这些研究一定程度上也固化了我们的历史认识和学术认识，使得有关新诗的学问成为固化的知识，打开开放空间，就是绕开既定的新诗史叙述，回到新诗发生的历史现场，呈现其复杂性，释放出新的研究视野。

从宏观角度来看，新文学的发生与成长，与"教育"因素有密不可分的关系，新诗当然也需要这个重要的考察维度。从教材层面看，白话文运动以来，文学语言的革新、新的语言形态的文学篇目的引入，不仅扩大了新文学传播的范围，并且透过"教育"确立其历史合法性，深化了其价值和意义；从教育造就的文化空间角度上看，学校教育、学院学术机制、学院创作与社群、流派、诗坛构成了一种张力，催生了更为丰富的诗歌图景；从创作和研究的实绩上看，中国现代新诗与诗论的发生与发展，都与广义的"校园文化"有着相当紧密的关系。

本著试图通过教育的视角对新诗的发展历程进行观照，第一章分析"教育"理想与新诗的契机，通过分析思想启蒙理想与教育途径、教科书编写与新诗获得的文学机会以及核心性诗歌文献《谈新诗——八年来一件大事》的分析，探讨初期白话诗的教育学意义。第二章主要聚焦于新诗与新文学教育的相互拓展，说明新诗教育何以从语言样本发展为精神样本，以小诗为例，探讨校园情境、诗坛、学术研究构成的互动情境何以影响新诗的发展，通过同一作品的不同讲授，探讨课堂讲述与新诗探索的深化。第三章致力研究教育情境中诗歌艺术与理论的发展，聚焦于校园诗人群体的创作与批评，阅读训练中发展起来的解释学以及新诗史中蕴含的不同历史逻辑。第四章试图探索诗歌教育意义上的"新"与"旧"，新旧话语作为五四以来不断呈现的文化问题持续影响着中国文化的格局，在新诗层面，新旧话语呈现出因时而变体、新旧之对峙、对立与沟通、从形式到内容的持续探索。第五章讲解三则范例，以孙俍工的诗歌教育与个人职业生涯的转向说明丰富的人生抉择之中新诗教育只是其中一个有机部分，它既关联着个人的精神追求，又相对独立地存在；通过东北抗战时期的学生诗歌我们可以发现，个人创伤性的现实经验带给了新诗独特的新面向；通过观察胡风诗歌中的"鲁迅经验"我们可以发掘超越时空的诗歌文化经验的代际传承。

第一编
新诗介入文学教育的机会与可能

教育长久以来就是作为小共同体的家庭与大共同体的社会之间关联的纽带，是社会生活、政治活动、精神生活的核心。上施下效、使人向善的道德教化是传统教育的中心。中国现代诗歌，是伴随着新文化运动以来的教育革新同步发展的一种文体，"新诗"与"20世纪"的社会历史文化的变迁之间存在一种张力关系，这不是简单意义上的同步发展，其中还包含着与20世纪社会历史文化之间张力性的和合、冲突、对立、矛盾、悖谬等复杂关系。通过新诗发展历程考察，我们可以发现，新诗的发生、成长，与校园这一文化空间密不可分，教育情境中诗歌的创作、批评、史著，又深刻地影响了新诗的艺术探索。教育可以视作使新文化运动以来的文化主张和文学理念得以传播和实现的主要途径之一。新诗文本为新文学教育提供了语言的范本，同时文学精神也得以沿袭。校园情境为新诗的普及、讨论和论争提供了空间，不同的新诗讲述之中，呈现出不同的生命情调、不同的世界观、不同的生存经验以及不同的诗学主张。

第一章　"教育"理想与新诗的契机

第一节　思想启蒙理想与教育途径

宽泛地说，传统意义上的语文教育是一门综合了文学、经学与史学，哲学、社会学与伦理学，甚至包含了自然科学的综合性学科。从总体上看，经学、蒙学、文选、诗选等内容，构成了中国古代"语文"意义上的教材。经学指的是儒家经典，是传统文化的代表，《诗》《书》《礼》《易》《春秋》（《乐经》）构成了影响深远的"五经"（也称六经，《乐经》失传），宋代以后，《大学》《中庸》《论语》《孟子》构成的"四书"与"五经"作为标准化的教材沿用至清末；蒙学教材广为流传的是《三字经》《百家姓》《千字文》，在此之前还有《史籀篇》《凡将篇》等；文选中较有代表的则包括《昭明文选》《古文观止》《古文辞类纂》等；诗选则有耳熟能详的《唐诗三百首》等。从历史的角度来看，教育长久以来就是作为小共同体的家庭与大共同体的社会之间关联的纽带，是社会生活、政治活动、精神生活的核心。上施下效、使人向善的道德教化是传统教育的中心。晚清以后，糅合个人修养、社会教化、家庭伦理等多种功能的传统教育随着国际战争影响与国内政治格局剧烈动荡而不得不做出调整。其中最显著的标志就是文学"教育"的变革。八股作文与经义立学的具有取士功能的传统的教育随着上层政治策略的左右而根基瓦解。从学术角度来看，清中叶以来的政治环境之严酷与知识分子内心的道德操守一道，造就了埋首故纸堆的乾嘉学术的一时"繁荣"，这一繁荣在战争与国难、变法与新政之中逐步被近代知识分子的质疑和反思的先觉中逐步式微，教育革新的举措成为挽救颓势的一部分。革弊创新中，改八股为策论，创办新学堂，中国传统教育发生了剧烈变革。晚清时期以京师同文馆为代表的教育是区别于儒家传统，模仿西方的新式教育。中华民国建政后，政体变革，面对北洋时期弱势政府的"乱世"格局，教育界中"新派"力量自觉责任很大，民间教育力量自发集聚，在弱势政府之不力中引领教育新变。教育理念不断现代化，教育也逐渐成为思想启蒙的利器。五四以后，工读教育、平民教育、白话文创作的繁荣等，促兴了新教育的发展，尤其是杜威来华，国内教育界从方法论角度不断自我更新。在清末民初激烈变革的社会结构中，现代知识分子群体起到了引领文化潮流的作用。辛亥革命前，教育与"革命"一定程度上是同构的，邹容在《革命军》中认为"革命之前，须有教育；革命之后，须有教育"，民国以后，"养成共和国民"的教育理想随着称帝、复辟等震撼人心的政治丑闻与惶惶不安的社会普遍情绪，显得越发沉重。五四新文化运动与"国语运动"的高潮，则是对教育尤其是文学教育的重要变革起到了决定性作用。这事实上也是对晚清以来黄遵宪们的创作经验和切身感受的一个积极的应和。

中国现代诗歌，是伴随着新文化运动以来的教育革新同步发展的一种文体，"新诗"与"20世纪"的社会历史文化的变迁之间存在一种张力关系，这不是简单意义上的同步发展，其中还包含着与20世纪社会历史文化之间张力性的和合、冲突、对立、矛盾、悖谬等复杂关系，以及异域文化的冲击、本土经验的融合和新诗自我意识的逐渐确立。通过新诗发展历程考察，我们可以发现，新诗的发生、成长，与校园这一文化空间密不可分，教育情境中诗歌的创作、批评、史著，又深刻地影响了新诗的艺术探索。教育可以视作使新文化运动以来的文化主张和文学理念得以传播和实现的主要途径之一。

当我们重新以教育视角认知20世纪新文学的传播发展时，有一个简朴的问题显得愈发重要与深刻：究竟是什么样的制度性因素，使得"教育"和"新文化"之间能够发生关联，从而引得诸多知识分子为之呕心沥血参与其中。"教育"与"新文化"如何缔结关系，又缔结了怎样一种关系，在这一过程中，又有多少不同的文化观念碰撞，多少社会力量参与其中，试图促成或割裂这一联系，它们各自又有怎样的文化表达、如何在差异中博弈，这其中又凝聚了20世纪中国知识分子的何种犹疑或坚持、妥协或抗争，又体现了20世纪中国文化内部几多不同思路的分裂或融合，最终凝聚成我们今天可以观看到的历史图景。解开这些谜团，要从20世纪最具有代表性和历史意味的角度出发，重新梳理20世纪中国的"教育"的构建过程与现代文学作家群体、读者群体发生的复杂关系。我们试图从这个角度，来探讨现代大学体制与新文学作家的生存关系的问题和现代教育培育起来的新文学"读者"呈现的独异性。

中国近现代"教育"从来就不是自发形成的。尽管我们往往把教育看作一种文明传承与发展的本能需要，但历史地来看，具有现代意义的教育变革的雏形，是依托于政治变革之中的。我们一般把 1862 年京师同文馆的创立到 1922 年壬戌学制的颁布作为中国教育早期现代化发展的历史过程。从这个方向来看，作为近代化教育的标志，"京师同文馆"的创办是具有象征意义的。

京师同文馆在教育形态上显著区别于我国传统教育，在其创设之初设立的外国语言文字和汉语语言文字授课科目，及其中体现的教学思想、制度、内容和方法，与中国传统教学科目有显著差异。京师同文馆在 19 世纪 70 年代以后，从外语和中文两大学科中延伸开去，确立了八年制（另有五年制与其大体相当）的西学课程，"元年：认识写字、浅解辞句、讲解浅书；二年：讲解浅书、练习句法、翻译条子；三年：讲各国地理、读各国史略、翻译选编；四年：数学启蒙、代数学、翻译公文；五年：讲求格物、几何原本、平三角、弧三角、练习译书；六年：讲求机器、微分积分、航海测算、练习译书；七年：讲求化学、天文测算、万国公法、练习译书；八年：天文测算、地理金石、富国策、练习译书"①。从今天的角度来看，这些科目甚至与 20 世纪乃至 21 世纪的基础教育与高等教育中的诸多内容是吻合的。正是这些与 20 世纪教育似乎大体吻合的授课内容，为我们理解京师同文馆的"近代"意义甚至"现代"意味提供了线索与佐证。我们似乎可以从授课内容中理解其教育目的与教育思想，从课程设置中感受其引发的教育结构甚至某些带有本质性特征的教育变迁。其教育实践中每一处或宏观或细小的变化，都能够为我们描述教育近代化提供诸多证据，如班级授课制、授课方式和考核制度的变化，教学与实践的关系等。然而值得我们追问的是，既然京师同文馆如此大幅度地更新了教育的形态，如此先进地体现了优越的教育思想，为何没有成为一种具有普遍意义的存在呢？

这事实上也是京师同文馆的历史局限。尽管我们不断发现的是，京师同文馆在教育的理念、举措及实行过程中有诸多"先进"之处，然而这却是随着两次鸦片战争带来的政治失落感和在阻力中开展的洋务运动刺激下不断勃发的改革冲动。京师同文馆的设立并非是教育意义的而是政治意义的。它首先要解决的不是教育问题，而是政治问题。准确来说，它要解决的，是清政府高层中某

---

① 原刊《中国近代学制史料》第一辑上册，转引自雷钧：《京师同文馆对我国教育近代化的意义及其启示》，《教育科学》2002 年第 7 期。

些角色的自强焦虑。恭亲王奕䜣的政治理想与自强焦虑投射到教育领域，乃有了京师同文馆，这个在创设过程中提出外交"不受人欺蒙"主张的近代中国学校的象征，并没有普遍的社会心理基础，还常常被视作是"洋务"的奇技淫巧，在读书取士的普遍社会心态下，这种在行政过程中做出的政治决策往往并不因其具有前瞻性而被广泛接纳，所以往往成一种不稳定的政治与教育拼贴的产物，也会随着政治的变革而轻易不复存在。

这一具有象征性的包含着政治动机的教育制度变革，一直绵延到 20 世纪。然而 20 世纪显然有其自身的独特性。这里的独特性包含着多种因素，其中有国体的变更带来的制度性的变化，政府权力的大小对教育界的影响，以及新文化运动以后，中国知识分子而非政治家对教育的主动介入，成为 20 世纪上半叶中国教育变革的重要特点。

辛亥革命以后，由一批留学欧美的教育从业者发起了以一线教师和国内外教育专家积极参与，激发民间教育力量，实践教育民主化、科学化、国家化、本土化的现代教育改革运动，有论者将其称作"中国新教育运动"①。具有代表性的教育设计包括上文所述的蔡元培的"超轶政治""思想自由，兼容并包""美育"，黄炎培的"职业教育"，郭秉文的"三育并举""四个平衡"，蒋梦麟的"取中国之国粹，调和世界近世之精神"，陶行知的"平民教育"、胡适的"实验主义""白话文运动"等，尽管这里仅仅是吉光片羽的简述，我们依旧能感受到这些语词与观念历久弥新的意义，这些具有多样性的教育思路和理念都在广泛的教育实践中被推行，并逐渐成为中国现代教育之中引人瞩目的部分。

上述教育家设计的教育思路不仅在 20 世纪初，直至今日，仍旧构成中国教育领域自我更新的精神资源，当我们思索中国教育的意义时，首先感受到是上述教育家和教育理念的持续力量，然而具体考察教育与体制之关系时，反倒让人感受到一种非稳定的体制结构：在 1912 年到 1930 年短短 17 年间，中华民国教育总长更迭多达 37 次，任职者长不过 17 个月，短不过一天，在教育这样一个强调延续性和实践性的人类文明传承过程中，却如此剧烈地人事更迭，究竟何以如此构成了一种看似稳定的结构呢？

---

① 参看汪楚雄：《启新与拓域——中国新教育研究（1912—1930）》，济南：山东教育出版社，2010 年。

结合历史与现实经验，"大学只不过是统治阶级的知识之翼"① 的论断作为教育机制创设与政府之关系的一般性描述，始终为我们呈现体制对教育的决定性作用，然而民国教育的实绩似乎又将我们的理解突破向了另一个极端：民国教育的"璀璨夺目"和强大的教育主体意识似乎在不断昭彰政府对教育过程介入程度之弱，仿佛又在确证雅斯贝尔斯、纽曼或布鲁姆提出的大学自治之理想②。然而民国教育究竟在何种程度上具备自由度，又受到何种程度体制性干预，似乎成为一种被忽视的问题。当政府无能与不作为带来民国是大学教育"黄金时代"之论甚嚣尘上之际，重新判断与分别体制与教育之关系，分辨自治与干预的限度，理解文化推广与行政措施之离合，显得至为关键。

就现在的研究结论来看，一种倾向于"平衡"的学说似乎调和了民国教育与政治体制之关系，有人认为，民国时期，"中国自由主义知识分子与政府是一种平衡关系"③，然而在"平衡大学与政府的关系"的论述之中，我们又忽略了这二者关系之中温和的博弈与尖锐的斗争。显而易见，这种所谓的平衡描述，本身是动态的。就诗歌而言，胡适与章士钊那张名满天下的相片和新旧体诗的"酬唱"似乎就隐喻着某种动态平衡中蕴含的广阔阐释空间。

当然，这一动态平衡的根基还是从政治大转型开始的。在多民族王朝国家瓦解、帝国主义列强环峙、军事力量控制权高度分散化、政治精英高度分化的恶劣环境中，中华民国草创。在 1912 年 1 月 3 日临时大总统孙文在南京组织临时政府之际，蔡元培被任命为教育总长，1 月 9 日，教育部成立，1 月 19 日启用印信，3 月教育迁往北京，袁世凯任命蔡元培为教育总长，4 月到任接收学部事务。④ 旧邦新造的过程中，教育的革新位列其中，成为一个相当重要的组成部分。

民国初年教育制度建设过程可以从民国初年教育部一系列政令颁布中得见：《教育部：电各省颁发普通教育暂行办法》《教育部：呈报并咨行普通教

---

① ［美］约翰·S. 布鲁贝克：《高等教育哲学》，王承绪等译，杭州：浙江教育出版社，2001 年，第 34 页。

② 参看［德］雅斯贝尔斯：《大学之理念》，邱立波译，上海：上海人民出版社，2007 年；［英］纽曼：《大学的理想》，徐辉等译，杭州：浙江教育出版社，2001 年；［美］布鲁姆：《走向封闭的美国精神》，缪青、宋丽娜等译，北京：中国社会科学出版社，1994 年。

③ 申树欣：《民国时期国立大学与中央政府的关系》，硕士学位论文，济南：山东大学，2012 年。

④ 《中国近代教育史资料汇编：教育行政机构和教育团体》，上海：上海教育出版社，1991 年，第 103—104 页。

育暂行办法及课程标准》《教育部：通电各省都督筹办社会教育》《教育部：电各省饬所属高等专门学校从速开学》，在共和国体的大主张下，强调实地考察研究，并给予了地方教育充分的自主性。1914 年以后，教育部政令为《祭孔告令》《教育部整理教育方案草案》《特定教育纲要》等收回教育权的政令，又缩紧了教育自主的可能。随着 1917 年以后的新文化运动与之掀起文化对抗，到 1922 年 11 月颁布的《学校系统改革案》再次调整了教育体制，被称作"壬戌学制"。这里集中展现的是教育力量与体制力量的合作、对抗与博弈。上述是理解新文化运动前中国教育变革概貌的基础，然而具体的人事权、经费权等，教科书与资本力量的参与等，学生群体与大学、社会及政府间的互动等具体关系，仍旧是值得探索的问题。并且，在政治变革与教育制度革新之中，"新文化"以及"新诗"何以脱颖而出，成为我们历史描述的重心，成为教育与体制间动态平衡关系的"助剂"，是我们亟待梳理的问题。

"教育"是新文化同人实现文学理想的根本途径。近代以来，"师夷长技"的技术革新，"维新、立宪、革命"的制度探索，均在战事屡屡失利，外交节节败退，政坛持续震荡中，给向往革新的知识分子以挫败感，他们意识到，变革之根本在于立"人"，并将目光聚焦于文化层面的革新，教育也首当其冲。胡适认为，引发新文化运动的是一群有"远见的人"，他们"眼见国家危亡"，产生了相当的危机感，这一危机破除的门径在于"唤起那最大多数的民众来共同担负这个救国的责任"，教育首当其冲，最为关键的乃是"民众不能不教育"这个核心命题①，陈独秀认为"国之强弱，当以其国民之智勇富力为衡"②，将国民的"智"放在衡量国之强弱的首位，在创办《青年杂志》的过程中，他明确认为，"《青年杂志》以青年教育为的，每期国人以根本之觉悟，故欲于今日求而未得知政党政治，百尺竿头，更进一步"③。民国成立以后仍旧一潭死水的社会情境，复辟、混战的现实格局，列强虎视眈眈之下，"教育"成为关乎"国家危亡""国之强弱"的核心，敏感的中国知识分子从看似辉煌的教育传统中重新开疆拓土，以"新文化"之名，开启了中国文明进程的新阶段。

---

① 胡适《中国新文学运动小史》，原载《中国新文学大系·建设理论集》。转引自《胡适文集》（1），第 111 页。

② 陈独秀：《陈独秀答张永言》（1916 年 2 月 15 日），《陈独秀书信集》，北京：新华出版社，1987 年，第 20 页。

③ 同上，第 28 页。

如果把中国现代文学比作一棵郁郁葱葱的参天大树，那么 1917 年由陈独秀、胡适等《新青年》同人发轫的"文学革命"就是这棵大树破土发芽的重要时刻。但是，我们并不能简单地把这一时刻标识为一个僵化的"起点"或"开端"。事实上，"破土发芽"本身就已经昭示着，"新文学"这颗种子已经沉睡于土壤的深层，而种子固然在"破土"，但也接受着土壤的包裹乃至滋养，两者之间构成了一种充满张力的微妙关联。具体地看，对"新文学"这颗沉睡的种子而言，所谓"土壤"其实就是民国初期的政治文化环境和各种不断形成、更迭、变化的"制度"，在这其中，教育为代表的知识传播系统则是这份土壤中最为肥沃的养料。

"教育"这一概念古已有之，是文化传承最核心的部件，却在近代以来的历史情境中，遭遇到了最深刻的质疑，胡适认为，"中国的古文古字是不配做教育民众的利器的"①，改造教育"文字"，将所谓的"古"代表的传统教育改造，便成首要工作。

王富仁先生认为，"鸦片战争之后的中国知识分子开始接触到西方文化的时候"，中国的语言状况有以下三种："一是作为严肃的社会文化语言载体的文言诗文"；"二是作为非严肃社会文化载体的戏剧、小说的白话语言"，"三是仅仅停留在口头的白话语言"②。在他看来，文言诗文是"以中国古代文化典籍的语言形式为基础逐渐演变发展起来的，它几乎主要是一种书面语言形式，适用于看而不适用于听，是知识分子在学校教育中习得的，而不是在社会交流中习用的"③，这种教育过程中使用的语言，却起到了阻碍社会交流的反方向作用。"戏剧、小说的白话语言"则"是在当时社会群众口头语言的基础上并容纳了在文言诗文基础上形成的大量语汇形成的另一种书面语言"④，尽管它"既适用于听，也适用于看，但不具有严肃文化的性质"⑤，其并不严密规范的特性，使得它和教育所要求的标准化、准确化相去甚远，"无法通过学校教育普遍地提高这种语言的素质"⑥ 是其缺点。"它几乎能够包容在文言诗文发展过程中创造出来的所有汉语语汇和话语形式中，但它的丰富和发展对文言诗文

①　胡适《中国新文学运动小史》，原载《中国新文学大系·建设理论集》。转引自《胡适文集》（1），第 111 页。

②　王富仁：《中国现代诗歌的发展（上篇）》，《江苏社会科学》2003 年第 1 期。

③　同上。

④　同上。

⑤　同上。

⑥　同上。

自身的促进作用则是极其有限的，文言诗文无法包容它所能够包容的所有汉语语汇和话语形式"①。纯粹的口头白话语言因其地方口音、民族语言的复杂，"没有普遍交流的性能，不具有广泛的社会性质"②。这三种形态的语言交织在一起，构成了 20 世纪初叶教育工作的艰难性的最大挑战。这其中的种种关于语言、教育及社会性、文化性的矛盾，也为"白话""新诗"这一文体作为新文学的代表逐步呈现并进入教育提供了空间。

文言诗文有其深厚的文化传统，却因习得过程的艰难与思想启蒙的要求格格不入，晚清戏剧、小说和报章之文的革新已开风气之先，但与具体教育实际需求不完全匹配。胡适从古代白话小说和家乡土话的经验中意识到了"标准国语"初创阶段的荒芜感和艰难性，然而"国家危亡""国之强弱"的担忧加速了文学语言、教育方式的深刻转型，他在"不必迟疑"的果决中倡导"白话"，并躬亲实践。他还提倡语言"有不合今日的用的，便不用他；有不够用的，便用今日的白话来补助；有的不得不用文言的，便用文言来补助"③，"造中国将来白话文学的人，就是制定标准国语的人"④，这种开放和豁达，诚恳与务实，为新文学的"大胆尝试"，卸下了层层思想束缚。

卸下传统教育的包袱容易，怎样重新打造一套行之有效的教育方案，仍旧负重致远。索绪尔认为："如果民族的状况中猝然发生某种外部骚动，加速了语言的发展，那只是因为语言恢复了它的自由状态，继续它的合乎规律的进程。"⑤ 20 世纪的新文化运动，新文学的诞生，也是竭力恢复语言自由状态的一种努力。知识分子通过杂志刊物、课堂情境等，对教育表达观点，抒发意见；新文学作家通过从事教育事业著书立说，促进其文学理念的不断更新。新文学家的教师身份与新文学创作进入课堂，则是现代文学研究独特的观察角度。

叶圣陶认为"五四运动之前，国文教材是经史古文，显然因为经史古文是文学"⑥，"'五四'以后，通行读白话了，教材是当时产生的一些白话的小说、

---

① 王富仁：《中国现代诗歌的发展（上篇）》，《江苏社会科学》2003 年第 1 期。

② 同上。

③ 胡适《中国新文学运动小史》，原载《中国新文学大系·建设理论集》，转引自《胡适文集》（1），第 130 页。

④ 同上。

⑤ ［瑞士］索绪尔：《普通语言学教程》，北京：商务印书馆，1980 年，第 210 页。

⑥ 叶圣陶：《国文教学的两个基本观念》，《叶圣陶教育文集》，北京：人民教育出版社，1993 年，第 51 页。

戏剧、小品、诗歌之类，也就是所谓文学"①。伴随国体变革和五四新文化运动的开展，"壬戌学制"拟定的灵活标准使得相对自由和自主的教育形式凸显了新文化运动在教育层面的理念和诉求，将教育定义为"养成健全人格，发展共和精神"②，文学教育的社会性价值在这一时期的价值理念与文化观念的统摄下呈现出有别于传统的新形态，新近创作的被称之为"新文学"的作品在中小学课堂传播，在大学课堂中作为学术研究的对象与创作、研究发生关联。新文学的发生与现代大学的关系是紧密的，集合"新式知识"的大学精英阶层充当着"思想启蒙的主体，实现思想、学术、教育、文化、文学的独立"。③ 学校教育、学术研究、学院批评、文艺创作等形态，和文学运动之间呈现出互涉的关系。

在《逼上梁山——文学革命的开始》④ 一文中，胡适饶有兴致地讲述了一个关于"清华学生监督处的一个怪人""基督教徒""钟文鳌"的故事。这位"寄发"学生"月费"的书记员义务做"社会改革的宣传"。他把自行印制的宣传品夹在每月的支票中，分发给留学生，其中包括"不满二十五岁不娶妻""多种树，种树有益"之类宣扬的具体行为，尽管内容比较简陋，足见社会关怀之努力，他还宣扬"废除汉字，取用字母"这一类文化问题。这种关心社会、文化问题的"热心"却使胡适感到"厌恶"，他认为这不仅是"滥用职权"，其中"欲求教育普及""非有""改用字母拼音"之狂妄背后传达出的某种具有一定影响的社会性认识让胡适产生担忧，从而聚焦于此。他认为"这种不通汉文的人，不配谈""改良中国文字的问题"。在写了一封短信"骂他"之后，又懊悔自己的"盛气凌人"，于是乎觉得"我们够资格的人""应该用点心思才力去研究这个问题"⑤。在这件小事之后，胡适便与赵元任商量把"中国文字的问题"作为"东美"的"中国学生会""文学科学研究部（Institute of Arts and sciences）"的年度论题。胡适与赵元任计划"分做两篇论文"，

---

① 叶圣陶：《国文教学的两个基本观念》，《叶圣陶教育文集》，第 51 页。

② 璩鑫圭、唐良炎：《中国近代教育史资料汇编：学制演变》，上海：上海教育出版社，1991 年，第 844—845 页。

③ 钱理群：《现当代文学与大学教育关系的历史考察——"20 世纪中国文学与大学文化"丛书序》，程光炜主编：《都市文化与中国现当代文学》，北京：人民文学出版社，2005 年，第 68 页。

④ 胡适：《逼上梁山——文学革命的开始》，《胡适文集》（1），第 140—163 页。此篇原载 1934 年 1 月 1 日《东方杂志》第 3 卷第 1 期，后收入《中国新文学大系·建设理论集》。

⑤ 胡适：《逼上梁山——文学革命的开始》，《胡适文集》（1），第 140—141 页。

赵元任做"《吾国文字能否采用字母制，及其进行方法》"，胡适的题目是《如何可使我国文言易于教授》①。

胡适着重提出，"汉文问题之中心在于'汉文究可为传授教育之利器否'"，可见，问题的起点是围绕"教育"这一核心命题的，他认为"汉文""不易普及"在于"教之之术之不完"，"受病之源在于教法"，他通过自己学习"古文"的经验，对立了"死文字"与"活文字"，强调了"字源学"、提出了"文法学"，倡导"文字符号"（即标点），在1915年的夏季初步将"白话"与"古文"对立。又伴随与任叔永、梅光迪等同学的诗书游戏往来、思想碰撞交锋，强化了他写"白话诗试验"的主张，逐步形成了"实验主义的文学观"。1916年2月到3月，在考察中国文学史的过程中，胡适宣称自己有了一种"新觉悟"②。

他认为"中国文学史"是"文字形式""新陈代谢"的历史，是"活文学"代替"死文学"的历史，用带有"进化论"观念的角度，重新梳理对"文字形式（工具）"变革的想法，为其寻找到一种历史逻辑："文学革命，在吾国历史上，非创见也。即以韵文而论：三百篇变而为骚，一大革命也。又变为五言七言之诗，二大革命也。赋之变为无韵之骈文，三大革命也。古诗之变为律诗，四大革命也。诗之变为词，五大革命也。词之变为曲，为剧本，六大革命也。何独于吾所持文学革命论而疑之！"为文学语言的变革找到他认为的历史逻辑之后，胡适还将中国文学史中"革命潮流"形容为"天演进化之迹"，认为如果没有"明代八股之劫"，就如同"但丁之创意大利文，邵叟之创英吉利文，马丁路德之创德意志文"一般，"吾国之语言早成为言文一致之语言"③。

这篇《逼上梁山》是1933年胡适回顾自己思想产生和发展过程的集中描述，其中大多篇章是与新文化运动共时的解说与总括。其中显而易见的是他最初的教育理想的呈现。这些文学"革命"言论背后支撑着的，是"易于教授"的逻辑起点。

从"文学革命"的初步设想与"诗国革命"观念的萌芽，胡适在与任鸿隽游戏般的书信往来、诗歌唱和中，逐渐"庄重起来"。他以为自己"认定了中国诗史上的趋势"："作诗如作文"。今天看来，这个为日后惹出诸多论争的

---

① 胡适：《逼上梁山——文学革命的开始》，《胡适文集》（1），第140—141页。

② 同上，第141—146页。

③ 同上，第147—148页。

概念本身固然是有诸多问题，但它为胡适的思想开了一个源头，尽管梅光迪与任鸿隽都对他这一观点抱否定态度，他在"孤立"之中却感受到自己"仿佛认识了中国文学问题的性质"，在于"有形式而无精神""有文而无质"，"到此时才把中国文学史看明白了"。①

在给梅光迪的信中，胡适以"打油诗"写道："今我苦口饶舌。算来却是为何？/正要求今日的文学大家，/把那些活泼泼的白话，/拿来锻炼，拿来琢磨，/拿来作文言说，作曲作歌：——/出几个白话的嚣俄，/和几个白话的东坡，/那不是'活文学'是什么？/那不是'活文学'是什么？"胡适自认为这首诗，在他"个人做白话诗的历史上，可是很重要的"，但诗却引来了梅光迪的嘲弄："读大作如儿时听《莲花落》，真所谓革尽古今中外诗人之命者！足下诚豪健哉！"，任鸿隽也直言，"试验之结果，乃完全失败"②，并讥讽他白话是白话，韵也有韵，就不是诗。他们的批评，转而成为对"诗"这一体裁的专门性对话。自此，胡适与梅光迪、任鸿隽讨论"文学革命"的重心，落到了诗歌这一极具独特性的文体上来。

梅光迪和任鸿隽与胡适的论争，把"白话"文学是否可能这一宏观问题，确切引向了具体的诗歌创作的领域，梅氏的"文章体裁不同，小说词曲固可用白话，诗文则不可"观念与任氏相似的表达"白话自有白话用处，然不能用之于诗"反而激起了胡适的好胜心，胡适认为他与梅、任二人的关于白话文的辩论"十仗之中，已胜了七八仗"③，"现在只剩一座诗的壁垒，还须用全力去抢夺。待到白话征服这个诗国时，白话文学的胜利就可说是十足的了，所以我当时打定主意，要做先锋去打这座未投降的壁垒：就是要用全力去试作白话诗"④。

尽管梅、任二人均赞成"文学革命"，胡适却认为他们"只是一种空空荡荡的目的，没有具体的计划，也没有下手的途径"，胡适说，"我把路线认清楚了，决定努力做白话诗的试验，要用试验的结果来证明我主张的是非"⑤。从教育的理念萌发，生发出"文学革命"的理念，从具体实践中，找出"试验做白话诗"的路径，胡适在美期间与梅任二人的论争，可以说为"诗"这一

① 胡适：《逼上梁山——文学革命的开始》，《胡适文集》（1），第147—148页。
② 同上，第154页。
③ 同上，第155页。
④ 同上。
⑤ 同上，第155—156页。

古老文体的变革，做好了试验的准备，同时也在为"教育民众"，寻找恰当的门径，正是对"诗歌"问题的切磋琢磨，酝酿了文学革命的理想。

远隔重洋的中华民国，袁世凯短暂称帝后驾崩，帝制又一次被推翻，共和似乎勉强再造，不断迭出的政治风波也使国内知识分子生出隐忧①，也希冀通过教育来启迪明智。国内知识分子从"读音统一会"的组建到"国语运动"的开展，希冀借助行政力量来推行文化教育理念，从制度层面进行了建设性工作。"民智"问题提到了是否与"国体"相匹配的高度，与陈独秀、胡适"国家危亡""国之强弱"的担忧是具有一致性的，正是由于这如出一辙的担忧，"教育"被选择为启迪民智的最佳途径。

1918 年 5 月教育部令北京、武昌、沈阳、南京、广东、成都六所高等师范办理附设国语讲习科，以培训专业人才。1918 年 11 月 23 日教育部发布"注音字母会"，公布 39 个注音字母，"以代反切之用"，"以便各省区传习推行"，以架构方法。这是第一次以国家专门机构名义正式公布的汉语拼音方案。1919 年 4 月 21 日国语统一筹备会成立，简称国语统一会，由张一麟任会长，袁希涛、吴稚晖任副会长，会员有黎锦熙、钱玄同、胡适、刘复、周作人、马裕藻、赵元任、汪怡、蔡元培、沈兼士、林语堂、王璞等，先后共有 172 人，此会在 1928 年国民党政府成立之后改名为国语统一筹备委员会，主席为吴稚晖，在该会的第一次大会上，刘复、周作人、胡适、朱希祖、钱玄同、马裕藻等提出《国语统一进行方法》的议案，主张改编小学课本，把"国文读本"改作"国语读本"，"国民学校全用国语不杂文言。"从国"文"到国"语"的变化，包含了语言与文字是否可以"合一"的问题，体现了新文化运动与教育协同步调过程中的基本策略，这种观念引起论争。汉语语音的复杂性与汉语书写的稳定性的矛盾如何调和，是一个很棘手的问题。② 由此呼唤"近文"产生，为白话文学的出现，提供了心理基础。诚如胡适所言，白话文学的"进度是相

① 黎锦熙表示："教育部里有几个人们，深有感于这样的民智实在太赶不上这样的国体，于是想凭藉最高教育行政机关底权力，在教育上谋几项重要的改革，想来想去，大家觉得最紧迫而又最普遍的根本问题还是文字问题，便相约各人做文章，来极力鼓吹文字底改革，主张'言文一致'和'国语统一'；在行政方面，便是请教育长官毅然下令改国文科为国语科。"参看黎锦熙：《国语运动史纲》卷 2，上海：上海书店，1990 年，第 3 页。

② 在《中华民国国语研究会暂定章程》的"征求会员书"中提到，"同一领土之语言皆国语也。然有无量数之国语较之统一之国语，孰便？则必曰统一为便；鄙俗不堪书写之语言，较之明白近文，字字可写之语言，孰便？则必曰近文可写者为便。然则语言之必须统一，统一之必须近文，断然无疑矣"，《中华民国国语研究会暂定章程》，载《新青年》第 3 卷第 1 号，1917 年 3 月。

当缓慢的，不像教育方面，有一纸政府命令便可立见功效"①。这种情形下，"新文化"与"新教育"逐步和合，成为一种共生性的力量。

陈独秀与胡适的文学主张，逐渐与"国语运动"发生关联。随着胡适归国后在《新青年》上撰文《建设的文学革命论》，其副标题"国语的文学·文学的国语"，"标志着文学革命和国语运动的合流"，在这其中"蔡元培居间介绍之功"是决定性的②。1919 年成立的教育部附属"国语统一筹备委员会"中大部分会员是"国语研究会"成员。

1919 年 10 月 10 日，第五次全国教育联合会在山西太原召开，山西地方杂志《来复》以"教育家联翩莅晋"为题报道了这一事件③，其中一项议决案是《推行国语以期文言一致案》，议案对国文教科书的意见与刘复等人提出的方案意见相同，另外该决议案还提出了推行国语的具体办法，如师范学校增加国语科、设立国语传习所以便在假期培训小学教员等。该决议案全称《第五届全国教育联合会议决案（推行国语以期言文一致案）》呈教育部并函各省区教育会。议案提出，中国"方言杂出文语分歧"，亟待改革以解决"教授无着手之良方，传布无通行之利器，普及教育之停滞"的情况，并提出六条办法，提倡国语教科书。④ 1920 年，教育部训令全国，改国文为国语⑤。这一训令传达到县一级单位，商务印书馆、中华书局等也迫不及待地印发了新的教科书，并在其中显著地标识出新诗的位置，并为新诗的教学设定了基本的模式。尔后，尽管教育观念上，有如冯顺伯、穆济波等与胡适等的文白分立和文白和合的区分，在教学侧重上各地区仍有显著的文言、白话的差异，在学生心理中亦有文白认识的区别，但就 20 世纪 20 年代初的教育政策和教育实际来看，我们可以说，"白话"作为一种教育场域中的崭新形式与特定观念，被制度化地纳入了中学课本，分享了原属于古典意义的文化表达的位置。

从这个基础上来看，新文化运动的勃兴，成了教育革新和体制力量之间的助剂，它一方面推动了教育从观念到实践的直接变革，从而推进了体制性因素与教育实践的和合，另一方面，这一转变也使知识分子有了更多样化的表达选择，在这之中蕴含的"文学—教育—社会"的互涉互动关系，也逐步成为 20

---

① 胡适英文口述：《胡适口述自传》，唐德刚译注，《胡适文集》（1），第 333—334 页。

② 王风：《文学革命与国语运动的关系》，《中国现代文学研究丛刊》2001 年第 3 期。

③ 《教育家联翩莅晋》，《来复》1919 年第 79 期。

④ 朱麟公编：《国语问题讨论集·附录》，上海：中华书局，1921 年。见《教育杂志》第 11 卷 11 号《专件》栏。

⑤ 参看黎锦熙：《国语运动史纲》卷 2，第 3 页。

世纪上半叶的中国历史实际中最具独特性的关系组合。在"新文化"与"新教育"的合力中孕育的民国知识分子，似乎迎来了一个文化与教育的"黄金时代"，这个所谓的"黄金时代"，又包裹在所谓的政治"乱世"之中，然而值得我们进一步分析和理解的，是这一黄金时代与乱世之中，倡导新文化与新教育的"新文学家"们究竟以何种文化态度，努力挣扎出一份属于中国文化的现代意义。

第二节　从教者、教科书与新诗的机会

尽管梁启超等晚清知识分子将文学视为改革国家、重塑国民精神的重要工具，从文学生产角度来看，他倡导的三次文学革命激活了小说的创作与消费，然而文学发展的现实情境也与他设定的"启民智"初衷若即若离，毕竟"群"之改造理想，不是一蹴而就，历史来看，尽管这一阶段知识分子的努力奠定了思想启蒙的基础，却未能以更高的效率带动社会文化的整体性发展。以白话的新文学为教育内容的文学教育的出现，伴随着教育体制改革，具备了影响文学教育的可能，随着各式学堂的日渐普及、新文化运动实绩的不断出现，有了相对稳定的作者与读者，"开文章之新体，激民气之暗潮"① 的晚清理想，才在民国的文化现场有了实现的可能。更为重要的是，现代中国的文学教育和启蒙运动互相依附，倡导恢复人的主体意识，强调人的价值和尊严，与清末知识分子借文学改革以启迪群智的文化理想相比较，新文化运动以后的文化与教育实践显然有更确切的方针和举措，在这其中，凸显个体价值尊严的文学实践与教育行为，起到了关键性的"助剂"作用。在我们描述的助剂意义上，知识分子群体所具备的样本意义更为凸显。

从这个方向来看，知识分子群体逐渐成为教育变革的主要设计者和实践者，这是新文化运动以来最突出的变革。在政治力量左右和知识分子主张之间"消长"的中国教育，迎来了 20 世纪上半叶中国教育的崭新形态。在此基础上应运而生的 20 世纪大学教育中的"校长""教师""社团""学生""刊物"与政治运动、社会现实或者文化实际之间的关系的研究，在学界已有诸多论述，这里不多谈。我们关注的问题是，经历新文化运动与新教育孕育的辉煌

---

① 梁启超语，《清议报》第 100 册，1901 年 12 月 21 日。

"五四"，为 20 世纪上半叶的中国留下了什么样的文化启迪，这些文化启迪以"观念"的形态展现不足为奇，我们不妨降格，从最直观的角度，来说明 20 世纪上半叶知识分子的生存文化样态集中展现的特点，说明在"新教育"与"新文化"双重革新之中，在政治体制与教育体制的磨合之下，孕育的新一代新兴知识分子的基本文化生活逻辑给予我们的启迪。在这些新兴知识分子中，最令人瞩目的当然还是新文学从业者，他们作为最具有开拓意义的新存在，其文化生活样态是这一时期最具样本意义的。

我们这里截取几个有典型意味的横截面，集中论述现代大学体制中新文学家的生存文化样态：

首先令我们关注的是教师的流动性。当我们回返教育现场去考察 20 世纪上半叶新文学从业者的教师群体在教育工作中的位置时，我们发现其流动性是一个显要的特征。在多重动因之下，新文学作家或因个人抉择，或因外部原因，游弋于多所院校。有论者提出"我们所熟知的鲁迅、沈兼士、马裕藻、周作人、朱希祖、钱玄同、王星拱等，都曾在北京大学、清华大学、北京师范大学、北京女子师范大学、燕京大学等多校国文系兼课。"① 这些或主动，或被动的流动，在体制内部是被重视的。1914 年教育部颁布《专门以上学校职员薪俸暂行办法》，明确规定禁止教职员兼司其他单位项目，1929 年国民政府教育部规定"自十八年（1929 年——笔者）度上学期起，凡国立大学教授，不得兼任他校或同校其他学院功课，倘有特别情形不能不兼任时，每周至多以六小时为限；其在各机关服务人员担任学校功课，每周以四小时为限，并不得聘为教授。"② 这些限制与妥协，说明的是实际的教师流动，引发了体制的回应。

在实际情况中，有思想论争引发的教师流动，如桐城"古文派"与江浙"新思潮派"对北京大学的争夺，东南大学"学衡派"与北京大学"新文化派"的抗衡，包括"新文化派"内部的分化等；有大学校长理念引发的教师流动，如蔡元培、郭秉文、张伯苓、梅贻琦、竺可桢等的理念与人事安排；有因学术活动与旨趣、政治干预、经济问题、战争压力等多重原因引发的教师流动。③ 和 20 世纪一系列"中产阶级"行业如律师、记者、编辑、西医等具备

① 金鑫：《民国大学中文学科讲义研究》，博士学位论文，天津：南开大学，2014 年。

② 《大学教授限制兼课》，见王学珍、郭建荣主编：《北京大学史料》第 2 卷，北京：北京大学出版社，2000 年，第 431 页。

③ 参看吴明祥：《流动与求索——中国近代大学教师流动研究（1898—1949）》，杭州：浙江教育出版社，2006 年。

类似性，文学从业者尤其是新文学的作家、教师成为独立参与社会事务的独立群体，这一独立性与职业生涯的流动性，显然是有密切联系的。自由择业机制与聘用机制为教师群体流动提供了制度性保障，流动性本身又为知识分子独立人格力量的秉持和学术魅力、文化主张的扩散提供了基础。当然，这一流动性本身同时蕴含着因内忧外患、政治局势、战争、经济等问题引发的被动型，被迫流徙一方面干扰了知识分子亟须的平静，也催逼他们去介入更广阔的社会生活，积极回应社会问题。尤其是从事新文学创作的教师群体，他们更能够将自己的体验与学术研究、文学创作进行勾连，其中呈现的丰富性，已被不断开掘。倘若自由流动的教育机制和宽松稳定的社会环境皆备，中国大学教育或许会探索出一条新路。

我们还应关注新文学家教师群体的评价机制问题。我们在探讨与此相关的问题时，经常会援引蔡元培时期的北京大学如何兼容并包，如何不拘一格，但同时也考虑到流传广泛的刘文典嘲讽沈从文"如果沈从文都要当教授了，那我岂不是要做太上教授了吗"① 的戏谑，在这种差异化的叙述中，我们往往可以看到学术标准的"模糊性"。20 世纪上半叶新文学作家在体制内生存时，其文学创作、学术研究、教学实绩构成的评价机制，往往并不被固化成为硬性的指标。当然，这不意味着体制内不存在评价机制，就学术而言，民国初期的北洋政府就颁布了一系列大学学术评价机制，国民政府成立后，成立中央研究院并附设中央研究院评议会，对相关学术成就进行总体性评估，甚至 1940 年的抗战时期还成立了教育部学术审议委员会，完善制度建设。然而，尽管绝大部分的学术研究都纳入了学术评价活动之中，学术评价一定程度上也制约着体制内的学者，但就现象来说，民国时期新文学家总体来说在学术、创作和教学过程中，并未以此作为自己文化倾向改变，思想态度转变的限制性因素。基本情况诚如蔡元培所理想的那样，"我素信学术上的派别即是相对的，不是绝对的；所以每一种学科的教员，即使主张不同，若都是'言之成理，持之有故'的，就让他们并存，令学生有自由选择的余地"②。当然，这种总体倾向背后给予我们的启迪和反思很多，这里不赘述。

最值得我们思考的，是新文学家从事教育工作之时，并不完全彻底的委身体制，反而因体制性的保障和对体制的无视呈现出相对的自由度。五四新文化

---

① 章玉政：《狂人刘文典——远去的国学大师及其时代》，桂林：广西师范大学出版社，2008 年，第 247 页。

② 高平叔编：《蔡元培教育论著选》，北京：人民教育出版社，1991 年，第 627 页。

运动以后，大学校园为新文学从业者提供了生活保障的场所和言论传播的场阈。其收入相对优渥、受众比较广泛和学术条件十分便利，为他们的创作、教学及学术提供了相当重要的条件，同时也为新文化影响力的扩大创造了条件。但在教育之外，新文学家往往以著述、演讲影响着教育内外的各色人等。"新文学家"这一文化身份中蕴含着多重职业身份，他们可能是作家、教师、政客抑或无业者，这种教育层面的相对的自由度，既暗合了新文学运动的主张，又发展了思想主张的实际社会功能。

从总体上来说，我们简述了民国教育体制的逐步建设过程及其与新文化运动的互动互涉关系，在体制性的因素与文化逻辑自身的力量的和合过程中，新文学家从事教育工作为我们理解中国现当代文学的发展提供了新的视野。在描述新文学家从事教育者的基本生存特征之后，我们可以反向从读者群体进行考察，理解现代基础教育与新文学的读者群体之间产生的文化关系。

在新文化运动初期，胡适就指出，学术界语言学专家的鼓吹和国语教科书的机械化教授是不能够完全推广国语运动的，胡适认为"真正有功效有势力的国语教科书，便是国语的文学；便是国语的小说，诗文，戏本。国语的小说，诗文，戏本通行之日，便是中国国语成立之时"①。他强调的是，真正的"利器"还在于新文学创作实绩本身需不断进入教育实践中。围绕《新青年》杂志，诸多文学家也以或撰文或通信的形式强调新文学进入课本的重要性，创生期的新文学作品被赋予了厚重的使命，这对新文学的传播起到了重要作用。1919年4月教育部附设的国语统一筹备委员会召开成立大会，在会上，周作人、胡适、钱玄同、刘半农等提出了《国语统一进行方法》的议案，认为"统一国语既然要从小学校入手，就应当把小学校所用的各种课本看作传播国语的大本营，其中国文一项尤为重要"②。从理论、舆论与政策③等几个方面，新文学有了进入教育机制的可能，并且在此后，随着教育部发出相关通告和商务印书馆出版了"国语""白话文"的教科书，带着新文化运动印记的文学作品逐步地进入了教学之中。在1920年与1921年，国语统一会审定的教科书就

---

① 胡适：《建设的文学革命论》，《新青年》4卷4号。

② 原载《教育公报》第6期第9期（1919年），转引自钱理群：《五四新文化运动与中小学国文教育改革》，《中国现代文学研究丛刊》2003年03期。

③ 参看钱理群：《五四新文化运动与中小学国文教育改革》，《中国现代文学研究丛刊》2003年03期。

达两百余册。①

概括来看，新文化运动以来，"'国语统一'与'文学革命'合流"为思想界、文化界、教育界带来了相当大的刺激，并"显现在小学、中学和大学教育的各个层面"，"同时也带动了图书出版、报刊传媒的迅猛发展。一切都呈现出崭新的面貌"②。1920 年至 1922 年之间，仅统计经过"教育部国语统一筹备会"直接审定出版并在全国范围内通用的国语、国文教科书已达 400 册之多。③ 从今天的角度看，胡适曾提及的行政力量使中国文学教育改革提早了 20 年这种观点是有其道理的，正是乘着文学革命以来新文化这股"东风"，才有了新兴的文学教育借助行政力量，不断深刻地影响着中国文学教育的语言、方法、思想、观念。

从晚清"国语统一"运动以来编撰的教材，几乎变革之中都蕴含着知识分子"言文一致"的诉求。1896 年 11 月梁启超的《沈氏音书序》提出"文与言合""读书识字之智民，可以日多"④ 催生出了 1897 年上海南洋公学出版的《蒙学课本》（三册）。这一教材通俗清新，"文字已较为通俗，而内容则与过去玄妙的经典教材更有所不同，比较接近日常生活的材料"⑤。晚清裘廷梁痛斥"文言之为害"使国家衰败，黄遵宪的"我手写吾口，古岂能拘牵"的诗歌主张和梁启超的"新文体"的宣扬，"为诗体的解放和文体的解放，开启了一条尝试的路子"⑥；早在 1903 年"国语统一"的口号已经被吴汝纶等教育先行者叫响⑦，推行"癸卯学制"后，上海商务印书馆编纂第一套"既是新学制的产物，又促动了新学制的推广与发展"⑧ 的《中小学国文教科书》，事实上均意识到了教育推行必须切合时代变革的实际。1904 年"中国文学"独立设

---

① 参看费锦昌主编：《中国语文现代化百年记事》，北京：语文出版社，1997 年，第 34 页

② 沈卫威：《"国语统一"、"文学革命"合流与中文系课程建制的确立》，《中山大学学报（社会科学版）》2011 年第 3 期。

③ 黎锦熙：《国语运动史纲》，上海：上海书店，1990 年，第 121 页。

④ 梁启超：《饮冰室合集·饮冰室文集之二》第 1 册（据 1936 年版影印），北京：中华书局，1989 年，第 2 页。

⑤ 李杏保、顾黄初：《中国现代语文教育史》，成都：四川教育出版社，2004 年，第 31 页。

⑥ 沈卫威：《"国语统一"、"文学革命"合流与中文系课程建制的确立》，《中山大学学报（社会科学版）》2011 年第 3 期。

⑦ 黎锦熙：《国语运动史纲》，第 97 页。

⑧ 李杏保、顾黄初：《中国现代语文教育史》，第 34 页。

科后，林纾的《中学国文读本》、吴增祺的《中学国文教科书》、谢无量的《新制国文教本评注》开启了中国文学专业化教材的编写之路。是在"一种文章义法"的"教学尚能统一"①于传统格局的框架之中的早期实践。

新文化倡导者们探讨文学革新的文章和教育界的一系列努力举措，尤其是1917年初《文学改良刍议》及《文学革命论》等一系列文章的发表，立刻引起身处教育情境中的读者的反响。有佚名读者以"后来学者"的身份致信陈独秀，他们提出认同新文化理念，但缺乏教材，由此建议书局聘用文白兼修，新旧并包的学者，遴选"自古至今之文字，不论文言白话散文韵文"②，编撰成教科书，以作为学习的资料，更有读者认为，陈独秀的观念激进，希望他不光有"破"，更要有"立"，这里所谓的立，用读者的话说就是"积极的建设"，体现在如何融汇文言与白话，如何重启文学创作的"新纪元"，最终他论述的落脚点在教科书编撰上，他认为当务之急在于"至学校课本宜如何编纂，自修书籍宜如何厘定，此皆今日所急应研究者也"③。这的确是新文化运动初期面临的问题，缺少"范本"难免使言说流于空疏，初期文学实绩的缺乏也的确不具有太强的说服性。随着新文学作品在流布中不断引起反响，在新文化运动和教育实践的磨合与交融中，钱玄同提出了新文化运动以来的三种文学实绩可供教学参考，其中包括"白话论文""新体诗"、和鲁迅的小说，他同时认为"改良小学校国文教科书，实在是'当务之急'。改古文为今语，一方面固然靠着若干新文学家制造许多'国语的文学'；一方面也靠小学校改用'国语教科书'。要是小学校学生人人都会说国语，则国语普及，绝非难事"④。1919年经过北京大学刘半农、周作人、胡适、朱希祖、钱玄同、马裕藻等六教授在"国语统一筹备会"第一次大会上提出的《国语统一进行方法》，改《国文读本》为《国语读本》，提倡"国民学校全用国语，不杂文言；高等小学酌加文言，仍以国语为主体"⑤。"国语"这种既是教学内容，又是教学手段，同时也是教学目的，这是新文化运动带来的一种教育精神的形式建构，逐步影响了教育行为。

尽管有了知识分子的大力鼓吹，但中小学教师群体对国语运动和新文化运

① 张鸿来：《国文科教学之经过》，《中国近代学制史料》第三辑上册，上海：华东师范大学出版社，1990年，第439页。

② 佚名：《致陈独秀》，《新青年》第3卷第3号，"通信"，1917年5月1日。

③ 张护兰：《致陈独秀》，《新青年》第3卷第3号，"通信"，1917年5月1日。

④ 钱玄同：《答潘公展》《新青年》第6卷第6号，"通信"栏，1919年11月01日。

⑤ 黎锦熙：《国语运动史纲》，第110页。

动的反应不一，有的教师很敏感：比如《白话文范》的编写者何仲英就曾说他1920 年前后就在课堂上"教了许多白话诗"，并以胡适的《我为什么要做白话诗》和《谈新诗》给学生参考①，在 1920 年亦有中学校刊向学生推介《新潮》《曙光》《建设》《解放与改造》《少年中国》《太平洋》《新教育》《新青年》《北京大学周刊》等在内的很多刊物②。可见，即便教育部仍未出台政策，对新文化运动敏感的教师和学生都已经形成了阅读新文学的风气。有的仍旧对"国语运动"非常茫然：有教师提出，因为身处地方，一时间找不到"的确懂得国音的教员"，所以"未敢将国文轻改国语，恐怕乡音或不正确的国音来教授国语，有背'国语统一'之本义"，为读音而困惑，因此黎锦熙感慨道，"我才知道一般教育界的人原来把国语教育全部的精神都看作读音统一部分的事情，把改用语体文之目的看作单为统一语言起见的一回事，这就未免将轻重缓急弄颠倒了"③。

胡适也在"国语的文学"论中表达了自己的态度，"我们不注重统一，我们说得很明白：国语的语言——全国语言的来源，是各地的方言，国语是流行最广而已有最早的文学作品。就是说国语有两个标准，一是流行最广的方言，一是从方言里产生了文学"④，可见在"一般教育界"事实上也并未因为"教科书"的出版而产生飞跃性的教学变革，其中还是蕴藏着很多疑惑和不解，这种困惑，直接导致了教育的期待视野和直接效果之间的疏离。尽管如此，逐渐增多的新诗创作实绩还是为我们昭示了胡适、黎锦熙等从"国语"角度解放诗歌形式为现代汉语诗歌创作带来的巨大活力，已有相关研究为我们点出其核心。⑤

对于形式的革新，目的在于"做新思想新精神的运输品"，不借助形式的轰轰烈烈的激进革新，只恐怕精神也受到束缚。这一层意思，却为教育的推行，造成了一定的阻碍，所谓国语，就牵扯到标准，胡适以为，"国语教育"首先"不止（只）是注音字母"，也"不单是把文言教科书翻成白话"，"国语教育当注重'儿童的文学'，当根本推翻现在的小学教科书"⑥，归结到核心还

① 何仲英：《白话文教授问题》，《教育杂志》1920 年第 12 卷第 2 号。

② 参看《平远中学月刊》，广东平远中学 1920 年创办。

③ 黎锦熙：《国语教育上应当解决的问题》，《教育杂志》第 13 卷第 2 期，1921 年。

④ 《胡适学术文集·新文学运动》，北京：中华书局，1999 年，第 267—268 页。

⑤ 参考颜同林：《方言与中国现代新诗》，北京：中国社会科学出版社，2008 年。

⑥ 胡适：《日记·1921 年》，季羡林主编：《胡适全集》第 29 卷，合肥：安徽教育出版社，2003 年，第 399—400 页。

是一个思想问题，面对这个思想问题，最佳的解决方式是文学手段。黎锦熙也认为，"思想解放即从文字的解决而来；解决之后；新机固然大启；就是一切旧有的东西，都各自露其本来面目"，① 根本的目的也是一个思想问题。

这一思想问题包含着对文化传统的巨大颠覆，这也极大地挫伤了有旧学背景的知识分子，引来诸多论争，如与《甲寅》派调和折中意见的争锋、与东南大学—南京高师具有代表性的教员和学生在新旧问题上的骂战等，在一定意义上，首先不是一个文学思潮的论辩，而应看作是文学教育问题的争论。黎锦熙认为新文化阵营应对"拦路虎"式的《甲寅》们的策略是"布出了三道防线"，那就是：白话文、国语教科书（包括一切国语读物）、教育法令。② 可见，这一论争背后角力的乃是教育话语权力的争夺。

在教科书层面，开风气之先的是中华书局与商务印书馆。朱毓魁的《国语文类选》③宣称，要以该教材作为"群治改造的先锋"④，这部教材共分十一部分，其中第一类为文学，包括了罗家伦、胡适、知非、周作人、朱希祖的十二篇文章，皆宏观讨论文学性质和文学体裁。在体裁分论中，选取了胡适的《论短篇小说》《谈新诗——八年来一件大事》、知非的《近代文学上戏剧的位置》。商务印书馆由于提前得到内部消息，也几乎与教育部训令颁布同时出版了《白话文范》⑤，这部"中学白话语文教科书产生的标志"⑥ 著作一再重印至 30 年代。这部著作在出版时宣称，由于中等学校苦于没有合适使用的"教本"，在"很提倡白话文"的情形下，"取材也很困难"，这符合客观实际，于是请来南开的两位教员洪北平和何仲英，分别编撰了《白话文范》及其参考用书，为了体现其不偏不倚的文化态度，不光选取了"现代教育家蔡元培、胡适、钱玄同、梁启超、沈玄庐、陈独秀"等的著作，还另选取古代经典，包括"程颢、程颐、朱熹"等，从这个角度来看，这部教科书，不仅包含了教育学生的功能，还兼具培训教师的功能。它宣扬，"不但形式上可得白话文的模范，就是实质上也都是有关新道德知识、新思想的文字，而且和中等学校的程度很

---

① 黎锦熙：《国语运动史纲》，第 128 页。
② 参看胡适：《五十年来中国之文学》，季羡林主编：《胡适全集》第 2 卷，第 342页。
③ 朱毓魁：《国语文类选》，上海：中华书局，1920 年。
④ 朱毓魁：《例言》，《国语文类选》。
⑤ 何仲英、洪北平：《白话文范》，上海：商务印书馆，1920 年。
⑥ 郑国民：《从文言文教学到白话文教学》，北京：北京师范大学出版社，2000 年，第 120 页。

合"，这是站在学生层面的教学预设；"另编参考书，凡是考据解释和语文的组织法，都详细说明，还有新文若干放在后面，好算一种破天荒的教科书了！"①这部新文化运动以来的第一部教材隔年即再版，并不断产生影响，虽然它的自我宣传在这其中起到了很大作用②，但我们也可以看到教科书的缺乏，同样也是其流传过程中的重要因素。

教科书《白话文范》的作者洪北平，其从教者的身份不应忽略，他的学生赵景深曾经这样描绘他的老师与当时的学校情境：

> 民国八年，我十八岁，在天津南开中学旧制中学一年级读书。我的国文师便是洪北平先生。当时新文学运动像浪潮一样的澎湃，洪先生除了选一些文言文给我们以外，还选了不少白话文给我们读。记得其中有一篇梁启超的《欧游心影录》，文字相当有魅力。家叔每期购买《新青年》，我也读了不少。洪先生介绍胡适的《中国哲学史大纲》给我，我也胡乱地看着。我的作文，洪老师常给我最高的分数。在全班中，我各科的成绩最好，品行也列甲等。记得在大礼堂，张伯苓校长特别指出唯一的得到五个甲等的人。喊着我的名字，叫我站起来。我又是羞赧，又是高兴，心里别别的跳，就在这红着脸站起的当儿，得到全场同学的鼓掌，因此我就被选为级长，做级会主席，绘画研究会主席，南开青年会的秘书，英文演说竞赛的选手等等。我又常向《南开周刊》投稿。记得有一次开级会，请洪先生演讲，他的讲题是《新文学与旧文学》，讲稿是他自己写的，却谦虚地把笔记者写着我的名字，登在《南开周刊》上，我看了自然很高兴。我把我所做的日记，也拿给洪先生看。每册的封面都摹仿北京大学月刊，画一个长短不一的黑十字。我写得很恭整，并且有恒心，不间断地记了好几个月，洪老师很是赞许。

---

① 《白话文范》宣扬，"不但形式上可得白话文的模范，就是实质上也都是有关新道德知识、新思想的文字，而且和中等学校的程度很合"，这是站在学生层面的教学预设；"另编参考书，凡是考据解释和语文的组织法，都详细说明，还有新文若干放在后面，好算一种破天荒的教科书了！"这是站在教师层面的教学指导。参看周予同：《中国现代教育史》，上海：良友图书印刷公司，1934年，第134页。

② 再版广告这样写："提倡白话文以来，中等学校苦无适当的教材，这部分书精选古今名人的白话文，分订四本，并且有参考书同时出版，内容很切现代思潮、国民修养。就是语法篇法，都很妥适，可作模范，要算唯一的白话文教本了。"参看舒新城：《近代中国教育史料》（第二册），上海：中华书局，1928年，第121页。

> 后来我考入天津棉业专门学校，洪先生还在南开教书。这时他的《白话文范》，这最早的一部中学白话文教科书，已经出版。他还常有小说，创作的和翻译的，投给《新的小说》《妇女与家庭》等刊物（这两个刊物都是泰东图书局出版的）。我对于洪先生非常钦佩，常写信给他，向他借阅刊物，并问他关于文艺上的问题，他都很恳切地回答我。①

从上文中可以看到《白话文范》编者洪北平从事新文学教育的基本情况。赵景深从 18 岁的中学生角度感受到了"新文学运动像浪潮一样的澎湃"，学校教育、家庭氛围等，都促使他主动思考"新旧"文学的关系，这也为他一生的教育事业奠定了基础性的认知框架。而且可以看到，并不是先有了《白话文范》的编辑出版，才使得洪北平任教的中学出现新文学教育，其中的关键还是在教育者自身的兴趣和视野。洪北平心目中的"新文学"究竟是什么样的呢？我们可以通过他 1920 年发表的一篇文章大体了解，他在一篇名为《新文谈》的文章中谈到，他说新文学是"精神的"，"不必拘于起承转合的老腔调，体裁纯任自然，布局就活泼了，而且必须有美妙的精神在内"，新文学"是平民的"，"以白话来作，以社会为本位，以大多数人为对象"，"要有普遍的事实与理想，合于'德谟克拉西'的精神"，新文学"是人道的"，而"人道"就是"人的道德"，新文学体现的人道表现为"想象如何是最正当的生活？如何合于人道？"，新文学"是自然的"，而非雕琢的，与旧文学相比，新文学"就是要文体的解放，诗体的解放，打破那'律''格''义法'种种的拘束"，内容上"也是极重自然的，是人人心中所本有的，目中所得见的，嘴中所要说的"，新文学是"写实的"，表现的"是世上有的事理，是心中有的理，写的是人的生活，是人现在的生活，是人将来的生活"，"而不是空的，能说不能行的"，新文学还是"进化的"，要为社会前驱制造"思想界新潮流"，同时还要接受"新潮流的影响"。② 这说明洪北平的新文学观基本受到了胡适、周作人等《新青年》作家群的影响，这也为我们理解《白话文范》的编撰过程打开了一个窗口。

相较于论说文，这部教材中的文学作品数量不多。有统计表明，这部教材

---

① 赵景深等编：《现代文人剪影》，武汉：湖北人民出版社，2009 年，第 154—155 页。

② 洪北平：《新文谈》，《教育杂志》第 12 卷第 4 号，1920 年。

中"称得上美术文，比例不足 15%"①，其余都是"实用文"，根据蔡元培的认定，"国文分二种，一种实用文，在没有开化的时候，因生活上的必要发生的；一种美术文，没有生活上的必要，可是文明时候不能不有的"②，这部教材绝大多数篇章是功能性的议论文。按蔡元培的理念，这部教材尚属于以实用文为主导的、以"开化"为追求的中学国文课本。文学作品尤其是新文学作品（美术文）由于多种原因尚未成规模，所占比例很小。

然而这部教材却给初生的新诗留下可贵的空间。《白话文范》入选了三首新诗，题为《新诗三首》，分别是傅斯年的《深秋永定门上晚景》，周作人的《两个扫雪的人》，沈尹默的《生机》。另外还有刘半农的译诗《缝衣曲》（标明"英国虎特著"，Thomas Hood），再算上与"新诗"有密切关联的钱玄同写的《尝试集序》。自此，新文化运动以来的"诗"，以教材的形式真正意义上进入了教育传播过程之中。

这一遴选并不随机，其中蕴含深意。在与之匹配的供教师参考的《中等学校用白话文范参考书》中，与钱玄同《尝试集序》对应的内容以词条的形式出现，解释了"尝试集""文学改良刍议"，对胡适"白话诗"写作前后动机做了考察，推荐了胡适的《尝试集自序》《解放与创造》《文学改良刍议》等《新青年》杂志上的文章，着重提出胡适提倡的"文章八事"，同时解释了钱玄同文章中知识性的生僻词汇所指："辟克匿克"为何，"转注"何解，"嬴政""王充""扬雄"是谁等等，将胡适作《尝试集》的过程故事化讲述，从而将其知识化，在这个基础上，新诗作为教育资料，首先是对其进行文字上的疏通，这也是具有悠久传统的教育行为。

在《新诗三首》的对照阅读中，全文摘录了胡适的《谈新诗》这一经典性的对初期白话诗评价的文章。这篇文章中，分别包含傅斯年的《深秋永定门上晚景》，周作人的《两个扫雪的人》，沈尹默的《生机》以及译诗《缝衣曲》，由此得见编选这四首诗的匠心之所在。这篇文章中申明了胡适眼中"新诗中的第一首杰作"——周作人的《小河》，照录了胡适自己的新诗《应该》、康白情的《窗外》《送客黄浦》等诗作，并做出阐释。这一给定的阐释框架，据朱自清分析，胡适的这篇文章"大体上似乎为《新青年》诗人所共信，《新

---

① 洪宗礼等：《母语教材研究·卷一·中国百年语文课程教材的演进》，南京：江苏教育出版社，2007 年，第 28 页。

② 蔡元培：《论国文的趋势及国文与外国语及科学的关系》，《蔡元培选集》下册，杭州：浙江教育出版社，1993 年，第 1079 页。

潮》《少年中国》《星期评论》，以及文学研究会诸作者，大体上也这般作他们的诗。《谈新诗》差不多成为诗的创造和批评的金科玉律了"[1]。不仅如此，借助中学国语教科书《国语文类选》《白话文范》等的推行，这一框架既指导了创作、批评，更传授了阅读经验和方法。在新文化运动与中学教育相互参与，相互碰撞、磨合、融汇过程中，心意相投者有之，疑惑不解者有之，与之对立者有之，正是在这样一种互通与对立中，20 世纪初的文学与思想才呈现出一种丰富的复调般的交响。在新文化运动与中学教育相互参与，相互间的碰撞、磨合、融汇过程中，新诗是作为核心性的文体，新文化运动以来新诗初步进入教育范畴的核心性文献，正是胡适的《谈新诗——八年来一件大事》。

第三节　《谈新诗》的教育学意义

对于胡适的《谈新诗——八年来一件大事》，十数年后朱自清在回望初期白话诗的流传时，认为它是"诗"的"创造"和"批评"的"金科玉律"[2]。事实上谈了两方面的问题。一是创造，它是新文化运动潮流追随者写作的模板；二是批评，无论认同与否，这一文献有着开启诗歌艺术讨论空间的功能。本文认为，胡适的《谈新诗——八年来一件大事》是新诗进入教育领域的核心性文献。

《谈新诗——八年来一件大事》刊载于《星期评论》1919 年 10 月 10 日纪念号上。《星期评论》是一份时间不长的刊物，1919 年 6 月 8 日在上海创刊，1920 年 6 月就停刊了，但它是一份包含党派诉求的重要刊物，是"国民党人文化参与的产物"[3]，集中展示了南方政治、文化圈与新文化运动的互动。这份周刊，每期八开两张，除单独销售外，还随《民国日报》免费附送。由戴季陶、沈玄庐等负责编辑。该刊辟有主张、纪事、短评、小说、诗、书报介绍等栏目。1919 年 10 月 10 日"纪念号"共计五张。其中刊载"本号重要目次"[4]

---

① 朱自清：《中国新文学大系·诗集导言》，上海：良友图书印刷公司，1935 年。
② 同上。
③ 姜涛：《开放"本体"与研究视野的重构——以"〈星期评论〉之群"为讨论个案》，《北京大学学报（哲学社会科学版）》2008 年第 4 期。
④ 《星期评论》纪念号，1919 年 10 月 10 日，第五张。

分别是第一张："中国实业如何发展（孙文）""唯物史观的解释（林云陔）"，第二张："革命的继续（廖仲恺）""我们要一种什么样的宪法（民意）"，第三张："英国劳动组合运动（戴季陶）"，第四张："实验主义理想主义与物质主义（蒋梦麟）""女子与共和的关系（蒨玉）""宗教的共和观（徐季龙）"，第五张："《谈新诗》（胡适）"。通而观之，这期报纸谈论的都是中华民国建政以来的有关"民生社稷"和"思想状况"之类宏大问题。其中包括实业发展、哲学主张、革命前景、工人运动、女性问题、宗教问题，唯独这篇《谈新诗》，似乎是个非常小非常小的文学问题，而且不是有关宏旨的理论性、方向性的大问题。在这一系列所谓"重要目次"之中，显得略有些渺小、缺乏分量，这一份纪念民国成立八年国庆的"纪念号"上的重要目次，每一篇都几乎是具有现实指导意义的"大文章"，胡适却以小文章掺入其中，这其中包含了他自己的匠心独具。

《谈新诗》共有五个部分，胡适借《谈新诗》的第一部分，开篇就谈了他这篇文章的写作背景和"言外之意"。他首先说到"民国六年（一九一七）一月一日，《新青年》第二卷第五号出版，里面有我的朋友高一涵的一篇文章，题目是《一九一七年预想之革命》。他预想从那一年起中国应该有两种革命：（一）于政治上应揭破贤人政治之真相，（二）于教育上应打消孔教为修身大本之宪条。高君的预言，不幸到今日还不曾实现。'贤人政治'的迷梦总算打破了一点，但是打破他的，并不是高君所希望的'立于万民之后，破除自由之阻力，鼓舞自动之机能'的民治国家，乃是一种更坏更腐败更黑暗的武人政治。至于孔教为修身大本的宪法，依现今的思想趋势看来，这个当然不能成立；但是安福部的参议院已通过这种议案了，今年双十节的前八日北京还要演出一出徐世昌亲自祀孔的好戏！[①] 胡适通过高一涵"预想"的 1917 年发生"两种革命"，来表达对 1919 年时局的担忧。期待中的政治民主不仅没有实现，反而陷入了"更坏更腐败更黑暗的武人政治"[②]，预想的以反对"孔教"为代表的思想革命，也因"北京还要演出一出徐世昌亲自祀孔的好戏"[③] 而告破。胡适用了充满了一种颓丧的愤怒，开始了这篇文章。

接下来话锋一转，"但是同一号的《新青年》里，还有一篇文章，叫作《文学改良刍议》，是新文学运动的第一次宣言书。《新青年》的第二卷第六号

---

① 胡适：《谈新诗——八年来一件大事》，《星期评论》纪念号，1919 年 10 月 10 日。

② 同上。

③ 同上。

接着发表了陈独秀君的《文学革命论》。后来七年四月里又有一篇《建设的文学革命论》。这一种文学革命的运动，在我的朋友高君做那篇《一九一七年预想之革命》时虽然还没有响动，但是自从一九一七年一月以来，这种革命——多谢反对党送登广告的影响——居然可算是传播得很远了。文学革命的目的是要替中国创造一种'国语的文学'——活的文学。这两年来的成绩，国语的散文是已过了辩论的时期，到了多数人实行的时期了。只有国语的韵文——所谓'新诗'——还脱不了许多人的怀疑。但是现在做新诗的人也就不少了。报纸上所载的，自北京到广州，自上海到成都，多有新诗出现"①。这是用新文化运动的实绩，来说明在这颓丧和悲愤之外，还是有收获的。这个收获，就是伴随新文化运动的展开，其中"多数人实行"的"国语的散文"，已告成功，"现在做新诗的人也就不少了"，方兴未艾。

这两段一上一下，从对时局的失望，说到新文化的功绩，接着谈到了发表这篇《谈新诗》的缘由，"这种文学革命预算是辛亥大革命以来的一件大事。现在《星期评论》出这个双十节的纪念号，要我做一万字的文章，我想，与其枉费笔墨去谈这八年来的无谓政治，倒不如让我来谈谈这些比较有趣味的新诗罢"②。通过并置对时局的失望和新文化运动的功绩，原来是为了点出"这种文学革命预算是辛亥革命以来的一件大事"。《星期评论》向其约稿，原本的目的应该是作一篇与"重要目次"中其他篇章类似的关于国计民生的"一万字大文章"，胡适毅然抛开了"无谓政治"，不去"枉费笔墨"，倒是选了一个"谈新诗"的小题目来做。

从"无谓政治"，到选择"有趣味的新诗"，胡适此文的目标，显然不是他一个"小题目"的自谦，它关系的是整个新文化运动"启蒙"观念的推进程度，在这篇文章的副标题"八年来一件大事"的每个字上，作者都打上了黑点，以示庄重。在这篇文章刊登之际，胡适正在山西参加全国教育联合会第五次大会。上文提及的山西地方杂志《来复》以《教育家联翩莅晋》为题加以报道已充分说明了此事。"全国教育联合会于本月十日在晋举行……有美国大教育家杜威博士及其夫人女公子等，并偕同北京大学教授胡适之"，"杜博士来系专为演讲世界最新教育学说，胡先生则任翻译"③。这篇文章发表前后，胡适为之奔忙的仍旧是"教育问题"。结合起来看，"新诗"这一议题，在胡适

---

① 胡适：《谈新诗——八年来一件大事》，《星期评论》纪念号，1919 年 10 月 10 日。

② 胡适：《谈新诗》，《星期评论》纪念号，1919 年 10 月 10 日。

③ 《教育家联翩莅晋》，《来复》（杂志），1919 年第 79 期。

看来是民国八年以来一件大事，他衡量着新文化运动的切实影响力。胡适以为，"1919年'五四运动'之后，全国青年皆活跃起来了，不只是大学生，纵是中学生也居然：要办些小型报刊来发表意见。只要他们在任何地方找到一家活字印刷机，他都要利用它来出版小报。找不到印刷机，他们就用油印。在至两年间，全国大、小学生刊物总共约有多种。全是用白话文写的。在全国之内，被用来写作和出版"，"这些青年人的行为也证明了我的理论——我们从阅读欣赏名著小说，而获得了一种（新的应用）文字"①。然而，白话文运动，寄托了胡适对文学革命运动目标的期冀，即对语言文字以及文体的解放。在这种由阅读到写作实现文学革命的过程中，学生们不仅仅获得一种新的文字，更为重要的是将新文学的意识深深地植根于他们的自我意识中。②

从民国初年发起的"读音统一会"到1917年底"国语统一会"的筹备，都是知识分子群体在为文学和语言的统一积极寻找路径，直至1920年教育部下令教科书改国语，以语言的形式解放引导学生向思想的桎梏突围，是胡适为代表的知识分子以新文学运动以来倡导的价值观影响青年学生做出的由外向内的导引。然而"应用型"的白话文字易习得，价值观念的传递相较而言更加艰难。这一篇谈新诗借诗歌问题突出"打破那些束缚精神的枷锁镣铐"，显然是极具代表性的教育问题，由此我们能够理解，为何胡适选择这篇文章作为1919年10月10日刊于《星期评论》纪念号上的"大文章"。以至于让诸多受新文化影响的青年们，都把"民国八年"作为自己阅读与写作生涯值得铭记的转折时刻。"阅读是扮演读者的角色，而阐释是设定一种阅读经验。"③正是这篇《谈新诗》，协助新文学的传播者、接受者更深层地理解新文化运动何为。而正因为"新诗"，新文化运动以来的教育理想才得以落实。

自胡适这篇《谈新诗——八年来一件大事》之后，借"谈新诗"为题，讨论文艺问题、教育问题的篇章，亦出现不少。北京女子高等师范学校陆秀珍的《新诗丛谈》，宗白华的《新诗略谈》，清华大学署名家雁的《谈新诗》，江苏江阴南菁中学署名启田的《谈新诗》等，都旨在通过新诗话题，谈论诗歌创作问题、新旧文化与文学的问题和诗歌教学问题，皆是以诗歌这一小题目，进入社会的大问题。

---

① 胡适：《胡适日记·新文化运动》。

② 刘绪才：《1920—1937：中学国文教育中的新文学》，博士学位论文，天津：南开大学，2013年。

③ 卡勒：《论解构》，陆扬译，北京：中国社会科学出版社，1998年，第153页。

　　举一例说明这一教育理念对中学教育的确切影响。正是在新诗刚刚进入文学教材之时，在 1921 年第一期的《教师之友》（南京）杂志上，刊载了未署名的南京高师—暨南附属小学小高等一年文学《两个扫雪的人》（周作人）教案①，教师先从生活的实际体验出发："前天下雪，你们觉得怎样？空中，地上，又是怎样？校内，校外，和平时有什么不同？……对于扫雪的校工，应该有怎样的喜欢？"迅速地为这首诗歌进入教育情境找到了关联性，以同情性理解的门径，指向这首诗歌描绘的场景。教师提问："你们看这首新诗中，讲些什么"并尝试和学生一起回答"两个扫雪的人勤苦，使路人见了，感叹不已"，并借助胡适《谈新诗》中对这首诗"自然的音调"②的解析，引导学生"把这首诗中的文字，细细研究一下"，并以一连串的疑问点出诗歌的要旨，"我们还要研究诗中的用意：马路上为什么车马全无，两个人为什么在那里扫雪？为什么在雪中扫雪？雪中扫雪，扫得干净么？有这种事么？作诗人的人，为什么要写这个意思？然而我们遇到难的事情，使公众有益的，应当怎样？究竟这首诗，是什么意思呢"。这一串提问，逐步地和学生一起走入这首诗歌的精神世界，让其中诗人的言外之意得以昭彰，"俗语说的，'各人自扫门前雪'，我想做诗的人，拿这两个扫雪的人来比喻，要是做事，为公众谋幸福，切不可瞻望不前"③。以"俗语"来寓意长久以来的国民心态中的不妥之处，以诗歌精神将感受理性化，并总结出一番近似现代公民教育的言说，不得不说，是这个教学设计中的亮点。两个微不足道的扫雪者，在漫天纷飞的下雪天，如同"白浪中漂着"的"两只蚂蚁"一样渺小，看似徒劳地与天气搏斗、与自身的渺小搏斗，"扫雪"，尽管扫完了旋即又被填平，忙碌中有着一丝无奈，但这两个人仍旧"扫个不歇"，诗人最后说到"祝福你扫雪的人！/我从清早起，在雪地里行走，不得不谢谢你。"被教师解读为"为公众谋幸福，切不可瞻望不前"，将新民、智民的启蒙的思想真正的落实在了中学课堂之上。更直白可见的是，胡适的《谈新诗》为这首诗歌的艺术特点阐释和精神内涵分析奠定了基础。

　　尽管南京高师的学子与新文化运动的干将也在这一年闹了一桩"诗学研究号"与《时事新报·文学旬刊》关于新旧体诗论争的重头戏，但我们就这一教学实例生动地传达的 1921 年初期白话诗在课堂中传播的情境来看，新诗已

①　《〈两个扫雪的人〉（周作人）教案》，《教师之友》（南京）1921 年第 1 期。
②　胡适：《谈新诗——八年来一件大事》，《星期评论》纪念号，1919 年 10 月 10 日。
③　《〈两个扫雪的人〉（周作人）教案》，教学设计：《教师之友》（南京）1921 年第 1 期。

然在这一看似包裹着相当大的历史惯性和刻板见地的学术空间中发生了作用。这一教学示例不可谓不成功，由《谈新诗》推广而去的初期白话诗的影响表明，朱自清所谓的《谈新诗》已然成为新诗创造和批评的"金科玉律"① 评价确有道理，事实上也包含着对这篇评论文章的"教育"价值的肯定。正因胡适《谈新诗》中具体的操作提供的评价模板，初期白话诗才能以如此迅捷的速度，普及新文化运动以来的文化理念。

早期新文学从教者洪北平谈论的"不必拘于起承转合的老腔调，体裁纯任自然"，强调新文学"是自然的"，而非雕琢的，新文学"就是要文体的解放，诗体的解放，打破那'律''格''义法'种种的拘束"的观念，内容上"也是极重自然的，是人人心中所本有的，目中所得见的，嘴中所要说的"②，这既是谈论文学、诗歌的教学和创作，也是谈现实人生的理想状态，这其中"自然"的文学观，面向社会人生的文化观，正是与胡适借"自然""具体"的诗歌创作观念探讨文化主张，借诗体解放探讨人性解放，借文学探讨现实人生的教学翻版。此后，诸多经典诗论，如郭沫若、田汉、宗白华的通信《三叶集》，朱自清的《中国新文学大系·诗集导言》《新诗杂话》，叶圣陶的解读新诗的篇章，也作为经典型教育文献影响了新诗教育和学术发展。

当然，胡适理论中的"凡是抽象的材料，格外应该用具体的写法"③ 的观念，从诗歌史进程的角度来看，有其不完善甚至偏颇的一面，其中裹挟了超越文学表述的其他诉求，但从教育角度来看，这为诗歌的讲授、学习、理解、模仿，提供了一种可能性。也正因《谈新诗》与新诗、新文化运动的实绩逐步进入教育情境，才促使学生思考"新""旧"的文化理论问题、个人与社会的现实问题。

第四节　初期白话诗的教育功能：与思想启蒙合流

以胡适为代表的初期白话诗人通过各种传播媒介尤其是文学教育，使得新文化运动以来对诗歌变革的主张及这一主张背后蕴含的思想启蒙理念不断延

---

① 朱自清：《中国新文学大系·诗集导言》。
② 洪北平：《新文谈》，《教育杂志》第 12 卷第 4 号，1920 年。
③ 胡适：《谈新诗——八年来一件大事》，《星期评论》纪念号，1919 年 10 月 10 日。

续。对五四以后成长起来的新文学创作的爱好者、实践者而言，"民国八年"这个时间，也是具有转折意义的，比如钟敬文就说过，"我的改作新诗，是民八以后的事"①，时为重要的文学编辑的茅盾也认为，在五四新文化运动后，中学生诗人群体越来越多，茅盾说，"就我所见，初有写作欲的中学生十之九是喜欢写诗的"，"喜欢写诗的青年之多，可以从各文艺刊物的投稿上看到。投稿最多的，是诗。这'结论'，我是从好几位编辑先生口里听来的。有一位编辑先生说他的经验：某期登出了几篇诗，则以后有好久，诗的投稿拥至"②。

"新诗"及新诗教育为新文化运动的白话文学启蒙思想从形态的变革到观念的落实，做出了确切的成绩。我们提到启蒙，一般会采用康德的观点，"启蒙就是人类脱离自我招致的不成熟，不成熟就是不经别人的引导就不能运用自己的理智。如果不成熟的原因不在于缺乏理智，而在于不经别人引导就缺乏运用自己理智的决心和勇气，那么这种不成熟就是自我招致的。敢于知道要有勇气运用你自己的理智！这就是启蒙的座右铭"③。这其中包含对自我意识和理性精神的推崇，一般看来，是个人意义上的。中国新文化运动以来的启蒙，不仅包含对个性解放、个体独立以及精神自由的追求，这追求之中还包含了对社会现实问题的关切，是反对专制、反对愚昧和反对精神奴役的现实追求。在这个基础之上，新诗一方面为青年群体理解五四新文化运动以来的启蒙思想打开了一扇窗，另外一方面它本身蕴含的形式特征和美学诉求，也构成启蒙思潮的一部分。

在吴福辉的《沙汀传》中，以"迟来的启蒙"为题，描绘了沙汀、艾芜等作家在四川省立成都师范学校与初期白话诗遭遇的一幕：

> 最初引起他（注：杨朝熙，即沙汀）注意汤道耕（注：艾芜）的，便是汤的读诗和写诗……汤道耕接触五四新文化稍早，朝熙最早读到的白话诗，像胡适的《尝试集》、康白情的《草儿》集，都是在汤那里借来的。等到经汤介绍读了郭沫若《女神》里那些代表"五四"狂飙突进精神的诗，才真正被新诗吸引住了，许多段落至今仍能背诵。星期天两人一起去成都的通俗教育馆、少城公园游逛。在望江楼俯视滔滔江水，两个青

---

① 钟敬文：《我写诗的经过》，《文学周报》1929 年第 326—350 期。
② 茅盾：《论初期白话诗》，《文学》第 8 卷第 1 号，1937 年 1 月 1 日。
③ 康德：《对这个问题的一个回答：什么是启蒙？》，见［美］詹姆斯·施密特编：《启蒙运动与现代性——18 世纪与 19 世纪的对话》，徐向东、卢华萍译，上海：上海人民出版社，2005 年，第 61 页。

年常不自禁地诵出郭沫若的诗句：

> ……
> 哦，山在那儿燃烧，
> 银在波中舞蹈，
> 一只只的帆船，
> 好像是在镜中跑，
> 哦，白云也在镜中跑，
> 这不是个呀，生命底写照！
> ……

两年后，汤道耕与省一师的新繁同乡办了个文学刊物《繁星》，汤在那上面发表的诗，朝熙也是读过的。这是许多文学青年都有的诗的年龄、诗的时代。①

在四川省一师求学的过程中，新诗不仅是文学爱好者相互投契交往的媒介，更是学生群体了解新文化运动的窗口，青年沙汀、艾芜借这一窗口，不仅"领会到'五四'人权平等、劳工神圣"②等精神内涵，并且还在在争取教育经费独立中请愿、抵制日货、提倡"平明教育活动"，在"科玄论战"中积极思索和践行，从文学中汲取力量，对社会问题产生兴趣。

当然，新诗的阅读固然是整体新文学运动营造的整体性文化氛围中的一个组件，不宜夸大其效能，公允地说，初期白话诗进入教育之中，为学生群体思考社会问题提供了契机。

广东梅州平远中学创办于1906年，在1920年该校创办的《平远中学月刊》上，我们可以发现，新诗的创作模仿，是与思考新文化运动以来其他社会问题并置。这份中学月刊每期前面都陈列"介绍新刊"栏目，推荐包括《新潮》《曙光》《建设》《解放与改造》《少年中国》《太平洋》《新教育》《新青年》《北京大学周刊》等在内的很多刊物。这份学生月刊多讨论"人的道德""国家社会要求学生应具备的素养""我们培养思想的方法""家庭养育儿童底研究"等问题，发表了很多新诗创作，其中学生创作的新诗稚气未脱，文章写

---

① 吴福辉：《沙汀传》，北京：北京十月文艺出版社，1992年，第60页。
② 同上，第64页。

作也是模仿《新青年》等杂志。其中较为活跃的学生作者，是后来参加广州知用学社的吴山立。他写作了多首新诗，较有代表性是《两个叫花子》①，他写盲人乞讨者相互牵着，引来小孩模仿，家人呵斥切莫"盲从"，充满了初期白话诗说理的味道。他还写作大篇幅文章《家庭改造问题》，提出"吾国自五四运动以来，全国人士，皆恍然以古代制度之不适于 20 世纪之新潮流。而改造、解放之声浪，遍播海内，二者固同为今日中国革新之要着。顾凡事必有其破题，余以为欲行解放，必有改造着手，而改造又必先由家庭着手"②。另外还有题为《多数 少数》等一系列文章刊于该校月刊"随感录"栏目，控诉"专制主义"③。他的新诗创作与他对社会问题的关切是具有同一性的。切莫"盲从"是对精神素质的追求，家庭改造问题是对社会问题的切实感受，这背后体现了平远中学的文化氛围。同时我们可以看到，"新诗"作为一种文化象征，意味着接受了新思想的洗礼与否；同时新诗写作也是思想启蒙的一部分，它促成青年学生思考社会人生问题。这与初期白话诗的精神素质有关，偏重写实与说理，从形式之解放暗寓精神的解放，对学生群体产生了影响。

　　新文化运动的推广在不同地域之间差异很大，对新文化运动的接纳也各不相同。从事新诗创作的女诗人陈衡哲，是一位早年作品被选入了很多中小学教材的新文学倡导者，她在 20 世纪 30 年代回忆自己的童年时表示，她"自己在幼时所受教育的经验，同情是趋于白话的……这白话文的实际试用，乃是我用来表示我同情倾向的唯一风针"④。而余英时回忆自己抗战末期的学生生涯时曾经说到，他抗战末期的童年最感兴趣的是旧诗文，并且"从来没有听人提到过'五四'。当时无论在私塾或临时中学，中文习作都是'文言'，而非'白话'。所以我在十五六岁以前，真是连'五四'的边沿也没有碰到"⑤。个人回忆中，学生时代对新文化运动陌生的知识分子或是不熟悉初期白话诗而走上新诗创作道路的诗人也存在，这其中体现了地域之间各有其文化风尚，构成了个体了解新文化运动的差异。从教科书的角度来看，初期白话诗有诸多对现实问题发言的作品被选入，为新文化运动以来的文学主张、诗歌主张建设了一个扩展平台，当然，新文化运动的扩展，亦可看作是具有文化自觉意味的过程，但

---

① 吴山立：《两个叫花子》，《平远中学月刊》第 1 卷第 2 期，1920 年。

② 吴山立：《家庭改造问题》，《平远中学月刊》第 1 卷第 2 期，1920 年。

③ 山立：《多数 少数》，《平远中学月刊》第 1 卷第 2 期，1920 年。

④ 陈衡哲：《〈小雨点〉改版自序》，《小雨点》，上海：商务印书馆，1936 年。

⑤ 余英时：《现代危机与思想人物》，北京：生活·读书·新知三联书店，2005 年，第 72 页。

以报刊和教科书为代表的传播媒介的丰富和多样，终究是具有极大的推动意义的。

被选入中学国语教科书的初期白话诗作品较有代表性的是胡适的《乐观》（《复兴国语教科书》，商务印书馆，1939 年）、《威权》（《初中国文教本》，上海大东书局，1930 年），周作人的《两个扫雪的人》，沈尹默的《人力车夫》（《现代初中教科书国语》），刘大白的《渴杀苦》（《新亚教本初中国文》，上海新亚书店，1932 年）等作品。之所以被反复选入教科书，是因为这些作品本身蕴含了反专制、关注底层、不断强调个体的尊严和价值的特点。从现有的相关教学资料来看，教师在讲述过程中通过这类具体的诗歌形象不断启发学生理解，能充分说明诗歌教育中现代精神的启蒙面向，构成了新诗教学与思想启蒙并轨的一种样态。

这些诗与长期选入中学教科书的胡适的《谈新诗》《国语的文学 文学的国语》，俞平伯的《文学的游离与其独立》，周作人的《人的文学》《个性的文学》《平民的文学》《我学国文的经验》等互相参照，既照顾到了中学生群体的实际学习情况，也对中学生群体接纳启蒙思想，构筑世界观，起到了相辅相成的作用。这些作品被不断选入教科书，有一定的工具主义的倾向，客观地说，这些初期白话诗歌作品在艺术水平上有缺陷，但它的出现的确与新文化运动以来鼓吹的文学教育目的整合在了一起。有学者认为，"作为以启蒙为旗帜和目的的'五四'一代知识分子，正是直接地选择白话诗作为武器，以寄托他们的新思想……'初期白话诗'的作者们必然不具备诗歌本体意识，而是把诗歌当成了一种说理的工具"①。这种启蒙方式，远比单调说教和理念灌输行之有效。通观 20 世纪中国，通过文学、诗歌方式进行思想启蒙、政治启蒙，进行社会运动的案例层出不穷，从今天的角度看，在初期白话诗的阶段，这样的思想启蒙和文化方式是行之有效并且具有正义性的。

中学生群体加入新诗写作和讨论的行列，则更能体现初期白话诗及此后的种种论争作为话题，为中学生思考的深入提供了条件。江西省立第三中学的王朝瑾在《学生文艺丛刊汇编》上发表《我对于新旧诗的批评及忠告做新诗的先生们》，认为学做新诗的人是"盲从派"，"自胡适倡做新诗，一时'盲从'的人随声附和，弄得举国若狂"，他自称他的"思想""道德"皆是由"旧诗"

---

① 陈旭光：《论初期白话诗的寓言形态及其文化象征意义》，《中国文化研究》1997 年第 2 期。

塑造，白话诗不过是"随口说说"的"枯燥无味的""破坏国粹"的文字①，这迎来了江苏省立第二农校的曹雪松的反驳，他认为，"旧诗是死的，是不自然的，是束缚精神自由发展的"，"新诗是活的，是自然的，是使精神自由发展的"②，之后又有署名绍兴蠹社胡剑吟作的《对于新诗和旧诗的讨论》③，贡献自己对新旧诗审美问题的观点，有调和折中的味道。中学生在"新诗""旧诗"的问题上有各自的体验和认知，并且观点几乎都是模仿知名知识分子的言说，这些都不必详说。重要的是，由"新诗"拉开的话题空间，展开了言论的交锋和沟通，在一种对话机制中，开启了中学生群体自由思想、自主表达个人审美主张、参与公共性文化问题讨论的方向。

尽管初期白话诗在后来遭到了质疑，早期诗人也不断自我反思，但诚如美国学者斯蒂芬·布隆纳所说，"启蒙运动素来是一场针对一切独裁权力、传统力量、根深蒂固的偏见和掩饰社会苦难的行为的抵抗运动"④，初期白话诗在启蒙过程中，扮演了极为重要的角色。正是有了初期白话诗为中学生引入的"新""旧"思想问题、文学审美问题思考的空间。姜涛认为，"'新与旧'的冲突，不仅是观念的问题，而且也是新诗'场域空间'的划分逻辑，借此新诗的合法性才能浮出历史"⑤，本文认为新诗教育视野中引入的"新""旧"问题，不仅是新诗本身的问题，还为学生群体积极介入社会事务、自由思考和表达个人意见，创设了空间。

① 王朝瑾：《我对于新旧诗的批评及忠告做新诗的先生们》，《学生文艺丛刊汇编》1925年第1卷第2期。

② 曹雪松：《我对于新旧诗的批评及指驳反对新诗的先生们》，《学生文艺丛刊汇编》1925年第1卷第2期。

③ 胡剑吟：《对于新诗和旧诗的讨论》，《学生文艺丛刊》1925年第2卷第3期。

④ ［美］斯蒂芬·埃里克·布隆纳：《重申启蒙——论一种积极参与的政治》，殷杲译，南京：江苏人民出版社，2006年，第7页。

⑤ 姜涛：《"新诗集"与中国新诗的发生》，北京：北京大学出版社，2005年，第155页。

第二章　新诗与新文学教育的互相拓展

第一节　从语言样本到精神样本

就新文学及新诗"发展"与"流变"的具体过程而言，民国的教育情境与文学创作、研究相互拓展的过程值得深思。无论是在世界文学史的版图上，还是在中国自身传统的文学脉络里，都很难再找到某种文学像民国时期的"新文学"那样深度参与历史的变革、社会的转型以及文化整体的建构。纵观中国现代文学短短三十年多年的发展历程就会发现，"文学"自始至终都是以"社会运动"的方式呈现在社会公共空间之中：从《新青年》同人群体的孤独探索，到"文学研究会"与"创造社"的双峰并峙，再到30年代"左联""京派""海派"的三足鼎立，文学运动的主角一直都是同人性质的社团和社会性的思潮，而非作为个人的作家。在这个层面上，作家个人的创作活动并不会置于一个特别显赫的位置上，相反，像教师、书商、出版人、报刊编辑等人的工作却是如此不容忽视。可以说，"文学"首先构成了一个行业，而它的发展、流变也就不在于艺术水准的不断攀升，而是在于读者群体的形成，商业模式的成熟，以及社会功能的完善。而也正是这样一种互动的属性，使得中国现代文学保持了最大限度的开放。也正因为此，商业的侵蚀，政治的冲击，甚至战争的笼罩，不仅不会阻断现代文学的发展历程，反而能够使它在与这些社会变革的深度关联中不断爆发新的活力。从这个意义上来看新文学教育构筑的文化空间与新诗自身的文学成长的相互作用，也是整体性现代历史发展逻辑中的必要环节。

一般认为，"白话文教材是扩大新诗影响的重要途径"①。本文认为，不仅如此，新诗本身的特殊价值也扩大了白话文教材乃至整个新文化运动在教育领域的影响力。

1935 年胡适做过关于《新文化运动与教育》的演讲，开头宣称"我对于教育还是一个门外汉，并没有专门的研究。不过，我们讲文学革命，提倡用语体文，这些问题，时常与教育问题发生了关系。也往往我们看到的问题，而在教育专门家反会看不到的"②，这一概括点出了新文化运动的教育面向。北洋政府时期，袁世凯频频发布总统令，号召尊孔读经，对教育界产生了很大影响，③ 五四新文化运动积极介入教育，则与之有密不可分的关系。在回忆自己五四运动期间在浙江一师的学生生涯时，曹聚仁说，"我们最赞成吴虞只手打孔家店的主张，所谓的四书五经，真的想一脚踢掉，让它们到茅坑里去睡觉了。那时，我还爱写白话诗，一种无韵的抒情诗，大体上走的是胡适《尝试集》式的解放体诗词。如康白情所写的'送客黄浦，风吹动我的衣裳'，真简直家喻户晓了"④。在曹聚仁的回忆中，对封建伦理的憎恶，与对白话诗的爱好并列在了一起，在思维深处有种微妙的暗合。

新诗文本为新文学教育提供了语言的范本，仿写新诗蔚然成风，伴随着新文化运动日益深入，新诗写作也从语言的简单模仿走向了文学精神的沿袭。校园情境为新诗的普及、讨论和论争提供了空间，不同的新诗讲述之中，也呈现

---

① 林喜杰：《群体性解读与想象——新诗教育研究》，博士论文，首都师范大学，2007年。

② 胡适：《新文化运动与教育问题》，收《胡适文集》第 12 卷，北京：北京大学出版社，1998 年，第 483 页。

③ 1912 年 9 月 20 日，袁世凯颁布《整饬伦常令》，宣称"中华民国，以孝悌忠信礼义廉耻为人道之大经"，强令国民"恪守礼法，共济时艰"。1913 年 6 月 22 日，袁世凯发布《尊崇孔圣令》："查照民国体制，根据古义，将祀孔典礼，折衷（中）至当，详细规定，以表尊崇，而垂久远。"此后袁世凯发布的还有《大总统发布尊孔典礼令》《大总统发布规复祀孔令》《大总统发布崇圣典例令》《大总统发布亲临祀孔典礼令》。随着社会上尊孔复古思潮的泛滥，1914 年 6 月 24 日，教育总长汤化龙在《教育部饬京内外各学校中小学修身及国文教科书采取经训务以孔子之言为指归文》中要求中小学读经，"嗣后各书坊各学校教员编纂修身及国文教科书采取经训务以孔子之言为旨归，即或兼采他家，亦必择其与孔子同源之说"。1915 年的《特定教育纲要》在"教科书"一节中规定中小学加读经一科，按照经书及学生程度分别讲读。初等小学讲读《孟子》，高等小学讲读《论语》，中学校讲读《礼记》和《左氏春秋》。

④ 曹聚仁：《我与我的世界·浮过了生命海》，北京：生活·读书·新知三联书店，2011 年，第 119 页。

出不同的生命情调、不同的世界观、不同的生存经验以及不同的诗学主张，为新诗的发展注入了活力。

一切创造都是从模仿开始，继而突破，从而再造的。受家庭影响、学校氛围、文化氛围影响而接触文学与诗歌的学生群体，都因某种契机认识并阅读各种诗歌，因内心的某种情绪被拨动而从事诗歌写作。

卞之琳最早的诗歌创作在中学时代，他生于江苏水乡海门，在农闲晚间凑到一起听三四村民"演奏三六版之类的江南丝竹"，"四句头山歌两句真，/还有两句吓杀人：/癞蛤蟆出扇飞东海/小田鸡出角削杀人"的吟唱，直到他"老来还有语音常萦脑际，为之陶然"①。他七岁开始上国民小学，"但课本还是文言的"②，放学回家，父亲便"摊开一本《千家诗》《唐诗三百首》之类，教我翻读，这倒也引发了我对有限家藏辞章方面的书籍产生了兴趣，也暗自学诌几句韵语"③，"一次随父亲去上海，在商务印书馆购得儿童读物《环球地游记》和冰心的《繁星》"④，这是他"生平买的第一本新诗，也是从此我才对新诗发生了兴趣"⑤。在初中阶段，他进一步接触新文学，"国文老师就介绍过《呐喊》"⑥，并邮购了初版《志摩的诗》，中学生的卞之琳认为，"这在我读新诗的经历中，是介乎《女神》和《死水》之间的一大振奋"⑦，苏曼殊的"春雨楼头尺八箫，/何时归看浙江潮，/芒鞋破钵无人识/踏过樱花第几桥"的感伤绝句，"在初级中学的时候却读过了不知多少遍，不知道小小年纪有什么不得了的哀愁"⑧。他在初中二年级时，"偷偷地写旧诗，学习冰心的笔调写小诗"⑨。他的外甥回忆："据说他在初中时就有多篇习作被当时上海出版的《学生文艺丛刊》选载过。诗中描述了家乡的'炊烟'、'晴空'、'节日的爆竹声'

---

① 卞之琳：《无意义中自有意义——戏译爱德华·里亚谐趣诗随想》，《世界文学》1993 年第 3 期。

② 陈丙莹：《卞之琳评传》，重庆：重庆出版社，1998 年，第 4 页。

③ 卞之琳：《毕竟是文章误我，我误文章》，《收获》1994 年第 2 期。

④ 陈丙莹：《卞之琳评传》，第 4 页。

⑤ 卞之琳：《完成与开端：纪念诗人闻一多八十生辰》，《文学评论》1979 年第 3 期。

⑥ 陈丙莹：《卞之琳评传》，第 4 页。

⑦ 卞之琳：《徐志摩诗重读志感》，《诗刊》1979 年第 9 期。

⑧ 卞之琳：《尺八夜》，收入卞之琳《沧桑集》，南京：江苏人民出版社，1982 年。

⑨ 陈丙莹：《卞之琳评传》，第 4 页。

以及'父母姐姐亲切的面影'"。① 在上海出版的《学生文艺丛刊》② 中可以找到他最早发表的作品，由此可以看到学生时代初学诗歌创作的卞之琳的最早的新诗作品：

小诗

一
最可爱的那时：
明月下，
澄清的湖边，
独自倚着临水的阑干。
一我两影——
二
日历声的"霍索"，
钟声的"滴答"，
是爱听的声响么？
三
黄莺儿在窗外骂我糊涂；
我在床上反恨黄莺儿惊醒我的好梦。

---

①　施祖辉：《卞之琳的童年》，《中国现代文学研究丛刊》2011 年第 3 期。
②　《学生文艺丛刊》1924 年 1 月创刊于上海，1937 年 12 月停刊，月刊，凌善清任编辑，由大东书局发行。属于文艺刊物。主要撰稿人有郑霞仙、王怡亲、王朝瑾、宋元生、朱仲琴等。每期数百页，主要设有闲话、童话、诗话、杂话、笑话、俗话、清话、联话、游艺、剧本、书（甲）等栏目。该刊以学生为读者对象，主要刊登全国各地学生的文艺作品，代表新文化运动后学界的最新文艺创作水平。内容体裁都没有明显限制，也不见有显著的思想导向性，主要内容分为文学和艺术两大部分：文学部分主要刊登骈文、散文、语体文、新体诗、小说、剧本、童话、故事等；艺术部分则包括图画、书法、音乐、手工、游戏、摄影等内容。曾刊《中国男女贞操问题的商榷》《今后中国青年该归于何种精神》《遗产制度的罪恶》《提倡家庭教育的我见》等文章，反映当时青年学生对各种现实社会问题的关心、思考和批判；《怎样使我的学问进步》《我的个性观》《我之学校生活》《做学生的怎样去修养》等文章体现学生在社会大变革时期对自我前途命运的思考；大量的诗歌和文学作品则展现了当时学生对生活、事物的观察和体验。该刊载文数量大，涉及方面广，针对群体单一，对研究五四以后中国青年学生的生活和心理状态、对社会的态度，以及文学创作水平等方面都具有重要的参考价值。

四

桃花片啊！

你是送春的小船；

你载满了春光，

在水面荡漾不定的，

想送他到那里去呢？①

这一组"小诗"描绘了个人的细微感受，他的表达方式都模仿了 20 世纪 20 年代学生群体中广为流传的小诗体诗歌。结合卞之琳自述，他模仿的是冰心的小诗。在家庭的氛围、订阅《学生文艺丛刊》这份杂志带来的眼界开阔和不断读到冰心、郭沫若、徐志摩、闻一多等人的诗歌过程中，他"开始对新诗发生了兴趣"，渐渐"自命不再是'小读者'"，逐步"感到新诗与旧诗之间在艺术形式上从此开始划出了明确的界限"②，这篇习作开启了卞之琳最初的诗歌感觉。

这几首小诗当然不能和卞之琳 30 年代以后接触了中西诗学经典，不断创造出的具有个人典型特色的"智性"和"理趣"的诗歌经典相提并论。从他早期的模仿之作中我们至少可以感受到，卞之琳对新诗发展动态的敏感和对"小诗"精神内核的精确捕捉，其中对个体位置、时间流逝等的巧妙想象，以及所选取的物象的古典美感，可以为我们感受他 20 世纪 30 年代的"经典"作品的逐步形成，作个人创作历史流变意义上理解的参考系统。这也为我们观察 30 年代成熟起来的诗人提供了一种视野。

不仅小诗，很多初期白话诗都为学生群体提供了一种模仿的范本，李大钊有一首《山中落雨》③ 曾经入选教科书：

忽然来了一阵烟雨，

把四山团团围住，

只听着树里的风声雨声，

却看不清云里是山是树？

---

① 卞之琳（海门启秀中学）：《小诗》，《学生文艺丛刊》1926 年第 3 卷第 5 期，第 109—110 页。

② 卞之琳：《人与诗：忆旧说新》，北京：生活·读书·新知三联书店，1984 年，第 7 页。

③ 载《少年中国》1919 年第 1 卷第 3 期。选入黎锦晖、陆费逵的《新小学教科书国语读本》，上海：商务印书馆，1923 年。

水从山上往下飞流，

顿成了瀑布。

这时前山后山，

不知有多少樵夫迷失了归路？

1919 年 9 月 15 日

这首诗语言清雅流畅，尽管作者写诗背后的诗人经历与"本事"更加耐人寻味，但在学习过程中，仍因其语言特色，以及满含着古典的韵味，被学生群体当作仿写的模板。《章丘县教育月刊》上就刊载了二区二小五年级生高九龄也以《山中落雨》为题，对这首诗的模仿习作："浓阴层层的乌云，/密密地笼罩了蔚蓝的天空；/微微地风吹过，/送来了一阵濛濛的烟雨，//一阵濛濛的烟雨，/把山团团围住；/远远望去——/却又似烟非烟，似雾非雾，//雨是潇潇地在落，/风是籁籁地在吹/一切的山呀，树呀……呀！/却都模模糊糊，看不清楚！//模模糊糊，看不清楚，/不知有多少樵夫啊！/大半是在荒径里踟蹰——/不辨东西，失了归路。"① 学生通过改写，练习表达，感受音韵之美，拓宽审美视野，是新诗在教育之中起到的一般性作用。我们可以设想，这种单纯的语言模仿甚至有可能会伴随学生群体阅历的丰富，知识的加增而产生更为独特的意义。

亦有学生模仿沈玄庐的叙事诗《十五娘》，练习白话小说的创作。② 冰心、徐志摩、闻一多等诗人被当作被模仿的对象，不断进入学生群体的诗歌创作之中。这样的写作，从新诗发展的角度来看意义不大，但为我们理解教育情境中新诗起到的更广泛的作用，打开了一种更为崭新的视野。新诗在教育层面亦有基础审美教育、文学教育的功能。由上述可见，新诗作为教育材料，可发挥更为基础的语言训练、审美教育的功能。

当新诗成为模仿写作的对象，其传播的广度一定意义上也在大幅度拓展。更为重要的是，借此可以考察新诗传播的深度是否也有拓展，这就不得不研究新诗在思想领域的意义和价值。新诗传播的深度是两方面的，一方面包含了诗歌艺术技巧方面的接纳与继续开拓，一方面包含了诗歌精神层面的理解与继续发展。现代诗歌教育的发生及其作用的历史轨辙，给了我们探究新诗传播模式

---

① 高九龄：《山中落雨》，《章丘县教育月刊》1931 年第 4 期。

② 一得：《平凡的故事：取沈玄庐〈十五娘〉的诗意》，《伙伴》1940 年第 1 期。

以深度探索的可能。

在 1957 年冯至讲述自己最早作品《绿衣人》写作的动机时，他说过这么一段话，常常被引用来阐释这首《绿衣人》及早期冯至诗歌，可看作经典论述①，有研究者注意到，"尽管这段写于 1957 年的回忆带着那个时代知识人自责的印记，但是，它无疑准确地表达了冯至早年感伤甚至灰暗的心态"②。他同时借这首诗与这段诗人自己的描述阐释了冯至早年诗歌与个人心态中的一个核心观念："寂寞"。青年学生"爱说当时青年口头上的一句话，'没有花，没有光，没有爱'"。这句话不是空想，而是新文化运动以来，较早走进中学教育的诗歌、同时也是胡适《谈新诗》中援引过的诗句，是康白情的白话诗《送客黄浦》中语句的化用。

胡适在《谈新诗》提到"举康白情君的《送客黄浦》一章……作例"③，这首诗中有这样一段：

> 我想世界上只有光。
> 只有花，
> 只有爱！
> 我们都谈着，——
> 谈到日本二十年来的戏剧，
> 也谈到"日本的光，的花，的爱"的须磨子。④

---

① 冯至："远在 1921 年，我是一个没有满十六岁的青年，从一个四年制的中学毕了业，不知道将来要做什么，看不清面前的道路。那时的北京城是一片灰色，街头巷尾，处处是贫苦的形象和悲痛的声音，我们爱说当时青年口头上的一句话，'没有花，没有光，没有爱。'傍晚时刻，我常在一条又一条的胡同里散步。在这些胡同走来走去，好像永久走不完，胡同里家家狭窄的黑门都紧紧地关闭着，不知里边隐藏些什么样的生活，只觉得门内门外同样是死一般地沉寂。

一天，我又在散步，对面走来一个邮务员，穿着一身绿色的制服，他的面貌是平静的，和这沉寂的街道一样平静，他手里握着一束信，有时把信件投入几家紧紧关闭的门缝里。我看着这个景象，脑里起了幻想，我想这多苦多难的国家，不是天灾，就是兵祸，这会使那些收信的人家起些什么样的变化呢？我当时根据这点空洞的、不切实的想像写下了我青年时期第一部诗集里的第一首诗。我写诗，是这样开始的。"冯至：《西郊集·后记》，转引自《冯至全集》第 2 卷，石家庄：河北教育出版社，1999 年，第 131—132 页。

② 张辉：《冯至：未完成的自我》，北京：文津出版社，2005 年，第 27 页。

③ 胡适：《谈新诗——八年来一件大事》，《星期评论》纪念号，1919 年 10 月 10 日。

④ 康白情：《送客黄埔》，《新潮》第 2 卷第 1 号，1919 年 10 月 24 日。

从这首诗中，冯至读到了理想世界，康白情的"我想世界上只有光。／只有花，／只有爱"这样简单的诗句居然给冯至带来数十年的记忆，以至于形容学生时代时他们的口头禅"没有花，没有光，没有爱"如此记忆犹新，由此可见初读新诗之际的强烈感受。康白情诗中的"光、花和爱"，构成青年冯至及其友人对美好世界的想象，然而将视角转至自己的生活，却并非这样。鲁迅曾如此谈及浅草、沉钟社人创作时的情感内涵："但那时觉醒起来的智识青年的心情，是大抵热烈然而悲凉的，即使寻找到一点光明，径一周三，却是分明的看见了周围的无涯际的黑暗。"① 也正是将视角从想象世界转向现实，冯至的诗歌思维才就此打开。

尽管在口头上模仿着当时著名诗人的名句，但作为青年学生的冯至，却用自己的视角观察世界，他的处女作《绿衣人》，可以看作是早年冯至向初期白话诗影响做出的一次重要的回应。对冯至本人而言，这首诗的意义也非同一般，在 1992 年最后的诗作《重读〈女神〉》后面，诗人加了一个"附注"，他如此注释："《女神》于 1921 年首次出版，我在 1921 年写出后来收入我的第一本诗集里的第一首诗（即《绿衣人》——笔者）。"② 这句附注中起码蕴含了两重意思，第一重是诸多论者都注意到的，冯至诗歌起点与郭沫若《女神》的关系，用冯至自己的话说，就是"有了《女神》，我才知道什么样的诗是好诗，我对于诗才初步有了欣赏和批判的能力；有了《女神》，我才明确一首诗应该写成什么样子，对自己提出较高的要求，应该向哪个方向努力。从此以后，我才渐渐能够写出可以叫作'诗'的诗，这期间虽然尝到不少摸索和失败的苦恼，但是写诗却没有中断过"③。这一重关系是显而易见的，也为冯至早期诗歌创作研究找到了本土资源的"确证"。另一重意思则是推论，冯至在晚年最后一首诗的附注中回望自己的创作生涯，为其诗歌创作的起点设定了一个时间坐标系，参照系就是《女神》。普遍来看，胡适的《尝试集》和郭沫若的《女神》被视作中国现代新诗创作的"起点"，在冯至那里，郭沫若、田汉、宗白华的通信《三叶集》中郭氏关于"少年维特"在其心中掀起的"热"与《女神》在他面前"展开"的"辽阔而丰富的新世界"为他早期创作注入了莫大动力，尤其是后者对于他而言更是"丰富"的"赠品"，打开了"宽广"的诗

---

① 鲁迅：《中国新文学大系·小说二集·序言》，见《中国新文学大系·小说二集》，上海：良友图书印刷公司，1935 年。

② 冯至：《冯至全集》第 2 卷，第 296 页。

③ 冯至：《我读〈女神〉的时候》，《诗刊》1959 年 04 期。

的"领域"。① 我们发现，冯至将《女神》"1921 年首次出版"与"我在 1921 年写出后来收入我的第一本诗集里的第一首诗"进行了并置，尽管他自谦式地刻意回避这首诗的标题《绿衣人》，我们仍旧可以看到在这种关联性的说明背后，隐含着诗人对自己"第一本诗集里的第一首诗"（并且这个说法出现过多次，如冯至：《西郊集·后记》）的认同，隐秘地呈现出了诗人的自信。

然而更重要的是，他初期创作组诗中视为处女作的《绿衣人》，其中还蕴含着更丰富的信息对早期新诗冲击他的视野，对他进行的文学启蒙的最切实的回应。

《绿衣人》，其内涵似乎不言而喻，"通过邮务员送信"，"提出了一个社会大问题"，"用形象和暗示""间接地显示问题的严重"②，"他不去直接描写时代的灾难，人民的痛苦，而是由人们一个最常见的生活事象中，追想和思考大时代里一个陌生的普通人的悲剧性命运"③。

这首诗初版刊于 1923 年《创造季刊》第 2 卷第 1 号上。原诗如下：

> 一个绿衣邮夫，
>
> 低着头儿走路；
>
> ——也有时看着路旁。
>
> 他的面貌很平常，
>
> ——大半安于他的生活，
>
> 带不着一点悲伤。
>
> 谁来注意他
>
> 日日的来来往往！
>
> 但，他小小手里，
>
> 拿了些梦中人的运命。
>
> 当他正在敲这个人的门，
>
> 谁又留神或想——
>
> "这个人可怕的时候到了！"

① 冯至：《我读〈女神〉的时候》，《诗刊》1959 年 04 期。

② 陆耀东：《论冯至的诗》，原载《中国现代文学研究丛刊》1982 年第 2 期，转引自冯姚平编：《冯至与他的世界》，石家庄：河北教育出版社，2001 年，第 74 页。

③ 孙玉石：《中国现代诗国里的哲人——论二十年代冯至诗作哲理性的构成》，原载《北京大学学报（哲学社会科学版）》1994 年第 4 期，转引自冯姚平编：《冯至与他的世界》，第 241 页。

——1921，4，21；北京路上①

这首诗的标题为"绿衣人"，即我们今天所谓的"邮递员"，在这首诗歌中，没有改的部分是：一个"低头走路""面貌平常""安于生活"并"不带着一点悲伤"的"绿衣邮夫"，不为人"注意"，"日日""来来往往"，履行他的职责。这里营造了一个常规的生活场景，诚如朱自清指出的，冯至"是在平淡的日常生活里发现了诗"②，从"风景的发现"到"自我"的发现，为现代新诗注入了起始阶段的生命力，尤其是《女神》③。冯至初期的诗歌写作，特别是发表于 1923 年《创造季刊》第 2 卷第 1 号上的《归乡》组诗，也可以套用这个阐释的逻辑，这首诗同样也可以看作是在"日常风景"里的"幻想"。

首先走进我们阅读感受中的是"绿衣人"这一文学形象，一个身着制服的现代"信使"。这一文学形象显然不是"烽火连三月，家书抵万金""乡书何处达，归雁洛阳边"一类的与书信相关的文学作品中的普遍情感，他"低头走路"，"偶尔看着路旁"，"安于生活"，"不带着一点悲伤"的状态显得极为"日常"，并未负载着寄信或收信者的任何情感特征，也就是说，这身"制服"并未让他负载上与其身份不相匹配的情感重任，他逾越出"制服"这一社会分工秩序所带来的文化负累，以至于没有人注意他"日日的来来往往"。这与一般性带有情感负载的描绘邮差形象截然不同，他并未承担起超越现实功能的文化功能，而真正唤醒寄信与收信者情感联系的，是《绿衣人》文本潜藏背后的"我"。"绿衣人"的日常化描绘衬托的恰恰是那个置身风景之中，细密捕捉现代性社会命运不确定性的观察者"我"。当"绿衣人"在敲"这个（家）人"门的时候，诗人问道："谁又留神或想"，此处以"谁"来进行一种"自我"的确认，这与这一时期冯至绝大多数诗歌中不断显现的抒情主体"我"不断的展示不同，"隐含"的情绪中节制地表达了"我"对他者"命运"的深刻同情。"我"的隐匿使得这首诗拓展了个人经验的范畴，达到一种开阔的情感共振。诚如蓝棣之先生所说：这种排除文化的笼罩，用人类原初心态来进行的观

---

① 冯至：《绿衣人》，《创造季刊》1923 年第 2 卷第 1 号。

② 朱自清：《新诗杂话·诗的感觉》，上海：作家书屋，1947 年，第 21 页。

③ 此处可参考藤田梨那：《郭沫若的留学体验——"风景"与"内心世界"的发现》，《现代中文学刊》2012 年第 5 期。

看、静听、分担与承受，就是个体生命的体验。①

1955 年冯至在自编《冯至诗文选集》里，并没有将这首诗收入。出于某些政治安全的考虑，他自己当时在选集序中自我批判，说这一部选集中的诗歌"抒写的是狭窄的情感、个人的哀愁"，《十四行诗》一首未选，原因是"受西方资产阶级文艺影响很深，内容与形式都矫揉造作"②。关于十四行诗的评价，冯至在"文革"后已经说明，是特殊历史情形下的言不由衷，作者是珍视这一组诗歌的，没将《绿衣人》收入，也包含了作者对这首诗的珍视，这不是一首格局狭窄的诗，这是一个诗人从个人的世界向现实世界迈出的第一个脚印，一个青年真正意义上从"新诗"这一文体中，触摸到了"五四"启蒙精神的内核，同时因此而寻找到了自我的主体意识。

五四运动爆发之时，他正在北京四中读书，如《新青年》《新潮》《少年中国》《晨报副刊》等，对新诗发生兴趣，练习写新诗。通过继任国文教师施天侔，冯至接触到西方文学流派，首次知道有"写实主义""象征主义"等名称。1920 年前后，在新文化运动的感召下，冯至与同学自筹经费，向老师募捐，创办校园刊物《青年旬刊》，在这份刊物上学习用诗歌的形式对个人感受和社会问题发言，虽然无法一睹这份因经费不足仅出 4 期便停刊的学生刊物，但仍可通过早期冯至的一系列诗作间接感受他学生时代的所思所想及其诗歌表述方式。他通过阅读胡适的《尝试集》和郭沫若、田汉、宗白华三人的通信集《三叶集》，进一步了解到什么是诗，知道了歌德、海涅等诗人的名字，也注意到郭沫若在上海《时事新报》的《学灯》上发表的《凤凰涅槃》和《天狗》那样的诗。《三叶集》对冯至起了诗歌启蒙作用，在这样的文化氛围中，学生时代的冯至选定的表达方式，就是新诗。

1920 年他大量阅读文学研究会、创造社等文学团体出版的书刊，也读中国古典诗词和外国诗歌，读莫泊桑、都德、屠格涅夫、契诃夫、显克维支、施托姆等人的小说，尤以郭沫若译的《少年维特之烦恼》对他影响较大。1921 年暑假前后更多地阅读新诗，如康白情的《草儿》、俞平伯的《冬夜》等；而郭沫若的《女神》使他开阔了眼界，对诗初步有了欣赏和评判的能力。冯至根据自己的感受写出"后来收入他第一本诗集《昨日之歌》的第一首诗"《绿衣

---

① 蓝棣之：《论冯至诗的生命体验》，《贵州社会科学》1992 年第 8 期。
② 冯至：《冯至诗文选集·序》，北京：人民文学出版社，1955 年。

人》，这是他诗歌创作的真正开始，① 同时也是他因新诗而激活个人生命体验的开始。这种阅读与创作的过程，可谓是新诗创设的文化空间给了冯至独特的表达方式。不仅如此，冯至的处女作及早期组诗，都在北京大学读书时由国文系教授张定璜推荐发表。这些教育情境中的或接受或自主的新诗熏陶，使一个年轻人有了向诗歌前行的可能。尔后，冯至时常受惠于文学课堂，1923 年听鲁迅讲授《中国小说史略》和后来讲授厨川白村的《苦闷的象征》，也对诗人日后写作产生了巨大影响。

从单纯的语言的模仿开辟的对诗的第一感觉，到受精神性的感召的追求诗的精神力度，由家庭、校园、社会文化构成的教育空间发挥了举足轻重的作用。胡适对待初期白话诗的艺术观也是宽容的，俞平伯也说："新诗尚在萌芽，不是很完美的作品"②，从教育视角来看，白话新诗为新文学教育提供的最重要的资源就是"尝试的自由"。上文所举的卞之琳、冯至等诗人皆是获益者。新诗不仅赋予了学生群体"尝试的自由"，还给予了新诗写作者"容忍的态度"。

在为《蕙的风》做序时，胡适说过："四五年前，我们初做新诗的时候，我们对社会只要求一个自由尝试的权利；现在这些少年新诗人对社会要求的也只是一个自由尝试的权利。为社会的多方面的发达起见，我们对一切文学的尝试者，美术的尝试者，生活的尝试者，都应该承认他们的尝试的自由。这个态度，叫做容忍的态度（Tolerance）。容忍上加入研究的态度，便可到了解与赏识。社会进步的大阻力是冷酷的不容忍。"③ 这种宽容的态度也使初期白话诗的流行与传播得以实现，也正是这种降低门槛、鼓励创作的态度催生出一代又一代的新诗人。正是这种"宽容"的自由精神的奠基，"尝试主义诗学"的不断传袭，才使得新诗每每以论争的方式，不断拓展其艺术深度。诚如钱理群认为："最有启示意义的，还不在于先驱者们说了什么（所说的总是有时代局限性的），而是他们的言说、讨论背后的科学、民主精神。他们身体力行于自己所倡导的'说真话'，'说自己的话'，坚持什么主张，全出于自己的信念，而不是要维护或追求什么既得或未得的利益；他们彼此争论，即使言词激烈，也是出于对真理的追求，靠的是以理服人，而不是以势压人，或借助政治权力来剥夺对方的发言权；他们不仅宣扬自己的主张，更立足于试验，如胡适所说的

---

① 参看周棉：《冯至传》《冯至年谱》及其续、续二，南京：江苏文艺出版社，1993 年；《江苏师范大学学报（哲学社会科学版）》1992 年第 4 期、1993 年第 2 期。

② 俞平伯：《社会上对于新诗的各种心理观》，《新潮》1919 年 3 卷 1 号。

③ 胡适：《〈蕙的风〉序》，《胡适文集》第 3 卷，北京：北京大学出版社，1998 年。

那样，用试验结果来证实自己的主张或修正自己的不足或错误。"①

正是由于新诗在教育过程中不断地发展、演变中蕴藏着的"尝试的自由"和"容忍的态度"的深层次价值观，每每以新旧体诗论争、中西文化资源的辨析、古典和现代的交锋体现的针锋相对的矛盾性话语，才共同构建了 20 世纪二三十年代丰富的文化图景，共同推进诗歌艺术的整体性发展。

客观地说，尽管新文学作品不断走入中小学教材，然而作为一门学科在 20 世纪二三十年代的中国文学的课堂上，新文学还是边缘的，诚如有论者说的，"在那个时代，新文艺作家插足在中国文学系，处境差一点的近乎是童养媳，略好一点的也只是'局外人'，够不上做'重镇'或者'台柱'之类的光宠"②，中学时代的卞之琳模仿"小诗"进行文学创作培养兴趣，大学时代的冯至受初期白话诗的影响开始学着聚焦个体生命的"命运"问题，还有许多未名的学生，受诗歌教育的感染，从文学形式的单纯模仿，到受文学观念的深度影响，或投入诗歌创作或注目社会问题，这些皆受惠于通过"新诗"展开的新文学教育。新诗作为语言样本和精神样本，对 20 世纪 20 年代成长起来的青年学生群体的言说方式和思想结构起到了显著的作用。

第二节　校园新诗情境与诗歌艺术发展

新诗为学生群体了解认同和躬身实践新文化运动以来的文学观念和文化主张提供了契机和可能，同时校园中的文学、新诗创作情境也为新文化运动普及以及诗歌艺术的发展贡献了力量。以北京女子高等师范（简称"女高师"）为例③，据有关统计，当时在国内接受高等教育的知识女性中有近三分之一就读于该校。④ 从这女高师出版的《北京女子高等师范文艺会刊》（以下简称《会刊》）可以看到，新文化运动与新诗的影响力如何逐步地影响这所校园学生的

---

① 钱理群：《五四新文化运动与中小学国文教育改革》，《中国现代文学研究丛刊》2003 年第 3 期。

② 吴鲁芹：《记珞珈三杰》，《学府记闻·武汉国立大学》，陈明章发行，南京：南京出版有限公司，1981 年，第 109 页。

③ 这所成立于 1919 年 4 月的第一所由国人自办的女子高等学府，也是当时唯一的一所国立女子高等学府。

④ 参考陈东原：《中国妇女生活史》，上海：商务印书馆，1928 年，第 390—393 页。

文学创作和思想状态。

尽管五四新文化运动已轰轰烈烈开展，但 1919 年 6 月出版的第一期《会刊》仍旧是以文言体式的文章为主，冯沅君发表的《论文章贵本于经术》就是其中典型的表征，本期中文艺作品均为格律诗词及文言骈散文体，基本可以说明就读该校的女子学生所受的基础教育的形态。在 1920 年蔡元培在该校演讲"国文之将来"①，并为《会刊》题写刊名，很大程度上影响了该校学生的文学品位和审美倾向，同期学生庐隐（黄淑仪）以黄英的笔名发表的文《利己主义与利他主义》就是具有代表性的。《会刊》后来刊登了许多与社会问题尤其是女性问题相关的论说文，体现了对新文化运动提倡的新思潮、新道德的应和。苏雪林曾回忆，"我们进女高师的时候正当五四运动发生的那一年。时势所驱，我们都抛开了之乎者也，做起白话文来"②。1921 年 4 月出版的第 3 期《会刊》开始，白话文开始刊载，第 4 期新诗创作逐渐刊登。尽管旧体格律诗词仍是主流，但新诗也逐渐在这所学校萌芽。《会刊》第四期共发表诗歌 108 首，其中新诗 10 首，占百分之九；第 5 期刊发诗歌 49 首，其中新诗 6 首，占百分之十二；第 6 期共刊发诗歌 52 首，其中新诗 19 首，占百分之三十六。从比例上看，新诗所占的比重逐步上升。这是新文化运动推广的结果，并且其中的主要创作者，也不断开拓自己的文学平台，在《小说月报》《时事新报·文学旬刊》《晨报副刊》上不断发表作品，并参与创办了《益世报·女子周刊》《京报·妇女周刊》，"借助这些报刊传媒的影响，女高师学生的文学创作得以突破狭小的校园空间而转化为社会文化"③。

在新诗方面，《会刊》中女性诗人普遍青睐方兴未艾的小诗体式，不仅有大量的小诗写作实绩，还有对小诗艺术的理论探讨。其中最具代表性的是陆秀珍④在《会刊》上发表的《新诗杂谈》，她认为"新诗是写出来的，不是作出来的；是由感情自然迸发出来的，不是勉强凑杂而成的，诗人因外界的美感或

---

① 参看《北京女子高等师范文艺会刊》1920 年第 2 期。

② 苏雪林：《关于庐隐的回忆》，《文学》（上海）1934 年第 3 卷第 2 期。

③ 参看王翠艳：《女高师校园文学活动与现代女性文学的发生》，《中国现代文学研究丛刊》2005 年第 5 期。

④ 陆晶清（1907—1993），本名陆秀珍，1922—1926 年就读于该校国文部（系）。主要著作有诗集《低诉》，散文集《素笺》《流浪集》，学术著作《唐代女诗人》，短篇小说《河边公寓》《未完成的故事》《白帝之死》等。参考王翠艳：《女高师校园文学活动与现代女性文学的发生》，《中国现代文学研究丛刊》2005 年第 5 期。

刺激，感情上收了冲动，不得不写出来，才是真的诗"①，这里的观念集合了宗白华等新诗理论先行者的倡导。

陆秀珍还认为，"现在新诗正在试验建设中，我们虽不能实现理想的新诗，但无论如何，也应该做到'感情丰富'，'句调圆稳'的地位"，"新诗最容易犯的毛病是'太长'和'太详'；'太长'则近于繁冗，流为散文，而'太详'则呆滞而欠含蓄，失了诗的色彩，至于'太长'和'太详'的原因，就是由于'太自由'了"②，尽管观点粗疏笼统，也可以看到她为同学们普遍试作的"小诗"进行宣扬的姿态，这是她自己的看法，也是这一学生刊物中新诗创作者的共识，她们在创作中"也都不约而同地采用了'小诗'这一体裁样式，以清新秀丽的语言表现刹那间的情思"③。北京女子高等师范学校的小诗创作，正是在这样的理念中勃兴发展，诞生了一批写作者。

一般认为，小诗从诞生到勃兴，主要集中在 1921 年到 1924 年之间，女高师学生的仿写与这一写作"潮流"是同步的。在大学生群体中引起共鸣并纷纷仿作，又在中学生群体中得以持续延展，不断成为一批批学生文学表达的可操作的方式，小诗的特殊价值显而易见。小诗运动掀起了中国新诗发展的第一个高潮，冰心的《春水》《繁星》，宗白华的《流云》，俞平伯的《冬夜》，刘大白的《旧梦》，汪静之的《蕙的风》，何植三的《农家的草紫》等诗集，不仅为中小学的文学教育注入了新的内容，还掀起了学生仿作的高潮。1924 年，沈星一编，黎锦熙和沈颐校的《初级国语读本》由中华书局出版，冰心的《致词》和《迎"春"》被选入其中，此后冰心的《繁星》等作品成为中学课本中最常出现的诗歌作品④。当然作为学生群体接受小诗，很大程度还是依赖课外的阅读。何其芳回忆中国公学读书时光时说，"冰心女士是我当时爱读的作家，我喜欢她的《寄小读者》……她的小诗集《繁星》和《春水》"，受冰心创作的影响，何其芳"也读了泰戈尔的《飞鸟集》和《新月集》。就是在这样一些影响之下。我开始用一个小本子写起诗来了。那时我十七岁"⑤。可见直至 20 世纪 20 年代后期，"小诗"这一文体还源源不断地为青年学生走进新

---

① 陆秀珍：《谈丛：新诗杂谈》，《北京女子高等师范文艺会刊》第 5 期，约为 1923 年。
② 陆秀珍：《谈丛：新诗杂谈》，《北京女子高等师范文艺会刊》第 5 期，约为 1923 年。
③ 王翠艳：《女高师校园文学活动与现代女性文学的发生》，《中国现代文学研究丛刊》2005 年第 5 期。
④ 《中学生文学读本》第六册（中学生书局 1932 年 8 月）等多部教科书选入。
⑤ 何其芳：《写诗的经过》，《中国现代作家谈创作经验》（上），济南：山东人民出版社，1982 年，第 459 页。

诗创作的空间起到奠定基础的阅读、学习功能。当然，这些创作者也可能走向其他的文化创造方向，比如小说、比如学术研究、比如散文戏剧，但新诗在这其中扮演的基础性文学教育功能是明确的。

之所以小诗在大中学生等群体中风靡，成为初学创作的学生群体学习写作中模仿的范本，一方面是文体本身特点决定的，其语言复杂程度低，易于掌握，结合说理，描写刹那间感受，体现了特定年龄的心理需求和审美特点，另一方面，文学作品的出版、教科书的展示和新文学教员的鼓励，为小诗在校园情境中传播奠定了基础。尤其是胡怀琛对"小诗"的推介值得关注。

胡怀琛作为新文学教员被人们熟知①。胡怀琛声称他自己既"反对新体诗"，"也反对旧体诗"，要作"采取新旧两体之长，淘汰新旧两体之短"的"新派诗"。② 他的"南社"友人柳亚子称他"功参新旧中"③，胡朴安则称其"其间有新有旧"④，基本符合他自我的定位。同时他也是"小诗"这种新诗创作形式的积极推动者，正因他的推动，这一创作形式 20 世纪二三十年代的在江苏、上海等地的学生刊物中层出不穷。他根据小诗创设了一系列旨在打通古今诗歌创作的教学方法，也是特色之一。

笔者不完全统计，在上海发行的《学生文艺丛刊》1924—1926 年的诗歌创作中，刊载了上海、江苏等地中学生发表的 260 余首"小诗"，可见这一诗体为中学生的诗歌表达方式提供了一种可资借鉴的模板。这其中也有诸如胡怀琛等教员的推行之功，他的《小诗研究》中，以类似文学技巧游戏的形式，推行古典诗歌"摘句"和白话形式的互改，即摘录古典诗歌精彩之处，改写为小诗，将现成的小诗改写为古典律诗。他宣称，"列举两种不同样的写法，启发

---

① 他在 1919 年到 1920 年间在江苏第二师范学校、神州女学校、上海专科师范等校讲授白话诗文。他的讲义曾被广益书局以《白话诗法及白话文谈》（1921）为名出版；另有 1920 年在江苏第二师范学校讲授国文所编写的教案《新文学浅说》出版（上海泰东图书局 1921 年）；为上海艺术师范学校讲授新诗，所编讲义《新诗概说》在 1922 年由上海商务印书馆发行；他的《抒情文作法》（世界书局 1931 年出版），也打出招牌，"供大学或高中教本，或教师参考之用"。另外还有《小诗研究》（商务印书馆 1924 年）、《诗学讨论集》（上海晓星书局 1924 年）、《中国民歌研究》（商务印书馆 1925 年）、《诗的作法》（世界书局 1931 年出版）《中国小说概论》（世界书局 1934 年）、《中国诗论》，（世界书局 1935 年）等具新文学普及性质的专著问世。

② 胡怀琛：《白话诗谈》，上海：广益书局，1921 年，第 47 页。

③ 转引自郑逸梅《南社丛谈·历史与人物》北京：中华书局，2006 年，第 265 页。

④ 胡朴安：《胡怀琛诗歌丛稿序》，《胡怀琛诗歌丛稿》，上海：商务印书馆，1926 年，第 2 页。

初学者的心思，使他从此中悟出一些写诗的方法"①。从教学角度来看，他的这些措施是有意义的，甚至可以说，这种教学设计本身是极为精巧的。他孜孜以求地推广白话文，所授学生甚多，却在新旧两派知识分子那里都不讨好。我们需要提出的是，借助小诗这一视角，教育者胡怀琛积极参与白话新文学建设，他结合自己的文学写作及教学实践经验，努力将白话新诗创作落实到语言如何组织的层面，使初习者能够从文本细微处领略汉语文学的审美意趣。有论者提出"胡怀琛站在 20 世纪中外文化交汇的历史节点，不崇洋，不斥古，其白话文写作学开启的是一条新旧通变、中西兼容的新文学创作路径，这对于当今的汉语文学建设亦不无裨益"②。

当然，胡怀琛的诗歌理念还是受到了新文学阵营的很多攻击。周作人对其的指摘一定程度上没有站在他教学者的立场上，而是停留在印象的批评上。还有一位"北平励志中学"的学生隋树桂，也在《学生文艺丛刊》上撰文，对仿写小诗的潮流进行批评，批评胡怀琛将新诗创作技术化、游戏化，他嘲讽道"随便说句话，全成为一首小诗了。我的小诗集，明天也要付印了"③。可见，在胡怀琛对小诗教育进行推广的情形下，仍有诸多不同的声音，笼统地说，南方学生的接受和北方学生的排斥是胡怀琛小诗教学观念的境遇。胡怀琛等为代表的教育者，认识新文学的角度是非思想性的，他们对新文学的理解往往停留在技术性的讨论层面，这种思维模式对于中小学生的基础教学诚然是有贡献的，但在文化理念层面，又显得隔阂，这就是教育技术与文学思潮之间的矛盾。

"小诗"的风靡，为学生创作打开了空间，它既赢得了读者，也收获了新的诗人，但也遭受到创造社诗人群体在内的许多批评。一般来看，这其中包含多种原因，从教育角度来看，成仿吾向青年说明，"犯不着去制造的一种风格甚低的诗形"，号召青年朋友们要"急起而从事防御"④，意在争夺青年群体；梁实秋则认为小诗"是一种最易偷懒的诗体，一种最不该流为风尚的诗体"⑤，意在通过说明其写作水平的不堪强调不宜流行。从宗白华、冰心等的写作实践，到周作人、胡怀琛的不同思想方向的推广，再到创造社的集体反对，这一诗体在讨论中发展了 20 世纪初中国新诗的艺术探索，同时也密切了新诗发展

---

① 胡怀琛：《诗的作法》，上海：世界书局，1931 年，第 59 页。

② 卢永和：《胡怀琛的白话文写作学与新文学教育》，《西华大学学报（哲学社会科学版）》2015 年第 2 期。

③ 隋树桂：《读胡怀琛〈小诗的成绩〉》，《学生文艺丛刊汇编》1925 年第 2 卷第 2 期。

④ 成仿吾：《诗之防御战》，《创造周报》1923 年第 1 号。

⑤ 梁实秋：《〈繁星〉与〈春水〉》，《创造周报》1923 年第 12 号。

和新文学教育的关系。

《北京女子高等师范学校文艺会刊》中的学生诗人仿写小诗的潮流，在该校学生之一的苏雪林眼中，并不可取。苏雪林的《中国二三十年代作家》① 是她在武汉大学教书期间的讲稿的整理，被认为是"具有现代文学史的规模与框架性质"② 的论著。这部讲稿收录了从五四时期到 20 世纪 30 年代的诗歌、散文、小说和戏剧的评论，也有对五四以来的诗人、批评家以及刊物的研究。其中有一章为《冰心女士的小诗》，从分析冰心的创作，谈到了小诗体的流行趋势。在她的讲稿中认为，"自从冰心发表了那些圆如明珠，莹如仙露的小诗之后，模仿者不计其数。一时'做小诗'竟成为风气。但与原作相较，则面目精神都有大相径庭者在：前者是天然的，后者则是人为的；前者抓住刹那灵感，后者则借重推敲；前者如芙蓉出清水，秀韵天成，后者如纸剪花，色香皆假；前者如姑射神人，餐冰饮雪，后者则满身烟火气，尘俗可憎。我最爱梅脱灵克《青鸟》的'玫瑰之乍醒，水之微笑，琥珀之露，破晓之青苍'之语，冰心小诗恰可当得此语，杜甫赠孔巢父诗'自是君身有仙骨，世人那得知其故'，冰心之所以不可学，正以她具有这副珊珊仙骨！"③ 苏雪林的评论犀利，对仿写小诗的作者评价很低。她的这一评价，针对的是模仿之作艺术层面的低劣，然而这一文体，正是在校园内外的互动之中，在模仿写作的过程中，成为一种特殊的新诗历史形态。

"小诗"经周作人的介绍、朱自清的总结，基本划定了它作为一种新诗崭新的文体形态。冰心、宗白华、俞平伯等诗人的创作，和学生习作的日益增多使得这种文体日益风靡。而成仿吾、梁实秋在文章中，苏雪林在课堂上对这一文体的模仿者作贬斥性的评价，都各有其用意。对小诗的批评大约有这样几种倾向：朱自清、叶圣陶为代表的对诗学发展的自觉反省，他们提出"新瓶装旧酒"一说，以说明模仿小诗之令人厌倦，延续了"新""旧"对立的诗学思

---

① 　与新诗相关的篇目有《胡适的〈尝试集〉》《五四左右几位半路出家的诗人》《冰心女士的小诗》《徐志摩的诗》《论朱湘的诗》《新月派的诗人》《象征诗派的创始者李金发》《戴望舒与现代诗派》《闻一多的诗》《颓加荡派的邵洵美》《神秘的天才诗人白采》，论及的诗人还有康白情、俞平伯、汪静之和郭沫若、王独清、蒋光慈、成仿吾、钱杏邨、穆木天等，涉及的作品集有《扬鞭集》以及《诗刊》等诗歌刊物，派别有新月派、象征派和现代派等。苏雪林：《中国二三十年代作家》，台北：纯文学出版社，1983 年。

② 　马森：《论苏雪林教授〈中国二三十年代作家〉》，《文教资料》（初中版）2000 年第 2 期。

③ 　苏雪林：《中国二三十年代作家》，台北：纯文学出版社，1983 年，第 77 页。

路；成仿吾、郭沫若、闻一多的批评则在对"小诗"渊源的形式指摘上，从艺术性做出否定；蒋光慈是从诗与现实的角度对冰心做出批评①；苏雪林则是从模仿与原作之间的品质高下方面提出问题。这些主张背后，一方面是处于初期白话诗向外扩散的高潮阶段，也是从自由体诗向格律体、象征体的"过渡时期"，这种对小诗本身的反思和批评呈现出"各种文学力量发生与角逐的内在机制"②，这些合力共同建构了小诗的历史地位。

在校园情境中颇受追捧引起仿写热潮，可在新诗坛内部却遭遇批评，并在苏雪林这位亲历者的诗歌史叙述中大加贬斥，我们可以看到文坛、校园、学术研究之间形成的一种积极的互动状态，也可以看出不同的文化身份在对待中西资源、古典传统之间的文化态度。

第三节　课堂讲述与新诗的历史认知

上文谈到小诗运动之时，新诗坛、校园、学术研究之中不同的声音构成的互动场景，通过对胡怀琛、苏雪林、朱自清等人的叙述，可对小诗在教学情境中的情形做出想象。不同的教学对象、不同的教员、不同的文化立场，对新诗的课堂讲授必定呈现出差异。而这种差异之中蕴含的对新诗艺术和新诗史的理解，推动了新诗的发展。本节以经典作品《小河》不同的课堂讲授为例，说明课堂讲述与新诗探索的深化。尽管新诗作为一门单独的课程出现，已经到30年代中期，但依附于中学国文课、中国文学史和诗歌史等课程，新诗的课堂讲述早已出现。

胡适褒扬被他称作新诗史上的第一首"杰作"的《小河》时，突出其"摆脱了旧镣铐"③的努力，展现了区别于旧诗的"细密的观察"和"曲折的理想"④，这是极高的评价。胡适在其纲领性的《谈新诗》中曾经对诗歌理想的形态有所期待，"新文学的语言是白话的，新文学的文体是自由的，是不拘

---

① 陈均：《论小诗：一个批评的范例》，《南都学刊》2006年第2期。
② 陈均：《论小诗：一个批评的范例》，《南都学刊》2006年第2期。
③ 朱自清：《中国新文学大系·诗集·导言》，见《中国新文学大系·诗集》。
④ 胡适：《谈新诗——八年来一件大事》，《星期评论》纪念号，1919年10月10日。

格律的"①，"形式上的束缚，使精神不能自由发展，使良好的内容不能充分表现。若想有一种新内容和新精神，不能不先打破那些束缚精神的枷锁镣铐"②，"因此，中国今年的新诗运动可算得是一种'诗体的大解放'。因为有了这一层诗体的解放，所以丰富的材料，精密的观察，高深的理想，复杂的感情，方才能跑到诗里去"③。可见这首《小河》寄托了胡适 1920 年代对新诗的理想形态的最高期待。茅盾也认为，新诗诞生之初，"注意句中字的音节的和谐。这在有韵诗是如此，在无韵诗也是如此。后者最好的例子是周作人的《小河》。这是白话诗史上第一首长诗"④。

正因此，《小河》自 1924 年被选入《初级国语读本》（沈星一编，1924 年中华书局出版）之后，频频作为中学教育的诗歌典范（其中还包括《新中学国语读本》中华书局 1932 年，《中学生文学读本》等，不一一罗列），因其"杰作"之名，广为流传。以这首诗歌为模仿、对话对象的学生习作也较多。其中包括王警涛的《小河》（《学生杂志》1922 年第 9 卷第 4 期）、徐幼初的《小河》（《浙大周刊》1928 年第 2 期）等。随着周作人一系列现实选择的作为公共文化事件出现，甚至还有模仿《小河》之对话。诗人麦紫曾创作过一首《小河》，他称赞道"我赞美如同有为理想者的小河/我赞美如同智慧的艺术家的小河/小河替我们绘制了一幅时代图案"，却在诗歌的最后又不无失望地说，小河难道不该壮大/小河难道不该壮大自己的世界么？⑤"

有意味的是，所谓"摆脱了旧镣铐"的周作人却在 25 年后的 1944 年给出了一个不同的评价，他形容这首"民国八年所作的新诗"中洋溢着"中国旧诗人""传统"中的"古老的忧惧"，旨在说明"水的利害"。⑥ 这一透着古典传统的自我评价显然与之前不同。在这之前，"有人问：我这诗是什么体，连自己也回答不出。"⑦ 他在分析这首诗歌时，用的是中国古典思维中的"水"的譬喻的内容解说，以法国象征主义诗人波德莱尔的《巴黎的忧郁》散文诗和

① 胡适：《谈新诗——八年来一件大事》，《星期评论》纪念号，1919 年 10 月 10 日。

② 同上。

③ 同上。

④ 茅盾：《论初期白话诗》，《文学》第 8 卷第 1 号，1937 年 1 月 1 日。

⑤ 麦紫：《小河》，《文艺春秋》1947 年第 4 卷第 6 期。

⑥ 周作人：《苦茶庵打油诗》，《杂志》（上海）第 14 卷第 1 期，1944 年 10 月 10 日。

⑦ 周作人：《〈小河〉序》，《新青年》第 6 卷第 2 号，1919 年 2 月 15 日。周作人认为："法国波德莱尔（Baudelaire）提倡起来的散文诗，略略相像，不过他是用散文格式，现在却一行一行的分写了。内容大致模仿那欧洲的俗歌；俗歌本来最要叶韵，现在却无韵。或者算不得诗，也未可知；但这是没有什么关系。"

"欧洲俗歌"的形式参照作为自己诗歌艺术分析的对比系统。

从胡适评价的"摆脱了旧镣铐"和"中国旧诗人""传统"中的"古老的忧惧",这两者的"旧"指涉的方面固然今时不同往日,胡适更偏重于"今人旧诗"所囿于的旧形式,而 1944 年周作人谈及的"旧""传统"更偏重于某种精神素质,甚至在特定历史情形下他刻意选择了旧体诗作为文学表达的形态。总体来看,他创作的旧体诗即他所谓的"打油诗""杂诗"在数量上大大超过了他的新诗创作,并且他十分珍视这一系列的旧体诗创作,不仅自己修订目录,还频频撰文说明自己写旧体诗的缘由。尽管在 20 年代,周作人主张"宽容","有才力能做旧诗的人,我以为也可以自由去做",同时他也"杞忧""复古与排外"的"国粹主义勃兴的局面"①。在周作人身上复杂的"新/旧"纠葛,也是我们认知现代知识分子的一种方式。

1936 年,有两个人分别以不同的方式在教育情境中表达了对这一首《小河》的看法。一是叶圣陶,一是废名。

作为新文学从业者中教育领域的重要代表,叶圣陶曾在《新少年》杂志上发表《文章展览:周作人的〈小河〉》一文,向青年学生解说这首诗,这篇文章基本上可以看作是教学参考,对这首诗的解释基本呈现了中学教育情境中解析这首诗歌的标准方式。因其代表性的解说功能,兹录于下:

小河

周作人

一条小河,稳稳的向前流动。
经过的地方,两面全是乌黑的土;
生满了红的花,碧绿的叶,黄的果实。
一个农夫背了锄来,在小河中间筑起一道堰,
下流干了;上流的水被堰拦着,下来不得:
不得前进,又不能退回,水只在堰前乱转。
水要保他的生命,总须流动,便只在堰前乱转。
堰下的土,逐渐淘去,成了深潭。
水也不怨这堰,——便只是想流动,

---

① 周作人:《做旧诗》,《晨报副刊》,1922 年 3 月 26 日;周作人:《杂感:思想界的倾向》,《晨报副刊》,1922 年 4 月 23 日。

想同从前一般，稳稳的向前流动。

一日农夫又来，土堰外筑起一道石堰。

土堰坍了；水冲着坚固的石堰，还只是乱转。

堰外田里的稻，听着水声，皱眉说道，——

我是一株稻，是一株可怜的小草，

我喜欢水来润泽我，

却怕他在我身上流过。

小河的水是我的好朋友；

他曾经稳稳的流过我面前，

我对他点头，他向我微笑。

我愿他能够放出了石堰，

仍然稳稳的流着，

向我们微笑；

曲曲折折的尽量向前流着，

经过的两面地方，都变成一片锦绣。

他本是我的好朋友，

只怕他如今不认识我了；

他在地底里呻吟，

听去虽然微细，却又如何可怕！

这不像我朋友平日的声音，

——被轻风挽着走上沙滩来时，

快活的声音。

我只怕他这回出来的时候，

不认识从前的朋友了，——

便在我身上大踏步过去；

我所以正在这里忧虑。"

田边的桑树，也摇头说，——

"我生的高，能望见那小河，

他是我的好朋友，

他送清水给我喝，

使我能生肥绿的叶，紫红的桑葚。

他从前清澈的颜色，

现在变了青黑；

又是终年挣扎，脸上添出许多痉挛的皱纹。

他只向下钻，早没有工夫对了我点头微笑；

堰下的潭，深过了我的根了。

我生在小河旁边，

夏天晒不枯我的枝条，

冬天冻不坏我的根。

如今只怕我的好朋友，

将我带倒在沙滩上，

拌着他卷来的水草。

我可怜我的好朋友，

但实在也为我自己着急。"

田里的草和虾蟆，听了两个的话，

也都叹气，各有他们自己的心事。

水只在堰前乱转；

坚固的石堰，还是一毫不摇动。

筑堰的人，不知到哪里去了。

　　这一回我们再选读一首诗，就是刊载在前面的。诗不一定用韵，这一首就是不用韵的诗。然而语句极精粹，声调也很和谐。所谓精粹，并不像有些词章家所想的那样，一定要选用一些华丽的或是生僻的字眼，构成一些工巧的或是拗强的句子。那样的作法，高明的旧体诗作者也不赞成，旧体诗虽然用文言来写，但是那样的作法算不得精粹。现在的诗用口语来写，须选用口头的字眼，须依从口头的语调，你如果也想来那么一套，必然写成一些不三不四的怪东西。可是，口语也有精粹不精粹的分别。字眼似是而非，语调啰啰唆唆，三句里头倒有两句废话，说了一大串表现不出一点儿情境：这就距离"精粹"二字很远了。周先生这首诗完全不是那样，所以我们承认它是"最精粹的语言"。所谓和谐，并不专指句尾押韵，也不是"仄仄平平"地有一种固定的腔调。平庸的作者写旧体诗单单顾到这一些就完事了。若在好手，尤其注意的是声调和诗中情境的符合：激昂的情境他用激昂的声调，闲适的情境他用闲适的声调。他不单用事物和思想来表现情境，就在声调里头也透露了大部分的消息。这是不分什么旧体诗新体诗的，凡是好手都能做到这地步。周先生这首诗的声调和诗中情境相符合，所以我们说它和谐。

这首诗很容易明白。小河有它的生命，向前流动就是它的生命的表现。它畅适地流动着，不但它自己快活，微笑，就是田里的稻、草、虾蟆和田边的桑树也都生活安舒，欣欣向荣。这就可以看出一串生命的连锁，大家顺遂，大家快乐。不幸来了一个农夫，起先在小河中筑起一道土堰，后来又加上了一道石堰。农夫这样做，当然有他的需要和想头。但是小河的流动就遇到了阻碍。不但小河，稻、草、虾蟆、桑树的生机也连带地遇到了阻碍。而小河并不是遇到了阻碍就了结的，它"要保他的生命，总须流动"，流动没有路，只好不歇地乱转。于是稻和桑树怀念着它们好朋友的往昔的交情，又怕目前遭难中的好朋友带给它们一些可怕的灾难。草和虾蟆虽然没经明叙，但是意思也无非如此。至于那筑堰的农夫，他"不知到哪里去了"。筑了堰会有什么结果，他当初也许并没有料到，但是对于许多生命给了损害总之是事实。——以上是这首诗中的情境。我们单从小河、稻、桑树等等的本身着想，就觉得它们的挣扎和忧愁入情入理。如果联想到人类社会方面去，更觉得这样的情境差不多随时随地都有。一些人有意无意地给予人家一种压迫，它的影响直接间接传播开去，达到广大的人群。被压迫者的努力挣扎自是不可免的，间接受影响者的切心忧愁也是按不住的，因为大家要保自己的生命。繁复的人间纠纷就从这里头发生出来。不安和惨淡的景象正像筑了两道堰以后的小河边。所以这首诗所捉住的情境是很普遍的。虽然小河并不真有生命，稻和桑树也不真会说话，全篇的材料无非从想象得来。但是想象的根据却是世间的真实。无论作文作诗，这样取材是比较好的办法：情境普遍，使多数读者感到亲切有味，仿佛他们意想中原来有这么一种情境似的。

小河边的不安和惨淡的景象到什么时候才会改变呢？这首诗中没有提到。如果提到了，一则作者突然跑出来发表自己的意见，就破坏了全诗纯粹叙述的统一性；二则呢，太说尽了，不给读者留下自己去想的余地，也是不好。但是我们既然是读者，不妨来想一想这以后的情形。这是不难想象的：若不是谁来拆去那两道堰，就只有等待小河源源不绝地流注，越来越急地乱转，直到潭底的土完全淘去，水再不能往下钻，于是滔滔滚滚地向两岸冲决开来。那时候，小河边就将是另一幅景象了。

这首诗中稻说了一番话，桑树说了一番话。草和虾蟆当然也不妨说话，可是这样太呆板了，并且说来无非稻和桑树那一些意思。所以不再让它们说话，只用"也都叹气，各有他们自己的心事"了事。这是避重复、取变化的方法。

再说这首诗的声调。诗中各行都简短，语句极质朴，和原野中的小河、稻、桑树等等自然物相应。说了"水只在堰前乱转"，又说"便只在堰前乱转"，又说"便只是想流动，想同从前一般，稳稳的向前流动"，又说"还只是乱转"，这样反复的叙述，念起来好像就是小河涓涓不息的调子，所谓声调和情境的符合，就指这些地方而言。①

叶圣陶对中学生讲解《小河》，不仅包含了胡适对他韵律自由的描绘，更是细致地阐发了这首诗背后的精神内涵。在这份以引导少年认识社会、欣赏文艺、了解自然为主旨的刊物中，他的阐释依旧沿袭胡适的框架。他通过"精粹"与否，提出"所谓精粹，并不像有些词章家所想的那样，一定要选用一些华丽的或是生僻的字眼，构成一些工巧的或是拗强的句子"②来提出"新""旧"的分野："旧体诗虽然用文言来写，但是那样的作法算不得精粹"，"周先生这首诗完全不是那样，所以我们承认它是'最精粹的语言'"。继而谈到这首诗的"和谐"，他认为，"周先生这首诗的声调和诗中情境相符合，所以我们说它和谐"。继而谈到这首诗的情境，他认为"联想到人类社会方面去，更觉得这样的情境差不多随时随地都有。一些人有意无意地给予人家一种压迫，它的影响直接间接传播开去，达到广大的人群。被压迫者的努力挣扎自是不可免的，间接受影响者的切心忧愁也是按不住的，因为大家要保自己的生命。繁复的人间纠纷就从这里头发生出来。不安和惨淡的景象正像筑了两道堰以后的小河边。所以这首诗所捉住的情境是很普遍的。"从而将这首诗歌的诗歌价值从理论表述推向社会生活感受。叶圣陶引导学生通过具体情境想象这首诗歌的画面、动机、效果，以及合理推演这首诗歌中"小河边的不安和惨淡的景象到什么时候才会改变呢"这一问题，从而使一首简单的小诗在学生群体中获得了莫大的生命力。最后，他还讲到了一些诗歌技巧，如"重复""声调"

① 圣陶：《文章展览：周作人的〈小河〉》，《新少年》1936 年第 1 卷第 9 期。《新少年》杂志译名：*The New Youth*. 1936 年 1 月在上海创刊，至 1936 年 6 月第 1 卷出版 12 期；1936 年 7 月出版第 2 卷，停刊于 1937 年 7 月的第 4 卷第 2 期。1945 年 7 月在重庆复刊，改名《开明少年》，至上海解放止，共出版 46 期。由叶圣陶、丰子恺、顾均正、宋易等编辑，开明书店发行，半月刊，属于综合性少年刊物。主要供稿人有傅彬然、宋易、文范、黄素封、顾均正、丰子恺、叶圣陶、茅盾、金仲华等。《新少年》以引导少年认识社会、欣赏文艺、了解自然为主旨。主要刊登时事述评、科学常识、社会风情，以及历史、地理、美术、音乐和卫生等方面的知识、小实验等。此外，还刊载诗歌、散文、童话、小说、报告文学、文学译作和名篇赏析，以及少年学生的一些杂感习作等。

② 圣陶：《文章展览：周作人的〈小河〉》，《新少年》1936 年第 1 卷第 9 期。

等，为学生模仿学习提供了技术性指导。在这首诗歌阐释的背后，事实上不断向学生昭示的乃是文艺中的"新"精神。这种形式的讲述背后，蕴含着对"五四"以来构建的一套价值观念的宣扬。

与此同时，在大学课堂上，对这首诗歌的阐释已经突破了这一框架。1932年，废名被聘为北京大学国文系讲师。1937年之前他一直讲授散文习作，1935年秋，"后来添了一门现代文艺，所讲的是新诗"，他留下的讲义为学界瞩目，里面"总有他特别的东西，他的思索与观察"①。他的《〈小河〉及其他》成为大学课堂周作人讲稿的代表性著作，兹录于下：

> 今天我们讲周作人先生的新诗。周先生的新诗，后来结成一个集子名为《过去的生命》，周先生在序里说，"这里所收集的三十多篇东西，是我所写的诗的一切。"有名的一首《小河》长诗，原刊于民国八年二月初版的《新青年》第六卷第二号。当时大家异口同声的（地）说这一首《小河》是新诗中的第一首杰作。最初的白话新诗都脱不了旧诗词的气息，大家原是自动的要求诗体的解放，何以还带着一种解放不了的意味呢？我想这还是因为内容的问题。大家习于旧诗词，大家的新诗的题材离旧诗词不远，旧诗词的调子便本能似的和着新诗的盘子托出来了。胡适之先生缠足的比喻已经注定了命运，缠足的妇人就是缠足的妇人，虽然努力放脚，与天足的女子总不是一个自然了。到了《小河》这样的新诗一出现，大家便好像开了一个眼界，于是觉得新诗可以是这样的新法了。大家见了《小河》这首白话新诗这么的新鲜，而当时别人的新诗，无论老的少的，那么带有旧诗词的意味，于是就说别人的新诗是从旧式诗词里脱胎出来的，周先生的诗才合乎说话的自然，或者说周先生的语体走上欧化一路。其实这都是表面的理由，根本原因乃是因为周先生的新诗，其所表现的东西，完全在旧诗范围以外了。中国这次新文学运动的成功，外国文学的援助力甚大，其对于中国新文〈运〉学运动理论上的声援又不及对于新文学内容的影响。这次的新文学运动因为受了外国文学的影响，新文学乃能成功一种质地。新文学的质地起初是由外国文学开发的，后来又转为"文艺复兴"，即是由个性的发展而自觉到传统的自由，于是发现中国文学史上的事情都要重新估定价值了，而这次的新文学乃又得了历史上中国文艺的声援，而

---

① 周作人：《知堂序》，参看废名、朱英诞：《新诗讲稿》，北京：北京大学出版社，2008年，第382页。

且把古今新的文学一条路沟通了，远至周秦，近迄现代，本来可以有一条自由的路。这个事实揭穿之后又是一个很平常的事实，正同别的有文学史的国度是一样，一国的文学都有一国文学的传统。只是中国的事情歪曲很多，大约与八股成比例，反动势力永远拨不开，为别人的国度里所（没）有的现象。周作人先生在新文学运动中，起初是他介绍外国文学，后来周先生又将中国文学史上的事情提出来了，虽然周先生是思想家，所说的又都是散文方面的话，然而在另一方面周先生却有一个"奠定诗坛"的功劳。我这话好像是说得好玩的，当然有点说笑话，然而笑话也要有事实的根据。现在的年青诗人都是很新的诗人了，对于当日的事情不生兴趣，当日的事情对于他们也无关系，较为早些日子做新诗的人如果不是受了《尝试集》的影响就是受了周作人先生的启发。而且我想，白话新诗运动，如果不是随着有周作人先生的新诗做一个先锋，这回的诗革命恐怕同《人境庐诗草》的作者黄遵宪在三十年前所喊出的"我手写我口，古岂能拘牵。即今流俗语，我若登简编，五千年后人，惊为古斓斑"一样的革不了旧诗的命了。黄遵宪所喊的口号，就是一首旧诗。我在本篇第五讲里引《新青年》一段补白，里面引了寒山和尚一首诗，寒山和尚的宗旨也就等于黄遵宪的宗旨，都是要用白话作诗。他们用白话作诗，又正是作一首旧诗。我们这回的白话诗运动，算是进一步用白话作诗不作旧诗了，然而骨子里还是旧诗，作出来的是白话长短调，是白话韵文。这样的进一步更是倒霉，如果新诗仅以这个情势连续下去，不但革不了旧诗的命，新诗自己且要抱头而窜，因为自身反为一个不伦不类的东西，还不如人境庐白话诗可以旧诗的资格在诗坛上傲慢下去了。我这样说话，并不是嘲笑当时的诗革命运动，我乃是苦心孤诣的帮助白话新诗说话。白话新诗要有白话新诗的内容，新诗所表现的东西与旧诗词不一样，然后新诗自然是白话新诗了。周作人先生的《小河》，其为新诗第一首杰作事小，其能令人眼目一新，诗原来可以写这么些东西，却是关系白话新诗的成长甚大。青年们看了周先生所写的新诗，大家不知不觉的忘了裹脚布，立地便是天足的女孩子们想试试手段了。从此新诗有离开旧诗的可能，因为少年人的诗国里已经有一块园地了。这时新诗的园地有点像幼稚园，大人们的理论都没有用处，男孩子女孩子都在那里跳来跳去的做诗了。周先生稍后又翻译了国外的一些诗歌，成功所谓"小诗"空气，都给少年们开发了一些材料。①

---

① 废名：《〈小河〉及其他》，王风编：《废名集》第4卷，北京：北京大学出版社，2009年，第1687—1689页。

废名当然对其师周作人的新诗有极高的评价,"到了《小河》这样的新诗一出现,大家便好像开了一个眼界,于是觉得新诗可以是这样的新法了"①。然而废名和胡适对《小河》评论的思想立足点与叶圣陶及在此之前的相关评价相比照,能够看出显著的差异性,废名在课堂讲授中说明的"新"侧重于艺术表现方法,与之前站在诗歌进化论逻辑中的胡适、叶圣陶等作为教学理念的诗歌分析并不相同。有论者认为"这是一个值得认真考辨而又被忽略的重大问题,关乎对新诗艺术发展历史的理解。历来研究主要关注胡适的这个评论并进而论述《小河》的新诗艺术发展史的意义,而对废名这个评论关注不够,因而也就没有能够细究废名评论的意义并从这个角度来考察《小河》在新诗艺术发展史上的意义与价值"②。

他所谓的《小河》启示的"新法"是这样的,"胡适之先生最初白话诗的提倡,实在是一个白话的提倡,与'诗'之一字可以说无关"③,废名认为正是有了周作人具体创作的这首《小河》,白话新诗才获得了写作意义上的确立,从而避免了流于口号的空洞,他甚至认为,表面性的"合乎自然"或者是跳出"旧体诗词"的窠臼一类评价,都没说到关键点上,他认为关键在乎"其所表现的东西,完全在旧诗范围以外了"④。事实上,废名似乎从新诗艺术发展史的角度来论述《小河》的文学史地位和意义,确切来看他事实上探讨的是新诗的容量,或者说,是新诗的表现范围。废名看来,正是周作人的这首《小河》,为新诗的"扩容"起到了关键性的作用,也这因为这首诗为新诗表达范畴进行扩容,将个人性的感受与诉求与社会性的观察与思索熔于一炉。他提到,人们因这首诗,感受到"诗原来可以写这么些东西"⑤,恰说明了这一点。他说明周作人的诗歌有一种"新鲜"⑥气息,这种新鲜气息却是与日常生活的遭遇密切相关,因此而显得"很古",这种"现代文明"和古已有之的日常生活一旦消弭界限,所谓新旧形式问题便不复存在,真正值得关注的,恰是诗歌精神是否诚挚了。

---

① 废名:《〈小河〉及其他》,王风编:《废名集》第 4 卷,第 1687 页。
② 参看高恒文:《南朝人物晚唐诗》,《汉语言文学研究》2013 年第 4 卷第 1 期。
③ 废名:《〈周作人散文钞〉序》,王风编:《废名集》第 3 卷,北京:北京大学出版社,2009 年,第 1278 页。
④ 同上,第 1687 页。
⑤ 同上,第 1689 页。
⑥ 同上,第 1687 页。

废名是注重文本解说的，他的讲义基本围绕自己对新诗的特殊感觉。凭借对周作人这首诗歌的"感觉"，他将新诗发生的历史进行文学史层面的重构，获得了新的表述方式。

从废名的讲授里，我们还能够发现，他不断引导学生去从文学发展历程（文学史）角度去重新审视《小河》，这一点，是面对中学生讲授时未必一定要强调的。并且，他也有一个独特的校园情境的描摹，他形容少年们在诗国里有了一块园地，强调周作人这首诗歌潜在的教育意义，说明这首诗歌开拓了学生群体的新诗创作观念，这些讲授，都是带有研究性质的对历史的追索和凸显其复杂的思想史意义。

值得深思的是，这一时期叶圣陶、废名的《小河》讲述，其中异同，有种种深层的动因。叶圣陶的书面讲授是面对中学生群体的，废名的讲课是在北京大学的课堂上完成的，这有一种差异；诗歌文本意义的阐释和历史观的论述从方法上来看也各不相同，这是其次。

从阐释方法上来看，废名突破已有的以胡适、朱自清、叶圣陶等代表的阐释格局，以历史叙述的方式重谈《小河》，其中深意值得继续追求。废名课堂的讲授，强调了周作人创作中对西方文化的关系，这和朱自清认为："自然音节和诗可无韵的说法，似乎也是外国'自由诗'的影响"，"周启明氏简直不太用韵。他们另走上欧化一路"，"这说的欧化，是在文法上"① 的评价，当然不是一回事。

废名认为："周作人先生在新文学运动中，起初是他介绍外国文学，后来周先生又将中国文学史上的事情提出来了，虽然周先生是思想家，所说的又都是散文方面的话，然而在另一方面周先生却有一个'奠定诗坛'的功劳。"②

这个奠定诗坛的功劳，当然包括这首《小河》的独特意义，这与叶圣陶的具有普遍性的中学讲授并无二致。废名作为周作人的弟子，对他在 30 年代以来的精神走向有十分的了解，他提出周作人"将中国文学史上的事情提出来"主要指的是周作人的晚明兴趣。周作人曾经在文章中写到，"明末这些散文，我们这里称之曰近代散文，虽然已是三百年前，其思想精神却是新的，这就是李卓吾的一点非圣无法气之遗留，说得简单一点，不承认权威，疾虚妄，重情

---

① 朱自清：《中国新文学大系·诗集·导言》，见《中国新文学大系·诗集》，上海：良友图书印刷公司，1935 年。

② 废名：《〈小河〉及其他》，王风编：《废名集》第 4 卷，第 1688 页。

理，这也就是现代精神，现代新文学如无此精神也是不能生长的"①。在这个基础上，废名突破了叶圣陶意义上的"新旧"格局，转而导向 30 年代周作人的"新旧"观念。

周作人在 30 年代对"革命文学"的批评在废名的授课中有显著的影响，《小河》即为代表。废名在《〈周作人散文钞〉序》中说，"再想就二三年来所谓普罗文学运动说几句"："方中国的普罗文学运动闹得像煞有介事的时候，一般人都仿佛一个新的东西来了，仓皇失措，岂明先生却承认它是载道派，中国的载道派却向来是表现着十足的八股精神"，暗合了周作人对革命文学的批评。其实作为国文课程的《小河》，有了由胡适、朱自清、叶圣陶等人构筑的相对稳定的阐释框架，借此照搬讲授，不是难事，毕竟连中学课堂上都有叶圣陶详细周密的教案出现，然而作为学院知识分子的废名，历史地重构周作人新诗的讲述方式，打破"新旧"框架，以诗歌讲授说明他对"真理"与"知识"的态度，应对他不愿介入的具有广泛社会性质的革命文学洪流之中，坚守所谓"自由"之真谛。

废名借着对周作人《小河》的评价及其对传统诗歌尤其是李商隐，说明"新文学的质地起初是由外国文学开发的，后来又转为'文艺复兴'，即是由个性的发展而自觉到传统的自由"，"一切文学都待成功为古典的时候乃见创造的价值"②，乃是个革命文学兴起以后学院知识分子的内省精神在教育实践中的体现。强调周作人《小河》非现实性的一面，通过对其历史化的描述强调自己的文学感觉，以申明其文学立场和文化态度，可见这一课堂讲述包含的丰富信息。废名在谈到鲁迅先生的小说因目击辛亥革命而对民族深有所感，不相信群众，却又被列为群众一伙时说，"感情最能障蔽真理，而诚实又唯有知识"③。对"真理""知识"的强调的文学态度，展现在新诗讲授尤其是对《小河》的讲述中，就体现为不受拘束的"自由表现"突破时空和表达的限度。

从一般性的普及讲授，到专门性的带有研究色彩的大学讲述，新诗的课堂讲述出现了历时性解说式讲授法和共时性历史化讲授法，这既是教育理念的不同。也渗透出 20 世纪 30 年代文坛的具体而复杂的情绪。不同的生命情调、不

---

① 周作人：《关于近代散文》，《周作人散文全集》第 9 卷，桂林：广西师范大学出版社，2009 年，第 587—589 页。

② 王风编：《废名集》第 4 卷，第 1714 页。

③ 同上，第 1280 页。

同的世界观、不同的生存经验使得课堂讲述呈现出差异化的表达。从教者各异的人生现实处境和文化背景、思想观念，深刻地影响着新诗的课堂讲述。不同的历史时期，不同的课堂情境，不同的教员，深刻影响了新诗的历史认知。这也是由新诗可供不断阐释说明，具有开放性阐释空间的特征决定的。

第二编
教育对新诗发展的促进

新文化运动以来由校园和文坛建构的既互相沟通，又相对独立的诗歌对话系统，是值得注意的现象。本章研究教育情境中诗歌艺术与理论的发展。本文所谓教育情境，指的是由校园这一具体场所构建的由学生、教师、社团、刊物等构成的具有特殊意义的文化空间。20世纪二三十年代中国新诗创作的繁荣与理论的发展，很大程度上依赖着教育情境所创设的文化空间。在今天的角度来看，教育情境中20世纪二三十年代的中国现代新诗的创作者与研究者都几乎置身于交叉学科背景之下，由此催生出一批熟悉西方理论与创作、熟悉中国古典文化与诗艺的诗人、理论家。学生与教员、校园与文坛、诗歌写作与学术研究之间，又构成一种相互影响的态势。在这个基础上，重审教育情境中诗歌艺术与理论的发展显得尤为重要。中国现代新诗解诗学是新诗教育的必然发展，是中国现代新诗研究应教育机制内部要求而催生出的文学审美接受和文化价值传递的重要途径。新诗史写作诞生于特定的教学空间，正是教学的需求，催生了新诗史的诞生，新诗的历史描述策略与教学的客观性要求，使得新诗历史逻辑以不同面目展开，不同的课程讲述者那里有不同的新诗历史发展历程。新诗创设之初，就设定了一套"新""旧"对立的思维框架，这一框架是新文化运动的策略性选择，其中包含的既是文学形式主张上"文言"与"白话"的分别，同时也是思想观念中"传统"与"现代"（西方）的交锋。这种观念营造的二元对立格局并非泾渭分明，其中有较大的模糊地带，也基于这种思维框架，诗歌批评和学术研究也获得评价范式的不断拓展。在诗歌教育范畴中，无论是理论主张还是文学创作，始终有"新""旧"之区隔，即便在冲突之中又有调和，相比起小说、戏曲、散文等其他体裁，"新""旧"诗歌与诗学的对立性和沟通性更使得这种话语模式具备相互交锋和对话沟通的可能，故而在诗歌教育视野中，"新"与"旧"这种逻辑框架始终存在并成为需要解释说明的基础性视角。

第三章　教育情境与新诗创作和理论的发展

第一节　校园诗人群体的创作与新诗的进步

新文化运动以来，由校园引发的诗歌浪潮和文坛的诗学建构的既互相沟通，又相对独立，在参差与协进中形成了一套有效的诗歌对话系统。湖畔诗派作为中国现代新诗发生发展以来第一个具有显著的校园文化与代际特征的诗派，被普遍认为是"五四"唤起的一代新人。他们醉心诗歌、获得关注、引发争议、相互论争，构成了一个文学史的独特风景。这一风景，需借由诗歌教育视角的引入重新勘察。1922 年 4 月，来自浙江一师和周边的学子、职员，共同创办了"湖畔诗派"。湖畔诗社是由校园文化与社会风尚合力催生的新诗社团，他们的创作充满青春的气息，为早期新诗偏重"说理"氛围，吹进一股青春的抒情的风。他们的写作大胆热切，真挚纯真，在"爱情"的言说中，蕴含着对心灵自由和思想解放的强烈追求，他们也是五四运动以后具有显著代际特征的第二代诗人的代表。

湖畔诗派主张纯真与热情的诗歌创作，善于写抒情小诗，形成了自己独特的艺术风格，是中国现代新诗最早的诗歌社团之一。这个多数由浙江省第一师范学校学生构成的诗人团体引发了现代中国诗歌发展的一次震荡。对于这一次震荡，应还原历史语境，重新考察"教育"这一文化传播最直接与有效的路径，探究教育与诗歌发展的密切关系。

教育情境中，诗歌艺术与理论发展既体现了社会整体性精神追求中的文化要求，又随不同的校园中因师生主张不断积淀起的文学氛围和文化态势而各有方向，在各异的教育情境中发展各自的诗学主张。教育情境，指的是由校园这一具体场所构建的由学生、教师、社团、刊物等构成的具有特殊意义的文化空间。20世纪二三十年代中国新诗创作的繁荣与理论的发展，很大程度上依赖着教育情境所创设的文化空间。从今天的角度来看，教育情境中20世纪二三十年代的中国现代新诗的创作者与研究者都几乎置身于交叉学科背景之下，由此催生出一批熟悉西方理论与创作、熟悉中国古典文化与诗艺的诗人、理论家。学生与教员、校园与文坛、诗歌写作与学术研究之间，又构成一种相互影响的态势。在这个基础上，重新考察教育情境中诗歌艺术与理论的发展显得尤为重要。湖畔诗社是由特殊的校园文化催生的新诗创作群体，他们的创作充满青春的气息，为早期新诗"说理"特征过于浓厚吹进一股青春的感性的令人瞩目的新风尚。

湖畔诗派主张纯真与热情的诗歌创作，善于写抒情小诗，形成了自己独特的艺术风格，这个1922年由应修人、潘漠华、冯雪峰、汪静之在杭州发起成立的诗歌社团是中国现代新诗最早的社团之一。再出发重新理解文学史意义上的"湖畔诗社"的价值和意义，需将其重新放置到浙江一师的校园文化氛围中审视，探讨校园情境中经由代际诗人互动发展新诗的过程。从早期新诗发展的角度来看，以胡适和郭沫若为代表的留学欧美和日本的第一批新诗人和本土志同道合的具有新文化前瞻性的诗人共同构筑了早期现代新诗的繁荣格局，然而在本土的教育情境中首先进入我们视野的，是以浙江一师学生为主体的"湖畔"四诗人。从源头上来看，这一载入史册的文学社团最初的形态，是浙江一师校园社团晨光社。

在湖畔诗社扬名之前，这个诗人群体是以学生社团的形式进行的初次集聚，这就是浙江一师的"晨光社"。"晨光"之名来源于汪静之的新诗《晨光》。潘漠华最早发起晨光社，并与初到杭州便以写诗为名的汪静之以及其他爱好写诗的赵平福（柔石）、魏金枝、张维祺等，成为诗友，1921年秋天冯雪峰入校，进校后也因写诗被潘漠华发现。在这个群体中，最早令人关注的是汪静之，他在1921年9月就在《新潮》上发表诗歌，轰动校园。到1921年的10月10日，以潘漠华、汪静之、魏金枝和赵平福为发起人，集合浙江一师、杭州蕙兰中学、安定中学和女师的文学爱好者二十余人的晨光社宣告成立，并办有《晨光》周刊，朱自清、叶圣陶和刘延陵是他们的文学顾问。他们并邀请"名人"来访，俞平伯先生就曾在浙一师的课堂上讲演。① 作为《小说月报》

---

① 董校昌：《晨光社的成立及其活动》，《新文学史料》1985年第3期。

主编的茅盾，一直关注全国各地新文学社团的消息，潘漠华在 1922 年 11 月 16 日向沈雁冰复信，介绍晨光社，沈雁冰接信后，在《小说月报》第十三卷第十二号刊登了潘漠华来信和《晨光社简章》。①

自此，一个新的诗派在校园中孕育。他们因兴趣而走近，在新诗写作中相互促进，最终形成了开一代诗风，引得胡适、周作人都为之喝彩的湖畔诗派。

湖畔派的汪静之、潘漠华、冯雪峰，都是浙江一师的学生。这个"专心致志作情诗"的学生诗歌团体，诞生于有浙江新文化运动中心之称的浙江一师。一般认为，江浙文人尤其是浙籍现代文人占了中国新文学的半壁江山，从学缘结构来考察，浙籍学人多与浙江一师等院校有密切联系。

浙江一师在新文化运动史上有相当重要的位置，1919 年五四运动爆发前，浙江教育界就笼罩在新文化运动的浪潮之中，杭州学生能够轻易读到例如《新青年》《新潮》等思想启蒙读物。伴随着五四运动的展开，浙江的学生创办了几十种自办刊物。《吴兴女学界》《学生自助会周刊》《浙江新潮》《浙江省立第一师范学校校友会十日刊》《浙人》《浙江十中》等刊物，皆以宣传新思想、报道爱国学生运动、提倡"人"的生活、打破非"人"的思想，宣传自由民主为标榜。浙江两级师范学堂时期，即教师反对夏振武的"木瓜之役"时期，浙江一师就被渲染为"新""旧"对立的学校。五四运动前后，经亨颐为校长的浙江一师提倡校内改革，学生自治，编辑国语课本，聘请了号称新文化运动"四大金刚"的陈望道、夏丏尊、刘大白、李次九为教师，"第一师范四百八十多名学生中，每次销售《新青年》《星期评论》和《湘江评论》就有四百多份"②，可见整个学校构成了一种新文化的氛围。施存统的《非孝》引起的轩然大波催生出了一师风潮，成为浙江五四时期最具代表性的学生运动，在思想界和文化界产生了深远影响。经亨颐提倡的"人格教育"，和"自动、自由、自治、自律"③的教育观念成为这所学校最深刻的文化标志。正是在这种"新潮流波荡了好久，一时受着潮流影响的人们，也是层出不穷"④的文化氛围中，1920 年汪静之踏入了这所校园。直至 1922 年 4 月湖畔诗社宣告成立，三位学生汪静之、潘漠华、冯雪峰和一位上海银行职员应修人合著的诗集《湖畔》也于当月出版。诗集问世之后，仲密（周作人）、朱自清在《晨报副刊》

① 董校昌：《晨光社的成立及其活动》，《新文学史料》1985 年第 3 期。
② 王艾存：《经亨颐与五四运动》，《广东党史》2001 年第 6 期。
③ 姜丹书：《我所知道的经亨颐》，《浙江文史资料选辑》第 4 辑，第 76 页。
④ 《浙江一师书报贩卖部改组宣言》，《民国日报·觉悟》1922 年第 12 卷第 7 期。

和《时事新报》上的"介绍"与"评价",为湖畔四诗人奠定了诗坛基础。同年 8 月,上海亚东图书馆出版的汪静之诗集《蕙的风》由四位新文化运动领袖作序出版,成为继胡适的《尝试集》和郭沫若的《女神》之后最有影响的诗集。文学史意义上的"湖畔诗社"的价值和意义,当重新放置到浙江一师的校园文化氛围中重新审视。

当时浙江一师的国文教育情况,可以通过曹聚仁的讲述看到。1920 年的浙江一师,国文教育中尝试实行的是师生互动并以学生为主体的道尔顿制①,国文课堂恰如社会问题研究课堂。俞平伯、朱自清、刘延陵等教师的到来,从创作和识见层面,打开了一师学生诗人群体的视野,换句话说,原本集中讨论"问题",缺乏文学素养的青年,在这几位新文化运动亲历者的影响之下,寻找到了表达方式的可能,其中最显而易见的就是新诗创作。例如汪静之,他最早的作品刊发于《新潮》杂志,就是"师生"关系构成的代际之间的互动的一种说明。

晨光社宣称"本社以研究文学为宗旨"②,从实绩看来,他们的研究文学包括读书、创作等文学活动。就现有的材料来看,晨光社的两次"演讲会"对后来湖畔诗人的诗歌创作,起到了影响。"据汪静之回忆,他们曾请俞平伯先生在浙一师的课堂上讲演过,蕙兰中学、安定中学和杭州女师的社员都来听讲"③。第一次是俞平伯的《从经验上所得做"诗"的教训》载 1920 年 12 月 12 日《浙江第一师范十日刊》第 5 期,范尧深记;还有一次演讲是刘延陵的《诗底用词》,载 1921 年 1 月 10 日《浙江第一师范十日刊》第 7 期,范尧深记。范尧深当时是一师学生,后来为著名的儿童文学研究者,虽没有证据表明他是否加入晨光社,但从他的记录中可以看到,新诗的早期参与者、实践者、探索者以教师身份介入了浙江一师诗人群体的文学活动并产生积极影响。在湖畔诗派扬名以后,这四位诗人还试图与北京的陆鼎藩、胡思永、台静农、章洪

---

① 曹聚仁:《我与我的世界·浮过了生命海》,第 134 页,曹聚仁说明:"'五四'的第二年,我们已经在教师中尝试着道尔顿制的教学法,抛开先生讲学生听的老办法,如旧制书院一样,让学生自由阅读;教师只是我们的顾问。顶热闹的却是开讨论会,国文课变成了社会问题研究会。后来,上海新文化书局出版了社会问题讨论集,妇女问题讨论集,便是我们的国文讲义。经过了那一年半的讨论与研究,同学们既是浅陋得很,教师呢,也只知道一些皮毛;而教材不从语文本身去找;实在贫乏可怜,我们实在有点厌倦了……俞(平伯)、朱(自清)诸师(另有刘延陵、王祺——笔者),恰在那时到来了。"

② 《晨光社简章》,《小说月报》"来件"栏目,第 13 卷第 12 号。

③ 董校昌:《晨光社的成立及其活动》,《新文学史料》1985 年第 3 期。

熙、鲁彦等组建"明天社",他们宣称,"大家该努力的是求真能破除境遇不同的人们相互的'盲目性',真能了解'人性之真实',建立一种真挚,博大,深刻的文学!"① 但最终,这个社团并没有任何文学活动,这一宣言成了"空炮"②,由此却可以看到,学生团体模仿文学界整合力量,形成社团,发出宣言,进行文学活动,成为一种文学策略与文艺自觉。

浙江一师的师生群体,与五四新文化运动,有密切的联系,他们的教师曾走出一条由"一师"到"白马湖"再到"立达学院""开明书店"的文化脉络,不断自新,产生了巨大的文化影响。湖畔诗社是由"浙江一师"特殊的校园文化催生的新诗创作群体,他们的创作充满青春的气息,尽管沐浴着"五四"之风,饱受新文化的滋养,但他们没有重复浙江一师及晨光社的诸多学生,诗歌艺术受俞平伯和刘延陵的两次演讲影响巨大。仔细考察这两次演讲内容与湖畔诗人们的诗歌抉择,可以看到这一代际互动的实际意义。

俞平伯的演讲并未留下,从标题和时间上看,这个演讲的大致内容应该和刊载于 1920 年 12 月《新青年》八卷四号上的《作诗的一点经验》一文内容大致相似。③ 演讲的主旨大约是"凡做诗底动机大都是一种情感(feeling)或是一种情绪(emotion),智慧思想似乎不重要","决不先想到什么'写实主义'、'象征主义'、'艺术底艺术'、'人生底艺术'这类观念","既不及管诗底'工拙',更无所谓社会上底'毁誉'",主要核心是"解放做诗底动机"④。刘延陵宣称,"怎样才能够成为理智的文字"胡适们已经讲得很多了,他单要谈一谈"怎样才能够成为情感的文字",他列举了"西洋"的七种修辞的方法、Simile、Metaphor、Personal Metaphor、Personification、Metonymy、Fable(Symbol)、Refrain,(比喻、暗喻、个人隐喻、拟人化、转喻、象征、叠句)列举包括胡适的初期白话诗在内的古今中外的诗歌修辞法为例,强调要懂得"这门技术",因为"旧的格律与新的主义有时还受过分的拥护","文艺界的

---

① 《又发现了一个研究文学的团体》,《民国日报·觉悟》,1922 年 6 月 19 日。
② 汪静之致程中原信,参看程中原:《关于"明天社"》,《新文学史料》1983 年第 6 期。
③ 俞平伯在演讲前后作诗论两篇,分别是 1920 年 11 月 5 日写毕的《作诗的一点经验》和 1920 年 12 月 14 日写完的《诗底自由和普遍》,《新潮》1921 年 10 月三卷一号。结合题目和内容来看,演讲《从经验上所得做"诗"的教训》应与《作诗的一点经验》相似。
④ 俞平伯:《作诗的一点经验》,《俞平伯全集》第 3 卷,石家庄:花山文艺出版社,1997 年,第 519 页。

自由精神是一种普遍的时代精神","古旧的格律或新的主义都没有死守的必要"①,这篇演讲说明是为"才开始萌芽"的"新文艺""略供参考"。②

从这两篇演讲来看,俞平伯从亲历实践的角度婉转批评了初期白话诗过分倚重观念的问题,强调解放动机。刘延陵从写作技巧的角度,强调的同样是诗歌不要为主义所困囿。从一定程度上来看,这两个人的基本观念是相似的,区别在于俞平伯的史观更接近古典传统的"情动于中",刘延陵则侧重法国象征主义与自由诗的理论。这些讲授,是带有对初期白话诗"反省"意味的,并且是以更开阔的视野和世界性的诗歌理念来进行对学生的诗歌启蒙,从这个角度来理解湖畔诗人们与初期的白话诗人们的异同,则更为有效。

从晨光社时期包括后来湖畔诗社的创作来看,这两者都为其提供了基本的思路框架,无论是汪静之"冒犯了别人的指摘"或是潘漠华的"我心底深处,开着一朵罪恶的花",皆以其极为个人化的特征,抒发向往"自由"的情感。从浙江一师诗人群听到的这两次演讲看,有一些既有的研究观点就值得反思了,诸多湖畔派的研究者都将注意力集中到湖畔诗人与文学研究会的关系上,认为湖畔派的诗歌秉承的是"为人生"的理想,具有普遍意义的认识是,"诗是'湖畔'诗人用以认识世界,对抗人生当中的浊恶,评判乃至'改造'世界的工具和价值依据。'湖畔'诗人与文学研究会有着密切的联系,文学研究会的文学主张不可能不影响到湖畔社的文学观念和创作走向。文学研究会'为人生'的文学主张,反映到'湖畔'诗人那里,大概就是通过'诗'的方式来'为人生',将'诗'当作人生,使'诗'与人生高度地统一起来"③。然而从浙江一师诗人群体身处的整体性诗歌艺术的交流空间及其所受的诗歌教育来看,这样的观点就是值得商榷的。

浙江一师的"第二代"新诗人们在这两次演讲中收获的恰恰是对初期白话诗说理成分过重的批评性建议。俞平伯在演讲题目中所用的"教训"二字,可以看成是具自省意识的表达,而刘延陵引入的西方诗歌修辞技巧背后也渗透着对"新的主义",也就是胡适等初期白话诗人提倡的诗歌创作理念的批评。从这个角度来看,这两位为晨光社学生带去的,恰恰是对初期白话诗人的批评性

---

① 刘延陵:《诗底用词》,葛乃福编:《刘延陵诗文集》,上海:复旦大学出版社,2002年,第166—70页。

② 同上。

③ 张大为:《"湖畔"的天籁,自然的歌吟——"湖畔社"诗人的诗艺探索》,《文艺报》2014年7月23日。

意见和更为新颖的文学创作视角。

大体来看，湖畔诗人的创作和文坛活跃的知识人与教师的演讲更接近，而与初期白话诗创作就有区别。就《湖畔》和《蕙的风》出版后收到的评价来看，主要和集中的方面，与俞平伯和刘延陵强调的主张如出一辙。周作人说"他们是青年人的诗；许多事物映在他们的眼里，往往结成新鲜的印象，我们过了三十岁的人所承受不到的新的感觉，在诗里流露出来，这是我所时常注目的一点"①；朱自清也强调了周作人看到的"代际"之间的差异，"这些作者都是二十上下的少年，都还剩着些烂漫的童心；他们住在世界里，正如住在晨光来时的薄雾里。他们究竟不曾和现实相肉搏，所以还不至十分颓唐，还能保留着多少清新的意趣"②；胡适在《蕙的风》序言中说，"我觉得他的诗在解放一方面比我们做过旧诗的人更彻底的多"，汪静之的创作"往往有'我们'自命'老气'的人万想不到的新鲜风味"③，胡适还梳理了自由诗的历史，以说明从初期白话诗向自由诗过渡的过程。可见，新文学运动以来的第一代诗歌实践者和诗学探索者从校园中觅得了诗歌艺术发展的可能性，为自己新诗草创阶段的"尝试"得以推进做"代"的区隔，以发展诗歌艺术、推广文化观念。不光如此，诗集的发表和出版，前辈诗人在其中的推动也至关重要。从1917年前后新文化运动的思想火花乍现、新诗的尝试逐步开始，到1922年浙江一师为代表的学生诗歌团体做出有推进性发展的创作，正是新文化运动发展之中"师""生"的代际互动。

作为老师的刘延陵在为《湖畔》作的序言中说："诗底真确的定义至今还未曾有。但是他底重要的元素都要不外情绪与美感两件。从真挚的情绪之中出来的文章……都多少含着一点诗的性质"④，这一评论看似称赞，实际上也是一种期待，这种期待，一定程度上是超越了诗歌文体，是对新文学提出的整体性期待。这一校园演讲与诗歌实践，使教育情境与主流知识分子倡导的诗学互相沟通，同时又以差异性的认知，反促诗学新变，在参差与协进中形成了一套有效的诗歌对话系统。这一影响，可以从诗学发展的脉络中得以呈现，正因此，新诗的抒情范式和叙述内容，都得以拓展。新月派、汉园三诗人、现代诗派等，都是佐证。

---

① 周作人：《介绍小诗集〈湖畔〉》，《晨报副刊》1922年5月18日。
② 朱自清：《读〈湖畔〉诗集》，《时事新报·文学旬刊》第40期，1922年6月11日。
③ 胡适：《〈蕙的风〉序》，汪静之：《蕙的风》，上海：亚东图书馆，1922年。
④ 刘延陵：《〈蕙的风〉序》，汪静之：《蕙的风》。

当然，湖畔诗派的创作，也遭遇了当时校园读者的批评。《蕙的风》出版不久后就招致南京国立东南大学学生胡梦华"不道德"的批评，这篇发表于1922年10月24日《时事新报·学灯》杂志上的《读了〈蕙的风〉以后》却反而促成了湖畔诗人的扬名，鲁迅、周作人、胡适、朱自清等与之激烈论争，对汪静之等年轻人的支持与肯定对其创作起到了很大的鼓励作用。在这一论争中，湖畔诗派反而获得了更多的拥趸。作为湖畔诗派对立面的胡梦华，也是一贯反对新诗的南京高师与东南大学的学生，这里的批评，既包含合理性，又体现了文化隔阂。在这以后，我们发现在胡适支持的上海、南京的安徽籍学生与文人办的杂志《微音》上，居然可以看到胡梦华的文章与汪静之的诗作并置。再透视这一"激烈"争论，可以看到新文化运动的创办者胡适为学生群体的文学教育注入的良苦用心。这种教育，已然跨出了学校的门槛。正是在这种交锋之中，观念的激荡、追求的各异、判断的殊途，恰恰构成一种文化的民主。

十多年后，那些曾作为教师、学者的亲历者、旁观者们回望这一代新的诗人时，他们的观点经过沉淀，是这样的，朱自清评价："中国缺少情诗，有的只是'忆内''寄内'，或曲喻隐指之作，坦率的告白恋爱者绝少，为爱情而歌咏爱情的更是没有。这时期新诗做到了'告白'的一步。《尝试集》的《应该》最有影响，可是一半的趣味怕在文字的缴绕上。康白情氏《窗外》却好。但真正专心致志做情诗的，是'湖畔'的四个年轻人。他们那时候差不多可以说生活在诗里。潘漠华氏最是凄苦，不胜掩抑之致；冯雪峰氏明快多了，笑中可也有泪；汪静之氏一味天真的稚气；应修人氏却嫌味儿淡些"。[1] 废名认为："据我的意见，最初的新诗集，在《尝试集》之后，康白情的《草儿》同湖畔诗社的一册《湖畔》最有历史的意义。首先我们要敬重那时他们做诗的'自由'。我说自由，是说他们做诗的态度，他们真是无所为而为的做诗了，他们又真是诗要怎么做便怎么做了。"[2]

朱自清的"生活在诗里"，并不指向对诗人诗歌中"本事"的解释，而是说明新题材的真诚度超越了初期白话诗时期的"写"和"作"的纠缠。这几位创作者的自身境遇和文学表达之间的融洽与创作中的专注，成为他评说的尺度。废名认为的"态度"的"自由"，和这个观点近似，认为他们态度的自由和目的的自我，使他们的诗歌具有了历史意义。这两位几乎都通过对这一代诗人与《尝试集》的断裂式的艺术差异，以说明新诗这一文体卸下了初期白话诗

---

① 朱自清：《中国新文学大系·诗集·导言》，见《中国新文学大系·诗集》。
② 废名、朱英诞：《新诗讲稿》，陈均编订，北京：北京大学出版社，2008年，第100页。

的负累，获得了新的历史意义。

20 世纪 20 年代前半期，学生群体创作诗歌的数量很多，真正意义上有创造性的诗歌，只能说是冰心偶然发现的"小诗"和湖畔派专心致志作的情诗。茅盾所谓的"技术幼稚与太多空洞的议论"① 批评了大多数青年学生的模仿作品。在良莠不齐的格局之下，杭州一师的诗人群体以代际诗学自觉的发展做出了贡献。

在今天对湖畔诗人的阐释之中，集中注意了湖畔诗人诗歌的社会价值，往往关联他们的诗歌写作和社会生活之间有关"个性解放""恋爱自由"等问题的互涉，并且通过潘漠华和冯雪峰后来的人生选择，似乎能找到其中的必然性，然而站在教育视角来看，"师""生"之间的文化互动，出发点是中国现代新诗发展的角度，落脚点是自我表达的"自由"与书写内容的更新，湖畔诗人的创作被纳入一种历史运动、社会思潮的阐释模式之中，以"新""旧""道德"和思想的问题构建阐释框架，往往忽略了在师生互动中，初期白话诗人与新一代的校园诗人搭建起的新诗艺术的更新发展模式，今天看来，这种代际的沟通显得弥足珍贵。一方面，教师群体将自己对文艺最具突破意味的新颖思考带给学生，使学生群体的创作在新的路径上刷新了既有的认知，体现出新鲜的感受；另一方面，因为教学的必要，对新诗的参与者，研究者也必须融汇更多同情性理解，参入更丰富的个性化思考，方能为学生奉献最有效的独特诗歌知识与个人理解，在这个层面上，可以说学生群体促进了诗歌艺术的批评和理论探索。

从校园走出的诗人群体，构成了中国现代新诗不断出新的一个基本面貌。无论是湖畔诗人，还是"汉园三诗人""中国新诗派"等，都从代际之间的沟通之中获取了整体性发展新诗艺术高度的可能。从 21 世纪的今天看来，这种历史情形已经一去不复返了。

第二节　教育需求与现代解诗学的发生

从现代诗歌发展的角度来看，一般我们认为西方诗歌的写作和理论方式直接影响了中国现代新诗。浪漫主义、写实主义、象征主义、意象派等观念技

---

① 茅盾：《论初期白话诗》，《文学》第 8 卷第 1 号，1937 年 1 月 1 日。

巧，也直接影响了我们对经典诗人的定位，提到郭沫若的《女神》，就称之为浪漫主义，提到李金发的创作，就称之为象征主义，说起戴望舒，就冠以现代主义，这是一种简便的对诗人创作特点的划分，同时也是早期新诗在探索自身合法性和言说空间时的一种挂靠式的表达。"我们现在讲文学批评，无非是把西洋的学说搬过来，向民众宣传。但是专一从理论方面宣传文学批评论，尚嫌蹈空，常识不备的中国群众，未必要听；还得从实际方面下手，多取近代作品来批评"①。20世纪20年代左翼思潮兴起以后，用术语和观念的方式讨论社会生活问题和文学问题的风气蔚然成风。郭沫若曾在他的《学生时代》中说到，受攻击的蒋光慈为自己创作中的"浪漫"辩解时说："我自己便是浪漫派，凡是革命家也都是浪漫派，不浪漫谁个来革命呢？……有理想，有热情，不满足现状而企图创造出些更好的什么的，这种情况便是浪漫主义。具有这种精神的便是浪漫派。"② 这种为概念加以个人化色彩解释的表述模式，基本可以看作20世纪20年代非学院化批评的范例。

从教育角度来看，这种以观念为框架的作品流布，为新诗传播建设搭建了平台。从教育角度来看，由教学情境构成的文化空间，不仅为新诗在内的新文学创作发展和批评建构搭建了平台，更重要的是，"教育"这一概念极具包容性地为新文学的教学、批评和学术研究输送了很多专门性的人才，借助他们各自的优势特点，为理解新文学运动以来的创作、思潮、流派、作家、作品的文学特点、文化意义起到了重要作用，不仅如此，由教育空间创设的学院化批评机制，也不断反哺新文学创作，也为新文学创作的持续探索发挥了积极作用。文学概念本身无法代替对文学作品的具体研究，横亘在教师与学生之间的，仍旧是如何把观念转换为具体可感的表达。

正是因此，"解诗学"悄然出现。本文提出的解诗学，是孙玉石教授总结的20世纪30年代以后教育情境中出现的一种以教授学生读懂新诗为要旨的学问，孙先生认为，"缩短现代诗的创造者和接受者之间的审美距离，是新诗批评走向现代化的必然思考"③，在这个观点下，他对20世纪三四十年代包括朱自清、闻一多、废名等诗论家的解诗学探索进行了描述和分析。本文认为，中

---

① 茅盾：《文学批评 管见一》，《茅盾全集》第18卷，北京：人民文学出版社，1989年，第254页。

② 郭沫若：《学生时代》，北京：人民文学出版社，1979年，第244页。

③ 孙玉石：《中国现代解诗学的理论与实践》，北京：北京大学出版社，2007年，第15页。

国现代新诗解诗学是新诗教育的必然发展，是中国现代新诗研究在教育机制内部要求下催生出的文学审美接受和文化价值传递的重要途径。

　　中学诗歌教育情境中的解诗学可以通过梁实秋那场著名的"看不懂的新文艺"论争来细细考究。在新诗发展过程中，梁实秋始终扮演着一个温和的对立者的角色。清华求学时期形成的所谓"新人文主义"思想，造就了他与吴宓被冠之以"古典主义"名目的批评方法。他批评早期白话新诗的低劣时，援引的皆是旧体诗歌，诗只有好坏，并无新旧的观念非常明确；在自由体诗蓬勃发展之时，他强调"音韵"的建设①，在小诗体风靡之时他却说"冰心女士是一位冰冷到零度下的女作家"②，以强调主观情绪；他还在 1936 年 3 月 20 日以灵雨为化名，在他自己的杂志《自由评论》周刊上发表过一篇读者来信，他"随便"列举 1936 年 3 月 15 日《大公报·文艺副刊》上刊登的林徽因的情诗《别丢掉》，说"我不得不老实地承认，我看不懂。前两行我懂，由第三行至第八行一整句，我就不明白了"③。1937 年 6 月 13 日梁实秋又化名"絮如"在《独立评论》中模仿"中学教员"的口吻发表了一篇《看不懂的新文艺》，批评卞之琳、何其芳等的创作，认为这些"所谓作家"走入了"魔道"。④ 梁实秋的这两篇文章引来的胡梁二人与所谓京派文人周作人、林徽因、朱自清、朱光潜、梁宗岱、沈从文等人之间的文艺观念和其他方面的观念分歧和人际纠葛按下不断，单单是梁实秋选择的这个文化身份就值得注意。他所谓的"看不懂"的新文艺，主要聚焦的还是新诗创作。在这种文学话语争夺过程中，他选择的这一身份给梁实秋本人带来的必定是很有底气的正当性的想象。可见这是这一时期中学教育对新诗的较有代表性的一种认识。

　　在这个问题的基础上就诞生另外一个新问题，在新诗本身发展过程中，如此论争和相互攻击，有其自身逻辑，这一点，诗论者接受的不同教育、不同的个人经历和审美和表达能力之间的差异，使新诗在论争中发展。然而梁实秋引入了"中学教员"这一身份，就将这个话题扩大到了学校教育需求这一本属另一领域的问题上了。这个问题从今天的角度来看当然显而易见，就我们普遍对新诗的认识而言，显然梁实秋的文学判断是带有个人化色彩的，动机不在于懂与不懂，这背后体现的"教育"和"创作"之间缺乏的沟通，也是的确存在

---

① 梁实秋：《诗的音韵》，《清华文艺增刊》第 5 期，1923 年 1 月 12 日。
② 梁实秋：《〈繁星〉和〈春水〉》，《创造》周报 1923 年第 12 号。
③ 灵雨：《诗的意境与文字》，《自由评论》1936 年 3 月 20 日。
④ 絮如：《看不懂的新文艺》，《独立评论》第 238 号，1937 年 6 月 13 日。

的。这就将本属于文学创作领域的问题延展向了教育需求的问题。这就导致了现代"解诗学"的发生。朱自清作为较早意识到"解诗"问题的学院派知识分子，对待这一问题显然认真得多，他在 1937 年 1 月第 8 卷第 1 号《文学》杂志上发文，逐句解读林徽因的诗歌，标题为《解读》①，作为回应，可见对这个问题的关切。我们通读朱自清的这篇解读文字，一方面可以看到他渴望沟通诗歌创作与教育之间的隔膜，另一方面也可以看作他为解诗作出的范本。其中体现的是他长久以来关注诗论和批评方法的学术经验，这也是学院知识分子对"中学教员"的回应。

从事中学教育的工作者是否有解诗学意义上的实践的能力，同样是一个问题，从叶圣陶及其解诗学实践中可以看到中学情境的解诗学实践中的典范。

夏丏尊在《文艺学 ABC》中谈到，"中等学校以上的文科科目中，都有'文学概论'、'文学史'等类的科目，而却不闻有直接研读文艺作品的时间与科目"②。这种基本观点，在他和叶圣陶不断为新文学教育编撰的教科书中就能看到，他们这种"研读"文艺作品主张的目的，是在教育的实现。

叶圣陶的文化身份中，最为重要的就是教育家。文学研究会曾于 1921 年在上海成立了"读书会"，分设"小说组""诗歌组""戏剧组""批评文学组"，叶圣陶即为诗歌组成员。在此之前，叶圣陶还在《新潮》杂志上发表多首诗歌。浙江一师时期，他也是晨光文学社文学活动的指导教师，并与同事刘延陵、朱自清、俞平伯合办《诗》月刊，这是现代文学史上的第一份诗歌刊物。他在代为编辑《小说月报》时，因发表戴望舒的《雨巷》，使戴望舒名噪一时。他的诗歌教育主张体现在选诗和解诗上。他认为，"文学这东西，尤其

---

① 朱自清：《解读》，《文学》1937 年 1 月第 8 卷第 1 号。内容为"这是一首理想的爱情诗，托为当事人的一造向另一造的说话。说你别丢掉'过往的热情'，那热情现在虽然'渺茫'了，可是，'你仍要保存着那真'。三行至七行是一个显喻，以'流水'的轻轻'叹息'，比热情的'渺茫'；但诗里'渺茫'似乎是形容词。下文说'月明（明月）''隔山灯火''满天的星'，和往日两人同在时还是一样，只是你却不在了；这月、这些灯火、这些星，只'梦似的挂起'而已。你当时说过'我爱你'这一句话，虽没第三人听见，却有'黑夜'听见；你想'要回那一句话'，你可以'问黑夜要回那一句话'。但是，'黑夜'肯了，'山谷中留着有那回音'，你的话还是要不回的。总而言之，我还恋着你。'黑夜'可以听话，是一个隐喻。第一二行和第八行，本来是一句话的两种说法，只因'流水'那个长比喻，又带着转了个弯儿，便容易把读者绕住了。'梦似的挂起'，本来指明月灯火和星，却插了只有'人'不见一语，也容易教读者看错了主词。但这一点技巧的运用，作者是应该有权利的。"

② 夏丏尊：《文艺论 ABC》，上海：世界书局，1928 年，第 46 页。

是诗歌，不但要分析地研究，还得要综合地感受。……阅读诗歌的最大受用在此。通常说诗歌足以陶冶性情，就因为深美玄妙的诗歌能使读者与诗人同其怀抱"①。

他编订的教科书较有代表性的有《新学制初中国语教科书》《国文百八课》《开明新编国文选读》等，皆注重文学作品和让学生"读懂"，他的编选标准是"以具有真见解、真感情及真艺术者，不违反现代精神者为限，不规于前人成例"，他还在所选作品后附属说明，"本书于各篇作者均附撰略述，列入注文，俾读者略明白时代、环境与文学之关系"②。这皆为教育传播之便利。

上文引述过他发表于《新少年》杂志的《小河》的教案，除了推崇《小河》，叶圣陶对刘延陵的《水手》也是推崇备至。尽管刘延陵20世纪30年代就移居海外，但他的这首诗歌，却因叶圣陶的选择，在诗歌史和教育史上留名。在教科书《新学制初中国语教科书》和《国文百八课》里，叶圣陶都选择了这首诗歌，并加以解说，在《新少年》杂志中，叶圣陶刊登了《水手》一诗的讲授方法，择要摘录如下：

水手
一
月在天上，
船在海上，
他两只手捧住面孔，
躲在摆舵的黑暗地方。
二
他怕见月儿眨眼
海儿掀浪
引他看水天接处的故乡。
但他却想到了
石榴花开得鲜明的井旁，
那人儿正架竹子，
晒她的青布衣裳。

---

① 叶圣陶：《叶圣陶语文教育论集》下册，北京：教育科学出版社，1980年，第29页。

② 《编辑大意》，《新学制初中国语教科书》，上海：商务印书馆，1923年。

……

如果仅仅告诉人家说，一个水手在海船上想念他的女人，算不算一首诗呢？这只是一句普通的叙述的话罢了，算不得一首诗。……现在先说什么叫做情境。情指情感、情绪、情操等，……境就是境界……我们内面的情不会凭空发生，须由外面的境给与我们触动，情才会发生。……做诗的人往往捉住情和境发生关系的那个当儿的一切，作为他的诗的材料。不但做诗，就是画家画画，雕刻家作雕刻，也是这样。

我们看这首诗里，天上的月，船四围的海，水天接处的远方，石榴花开着的井旁，架起竹子晒衣裳的姿态，是境；怕见月亮，怕见大海，可是还想念着那人儿，是情。……和那人儿距离既远，会面又遥遥无期，还是不要想念她吧，还是不要望着故乡吧。但是想念她的情到底遏止不住，眼睛虽然不看什么，从前的一幅图画却鲜明地映在脑里了。……井旁边，石榴花开得很盛，她刚洗罢衣服……这幅图画时时在脑里显现，永远和当时一样鲜明……以上说的是情和境的复杂的关系。作者捉住了这些关系发生的那个当儿的一切，诗的材料就不嫌贫乏了。

读者或许要问：这首诗里的情是作者自己的吗？这首诗里的境是作者亲历的吗？作者没有当过水手，诗中情境当然从想象得来的。作诗作文都一样，不妨从想中去找材料。最要紧的是虽属想象，而不违背真实。……

再说什么叫做艺术手段。……做诗也一样，有了一种情境，随随便便写出来，算不得艺术手段。通常说，"诗是最精粹的语言"。意思就是诗中所用的词儿和语句比较普通语言尤其不可马虎，必得精心选择，把那些足以传达出情境来的词和语句用进去，此外就得一概别除。试看这首诗的第一节，只用四行文字，已经把主人公和他的环境画出来了。……以上说的都是显出艺术手段的地方。可以说的当然还有，我预备留给读者自己去揣摩。

末了得说一说韵。这首诗用的是"ang"韵，韵脚是"上""上""方""浪""乡""旁""裳"七个字。诗要念起来觉得和谐有节奏除了用韵以外，还得在句中各处讲究声调。有的诗不用韵，但声调还是要讲究。这也是所谓"最精粹的语言"的一个条件。①

---

① 圣陶：《文章展览：刘延陵的〈水手〉》，《新少年》1936 年第 1 卷，号不详，另载叶圣陶：《文章例话》，沈阳：辽宁教育出版社，2005 年，第 135—139 页。

　　叶圣陶解读刘延陵的这首《水手》，可以看作是中学教育中新诗阐释的范本，这个教学案例为我们展现了叶圣陶对新诗阅读的指导，这符合他一贯的对于文学以及诗歌"阅读问题"的思考①。叶圣陶的解释既包含审美性，又富含知识细节，这种诗歌教育的范本建设了中学意义的解诗学。

　　朱自清、苏雪林、废名为代表的解诗学方向开拓者则展开了大学教育中的解诗学。朱自清不仅是新文学教师，还是古典文学教师，他的诗歌教育体现了与中西文化资源的融合。朱自清的《诗多义举例》《古诗十九首释》《〈唐诗三百篇〉指导大概》一系列著作，可以看作是他在清华大学教学之中的附带产品，这些著作"对于诗歌意旨'多义'性的阐释，都与他接受瑞恰慈、燕卜荪的理论与方法影响，有着某种直接的关系"②，也多和清华大学外文系主任叶公超交流学术思考有关。他自觉地将西方新批评的理论资源、批评方法和术语表达结合到文本解读中。朱自清曾谈过他开设"陶渊明研究"课程的教育原因，"陶诗余最用力，而学生不甚起劲，大概不熟之故，嗣后当先将本文弄清楚，再弄批评。"③ 可见，即便是古典文学的讲授，也因为现代教育的需求，而催生出不断更新的可能。

　　在20世纪30年代的清华校园，叶公超和曹葆华被我们视作引入"新批评"诗歌阐释观念的先行者。曹葆华在清华学习期间，翻译了大量瑞恰慈、艾略特、瓦雷利等西方诗歌理论家的著作。叶公超"一方面大力在学生中鼓吹艾略特和瑞恰慈的思想，在清华研究生和本科生中形成这种思潮；一方面亲自上阵，为艾略特和瑞恰慈呐喊。在这里，叶公超起到了中国现代诗学转向的精神领袖的作用"④。这一发端与校园的诗歌理论探索和新诗阐释方式的转变极大

---

　　① 之所以如此强调阅读，是因为叶圣陶认为："现在一说到学生国文程度，其意等于说学生写作程度。至于与写作程度同等重要的阅读程度往往是忽视了的。因此，学生阅读程度提高了或是降低了的话也是没有听人提起过。这不是没有道理的，写作程度有迹象可寻，而阅读程度比较难捉摸，有迹象可寻的被注意了，比较难捉摸的被忽视了，原是很自然的事情。然而阅读是吸收，写作是倾吐，倾吐能否合于法度，显然与吸收有密切的关系。单说写作程度如何如何是没有根的，要有根，就得追问那比较那捉摸的阅读程度。"参看叶圣陶：《国文教学的两个基本观点》，《叶圣陶语文教育论集》下册，北京：教育科学出版社，1980年，第58页。

　　② 参看孙玉石：《中国现代解诗学的理论与实践》，第65—73页。

　　③ 参见朱自清1933年10月5日日记，《朱自清全集》第9卷，南京：江苏教育出版社，1997年，第254页。

　　④ 曹万生：《1930年代清华新诗学家的新批评引入与实践》，《西南师范大学学报（人文社会科学版）》2005年第6期。

地影响了 30 年代如卞之琳，40 年代如九叶诗派的诗歌创作。一般看来，这种诗歌理论的发展，被视作中西诗学交流沟通的典范。然而叶公超们的理论翻译和建构的根本动力还是在于对文学理论教学如何引导学生阅读和批评文学作品、诗歌作品的思考。叶公超认为，文学批评的教学活动中，引用几条中西文论的经典原理，"定下几条概括的公式，几条永久适用的法则"① 来进行文学作品的阅读和批评，不仅误会了古人，也耽误了今天，"前人的论见自有当时的根据，无须以近代的作品来证明它原有的真实，而我们对于以往的理论也应当先从它所根据的作品里去了解它，不应当轻易用来作我们实际批评的标准"②。这种"实际批评"的观念诞生于教学实践情境："现在各大学里的文学批评史似乎正在培养这种谬误的观念。学生所用的课本多半是理论的选集，只知道理论，而不研究各个理论所根据的作品与时代，这样的知识，有了还不如没有。合理的步骤是先读作品，再读批评，所以每门文学的课程都应该有附带的批评"③。叶公超的理念与解读实践，融会中西诗学，建立了以"文本为中心，形式为重心"④ 的细读批评模式，也堪称是现代解诗学的一种学院化的理论建构方式。这一由"解诗"而生发教学思考引发的中西诗学的交融，从思想方式上影响了中国新诗的创作和批评实践。可见，教育情境中的解诗学的发生和发展，对于新诗的创作、研究提供了理论资源，也为 20 世纪中国新诗不断出现的创作高峰提供了可能。

第三节　教学意义中的新诗史写作

在早期新诗的自我历史描述过程中，以胡适为代表的理论建构者出于捍卫新诗合法性、推广新文化运动的角度，在一个长时间的历史跨度中，强调"新诗"文体产生的合理性与必然性，所谓"进化论"的观念在新诗史建构之中就是这个层面的意义。新诗教育不仅通过课堂催生出了中国现代解诗学，"新

---

① 叶公超：《从印象到批评》，原载《学文》，1934 年，转引自叶公超著，陈子善编：《叶公超批评文集》，珠海：珠海出版社，1998 年版，第 15—22 页。

② 同上。

③ 同上。

④ 曹万生：《1930 年代清华新诗学家的新批评引入与实践》，《西南师范大学学报（人文社会科学版）》2005 年第 6 期。

诗教育对新诗的传播以及新诗经典的确立和新诗史的建构都起着不可忽视的作用"①。

胡适在《五十年来中国之文学》中以"诗界革命的一种宣言"②来评说黄遵宪的著名诗句，将自己的文学主张纳入历史逻辑中，他的"失败"之说，直接影响了文学课堂的讲授。陈子展则将"诗界革命"纳入《中国近代文学之变迁》课程，在1928年的南国艺术学院进行讲授。他肯定了其"革新的精神"和"向诗国冒险的精神"，说明这一诗界革命"为后来胡（适）、陈（独秀）、钱（玄同）、周（作人）一班人提倡白话文学的先导"③，以中正客观的姿态进行解说。此后，上海大学的卢冀野在讲授近代中国文学课程时，第一讲也以其作为主题，名曰"诗歌革命之先声"④，他对胡适的"失败"一说并不苟同，认为胡适的诗歌主张不过是黄遵宪观念的延续。在结合胡适、徐志摩、闻一多等诗人诗歌创作中的"西化"倾向进行批评之后，他反而认为黄遵宪的诗歌更有打通古今的特殊价值，这和"江南才子"个人的学术生涯与文学兴趣密切相关。卢冀野所作近乎旧体词曲的"新诗"的艺术取向，和个人的学术研究特点，决定了他对新诗艺术的理解和追求，同时影响了他的课程讲授。

这些相异的描述背后体现的是参与历史的姿态的差异。初期新诗史的建构是在对中国古典文学和近代文学总结的基础上开始的，诚如胡适、陈子展、卢冀野的文学史和诗歌史，皆是超越白话新诗讲述范围的更宏阔的历史化讲授，这与这一班学者的知识背景、个人旨趣密切相关，但也不能忽视其中为了教育需要做出的调整。这种历史展开的方式有点近似于今天的中国当代文学史课程。与现实文学生产机制的关系和与作家群体的密切程度直接决定了教师对某些文学问题的历史描述。

中国现代新诗的历史描述几乎与现代新诗发展同步，新诗史建构的同时也是话语争夺的过程。比如较早专门写作"新诗"历史的专著，署名草川未雨的《中国新诗坛的昨日今日和明日》，就明显是一部有个人目的的诗歌史。这部看似总结新诗"昨日今日明日"的新诗史的写作意图在这一段话："昨日的诗是已经流行过去了的，今日的诗还正在盛行着，明日的诗则是超于现时而向着将走去的方向的，现在要特别提出来说的，一是谢采江的《不快意之歌》，二是

---

① 黄晓东：《"民国"以来的新诗教育研究》，《当代作家评论》2014年第5期。
② 胡适：《五十年来中国之文学》，上海：申报馆，1924年，第34—35页。
③ 陈子展：《中国近代文学之变迁》，上海：中华书局，1929年，第10—27页。
④ 卢冀野讲义为《近代中国文学讲话》，上海：会文堂新记书局，1930年。

张秀中的《动的宇宙》"①。张秀中就是化名草川未雨的作者,谢采江是他在保定育德中学的老师,他们同为"海音社"的成员。作为这一校园文学社团的新诗史认知方式,他以"萌芽""草创""发展"和"未来"对新诗史进行分期。这部新诗史创作的目的,显然是为推崇本社成员的创作。当然,这并不是说张秀中就不能创作这样一部新诗史,但足见新诗的历史叙述之中,往往蕴含着诸多主观动机,这一主观动机,有时候是非学术性的,是带有强烈的个人现实利益的诉求的。

然而从教育的角度去看,新诗史倘若要真正意义上成为一种可供传播的知识进入文化生产机制在大学课堂定型,其主观动机则必须与客观历史事实结合得更为融洽。整体而言,新文学史进入大学课堂,是 20 世纪 30 年代前后的事。进入高等学府象征了其历史价值的确证。和诗歌教育情境中的不断与创作和批评对话的诗歌活动不同,新诗史的建构几乎是一种更为独立和富有学术性的文化活动。

吴组缃回忆朱自清上课时说,"他讲的大多援引别人的意见,或是详细地叙述一个新作家的思想与风格。他极少说他自己的意见;偶尔说及,也是嗫嗫嚅嚅的,显得要再三斟酌词句,惟恐说溜了一个字。但说不上几句,他就好像觉得已经越出了范围,极不妥当,赶快打住"②。其中固然有教师独特的个性因素,但更为重要的是,我们可以看到朱自清为使新文学进入高校教学体制内,努力建构其"客观性"、学术性的特点。

文学史课程建构的艰难性在于,它不能再是散漫的点评式的零敲碎打,而必须是高度专业化、学术化的系统"知识"。早期新文学课程是这样的,萧乾这样回忆自己的"现代文学"课程:"杨(振声)先生从来不是照本宣科,而总象(像)是带领我们在文学花园里漫步,同我们一道欣赏一朵朵鲜花,他时而指指点点,时而又似在沉吟思索","他给了我一幅当代的文艺地图,并且激发起我去涉猎更多作品的愿望"③。这种教学的便利性在于不必系统性的结构知识,只需碎片式地展示才华。换言之,这样的评点和漫步式的讲授是一种展现教师个人文学修养的授课方式,一定程度上是一种审美教育而非文学历史的

---

① 草川未雨:《中国新诗坛的昨日今日和明日》,北平:海音书局,1929 年,第 260 页。

② 吴组缃:《佩弦先生》,郭良夫编:《完美人格——朱自清的治学和为人》,北京:清华大学出版社,2003 年,第 144 页。

③ 萧乾:《我的启蒙老师杨振声(代序)》,《杨振声选集》,北京:人民文学出版社,1987 年,第 2 页。

教育。这种教育模式对教师本人的文学修养和理论识见提出了很高的要求，也不具有复制性。

而胡适、陈子展、卢冀野的课程则是在他们各自搭建的文学史平台中展现新诗的位置，这种方式可以看作是新诗史建构的学术化探索。以历史的脉络处理"诗界革命"或"新诗"，将其视作与传统文学发展相关的过程性存在，通过叙述中国传统文学，使"诗界革命"与"新诗"重获满含历史意义的价值定位，并参照具有现实性意义的具体文化处境进行重新结构，这种历史叙述方式显然已经具备了在学术体制内传播的可行性。尽管如此，将新诗作为一门独立的学科进行讲授，其中相关的创作、理论和有关史料都在进行时态，变动不已，可想其难度。

沈从文 1929 年由胡适推荐进入中国公学担任新文学教员，中国公学当时拟开设现代中国文学课程与新文艺试作课程，沈从文作为新文学的亲历者，一个已经扬名的作家，依据想象应该很容易进入角色。可他没有杨振声的潇洒自如，即便准备充分，可依旧是讲不好。他讲授大学一年级的课程，编写了讲义《新文学研究——新诗发展》[①]，这部讲义资料中，他罗列了中国新诗集目录，并拟定了七份参考资料，囊括从 1917—1929 年的重要新诗和新诗集，另外还有专章讲授的专题，专题包括论汪静之的《蕙的风》，论徐志摩的诗，论闻一多的《死水》，论焦菊隐的《夜哭》，论刘半农的《扬鞭集》，论朱湘的诗。沈从文对他这部讲义显得非常自信，极力推销自己的这部讲义，并且换校工作时，将这部讲义作为自己的特色加以推荐。我们可以注意的是，他在以专题形式构建中国现代新诗史时，选择的切入点并非是从胡适、郭沫若开始，而是从汪静之开始。可见他的历史逻辑框架并未建立在初期白话诗人自我构建的基础上。他的判断标准建立在有特色的"杰作"基础上。可见所谓的"客观性""学术化"的努力过程，难免同时也为复杂的个人审美经验和情感方式所影响和改变。

苏雪林 1931 年到武汉大学任教，接手了新文学研究课程。她的第一感受是困难，耗费了比她熟悉的古典文学课程多一倍的精力，她从四方面说明了编

---

① 《沈从文全集》第 16 卷，太原：北岳文艺出版社，2002 年，目录页。

撰文学史的难度，强调其艰难性①。她有关新诗的研究皆与备课相关，可以说，苏雪林并不是一个严格意义上的新诗研究者，她可以说是古典文学研究者，对于现代文学而言，她是一位教员，发表的研究文章，皆服务于授课。她的备课内容几乎全部发表，散见于武汉大学的《珞珈月刊》、上海的《现代》杂志、《文学》杂志以及《人间世》等。苏雪林在台湾出版的《中国二三十年代作家》基本呈现了她教学时代的新诗史体认，她将新诗史分十三章，分别介绍了胡适、冰心、郭沫若、徐志摩、闻一多、朱湘、白采、邵洵美、李金发、戴望舒的诗歌，体现了较为全面的诗歌史视角。她呈现的中国现代新诗的发展轨辙更符合我们今天的认知，并且在诗歌艺术批评方面，博采古今诗论，体现出个人较高的诗学旨趣。这部著作可以看成是具有普范意义的新诗史专著。苏雪林建构的新诗史，一定程度上建立在一个更宏阔的历史格局中。由于她本人对旧体诗词和古典文学的青睐，她的历史态度和基本逻辑相较于朱自清、胡适等亲历者，相对超然。

有论者认为，沈从文了解"五四"诗坛的优弊，发扬了传统的印象式批评；苏雪林在宏大的学术背景中融进文学史观，评论诗人、诗观及诗作，更贴近当代学术规范。② 这是有道理的，值得深思的是，1930 年代废名的课堂讲授，却成为极具独特性的存在。上文通过废名讲授周作人的《小河》，说明了他学院知识分子的独特姿态，通过历史地重构周作人诗歌的讲述方式，以"真理"与"知识"的讲述者自居，应对他不愿也不能介入的具有广泛社会性的革命文学洪流，坚守所谓"自由"之真谛，体现革命文学兴起以后学院知识分子的内省精神及其在教育实践中的体现。这说明在对象几乎同一的情形之下，知识分子对时局的姿态，也对新诗史的讲述起到了关键的作用。

值得注意的是，20 世纪 30 年代学生论文中，也出现了以新诗史作为描述对象的学术研究。其中典型的包括余冠英的《谈新诗》（1930 年清华大学论

---

① 苏雪林："第一、民国廿一年距离五四运动不过十二三年，一切有关新文学的史料很贫乏，而且不成系统。第二、所有作家都在世，说不上什么'盖棺定论'。又每人作品正在层出不穷，你想替他们立个'著作表'都难措手。第三、那时候虽有中国文学研究会、创造社、左翼联盟、语丝派、新月派各种不同的文学团体及各种派别的作家，可是时代变动得厉害，作家的思想未有定型，写作趋向也常有改变，捕捉他们的正确面影，正如想摄取飘风中翻滚的黄叶，极不容易。"苏雪林：《我的教书生活》，《苏雪林文集》第 2 卷，合肥：安徽文艺出版社，1996 年，第 89 页。

② 陈卫、陈茜：《第一代学院新诗批评者：沈从文与苏雪林比较》，《武汉大学学报（人文科学版）》2014 年第 1 期。

文），徐芳①的《中国新诗史》（1935年北京大学论文），后者选择新诗史作为毕业论文的写作内容，论文指导老师为文学院院长胡适。徐芳自述写完新诗史后，"订成一本书，送呈胡先生阅览，他好高兴，在稿上用红笔批改了多处，真是为我文章也费尽了心"②。她的论文基本是胡适观点的集中整理，胡适也为其论文修改提出建议，大到作家作品发表时序、小到某些诗歌篇目名称的写法。这篇论文是教学互动过程中新诗史写作的范例。徐芳论文中最大的特点是真诚，她隔阂于林庚、何其芳、废名的诗歌创作，认为都很难懂，充满"困惑"③，在写作的基本观点上，也谨遵他的老师胡适的判断，属于资料摘录式的写作，罗列观点，自己绝少表明立场。在这个方向上看，这篇论文能够为我们审视30年代高校文科学生的阅读能力提供抽样对象。

　　全面来看，当新诗史写作诞生于特定的教学空间时，它本身蕴含从教者的个人化认知远远小于每位编写者心中的"客观"意识。并且这种写作体例本身，基本服务于教学工作，在写史过程中不断出现个人化的局限和客观性的追求的调和折中的特点。当然，除却校园诗人的诗歌创作、从教者的课堂讲述、相关学者的学术探索等为新诗艺术发展的各方面注入活力之外，教育情境中的诗歌活动还带动了周边学科的发展。比如周作人、刘半农对民歌俗曲的收集整理，新诗作品被谱曲传唱，不仅开拓了文学研究包括诗歌艺术探索向中国民间文化资源开掘的途径，也对民俗、音乐等学科的发展起到了作用。可见，围绕诗歌教育情境的动态有机文化空间的复合型和深广性，值得进一步探索。

---

　　① 徐芳生于1912年，江苏无锡人，女师大附中毕业，1932年考入北京大学文学院中国文学系，因为胡适担任院长兼中文系主任，产生了对新诗的强烈兴趣。徐芳写爱情诗歌较多，曾加入过沈从文主编的《大公报文艺》"诗刊"的作者队伍，1949年以后移居台湾，1950年后便不再写诗。新世纪以后，徐芳在台北出版了她的诗文集与新诗史，引发了大陆学术界的关注。

　　② 徐芳：《中国新诗史·自序》，台北：秀威资讯科技，2006年，第 i 页。

　　③ 参看龙扬志：《新诗史的书写与差异》，《海南大学学报（人文社科版）》2012年第1期。

第四章　诗歌教育意义上的"新"与"旧"

第一节　因时而变体："前见"的瓦解与观念的重构

新诗创设之初，就设定了一套"新""旧"对立的思维框架，这一框架是新文化运动的策略性选择，其中包含的既是文学形式主张"文言"与"白话"的分别，同时也是思想观念中"传统"与"现代"（西方）的交锋。这种观念营造的二元对立格局并非泾渭分明，其中有较大的模糊地带，诚如周作人所谓"新旧这名词，本来很不妥当……思想道理，只有是非，并无新旧"①，然而对于新诗教育而言，"新""旧"格局是持续存在的，这种思维框架的不断重构，是其特点，也正是在这种框架之中，新诗获得不断增多诗体、更新创作的可能，也基于这种思维框架，诗歌批评和学术研究也获得评价范式的不断拓展。在诗歌教育范畴中，无论是理论主张还是文学创作，始终有"新""旧"之区隔，即便在冲突之中又有调和。相比起小说、戏曲、散文等其他体裁，"新""旧"诗歌与诗学的对立性和沟通性更使得这种话语模式具备相互交锋和对话沟通的可能，故而在诗歌教育视野中，"新"与"旧"这种逻辑框架始终存在并成为需要解释说明的基础性视角。

到了20世纪30年代下半叶，对于新诗的讨论实质上已经逐步摆脱了"新""旧"对峙的基本状态，从"新""旧"对立，逐步迈向新诗本身的艺术发展探讨。然而在教育领域内，"新"和"旧"仍旧是持续存在的话题。描述新诗的历史、提倡新文化运动以来的精神追求、在课堂讲述和学术研究中寻

---

① 周作人：《人的文学》，《中国新文学大系·建设理论集》，上海：上海文艺出版社2003年影印版，第193页。

找新旧坐标，仍然是诗歌教育领域至关重要的话题。即便是在清华校园提倡"新批评"解读方式的叶公超，在 1937 年仍旧为诗歌的新旧问题中的格律话题探索不已，"在这将近二十年中，多半讨论新诗的人都有一种牢不可破的观念，就是，新诗是从旧诗的镣铐里解放出来的……以格律为桎梏，以旧诗坏在有格律，以新诗新在无格律，这都是因为对于格律的意义根本没有认识"①。

新诗进入教育并成为一种具有社会和文学影响力的文学体裁和思想方式，不是一帆风顺的。首先遭遇到的诘难，就是来自旧体诗阵营的。在 20 世纪中国文学的范畴中，"旧体诗"之所以成为一个"问题"，引得众说纷纭，乃因它是多重问题的集合。现当代文学时期的"旧体诗"在一个被贬斥、被争论、被创作、被否定、被再评价的逻辑锁链中涤荡，从文本形式层面的"古典"与"现代"的属性区分，到作家写作心态与精神结构的分析，再到对这一文学现象背后的文化逻辑的探索，在"入史"与否、价值几何的分歧与争议之中，对这一文学现象的分析也逐步深入。从创作数量上讲，晚清民国时至当下的旧体诗写作绝对可称得上无比浩瀚，但量的沉积从不是评议价值的根据。历史地来看，旧体诗这一看似"尴尬"的文体，伴随着"新文化"的推广和新诗创作的发展，起到了新文学的"对照组"与"注脚"的功能，凸显了新文学的独特价值，成为历史与文学叙述的特殊材料。这一学术理路之下，旧体诗、旧体诗写作者在相互串联中完成一次圆融的叙述，极大丰富了扁平化的历史、文学叙述，以立体的形态还原了文学的生产机制及复杂的作家心态与历史情态。在"现代"与"传统"的二元话语结构中，旧体诗显然充当了一种饶有意味的象征性存在，为了突出现代文学之为"现代"、新文学之"新"的价值，以"拒斥"的态度面向旧体诗，成为一种正当而且必要的姿态。与此同时，旧体诗的辩护者为古典形态的现代旧体诗创作做出了"现代性"的辨证，形成了一种悖谬性结构，也凸显了其中的复杂性。

我们需要指出的是，既然新诗与"古典资源"之间有密不可分的联系已成为一种共识，那么旧体诗是否也因某些"现代资源"而焕发了"新"的活力了呢？或许教育的视角，能给我们更多的启发。

对于新诗教育而言，胡适和废名都体现出对"新""旧"观念的敏感。然而二者之间存在的差异，体现了"前见"的持续瓦解与观念的重构。

总的来说，胡适将新诗的创生归结为"八年来的一件大事"，是他对白话文运动以来以自己为代表的诗歌"实践"者的一次集体巡礼。他设定的"新"

---

① 叶公超：《论新诗》，原载《文学杂志》1937 年 5 月创刊号，转引自叶公超著，陈子善编：《叶公超批评文集》，第 49—65 页。

"旧"观念，展开于进化论逻辑链条，服务于新文化运动之推广，在这一过程中，胡适消解的"前见"是中国旧体诗文的古老传统。胡适的理念深刻地影响了新诗的教育，这种"新""旧"的对峙成为一种文体与精神的双重说明。

初期白话诗阶段的"尝试"说，为新诗的发展，观念的涤荡更新留下了巨大的自由空间。今天看来，胡适在诗歌创作中的态度是审慎的，一方面他大多诗歌未脱旧诗形态，另一方面也在不断删改中给人一种"尚未定型"的感觉。他虽宣扬作新诗，却以"旧诗"中富有启发性的创作方式来否定并激活同时代人的创作："有许多人曾问我做新诗的方法，我说，做新诗的方法根本上就是做一切诗的方法；新诗除了"新体的解放"一项之外，别无他种特别的做法。这话说得太笼统了。听的人自然又问，那么做一切诗的方法究竟是怎样呢？……'枯藤老树昏鸦，小桥流水人家，古道西风瘦马，夕阳西下，——断肠人在天涯！'这首小曲里有十个影像连成一串，并作一片萧瑟的空气，这是何等具体的写法"①。胡适又回过头去从古典诗文中找"具体的写法"的例证，足见其"新"和"旧"，是一种因时而变的策略化解说。

1936 年废名在北京大学讲授新诗，自胡适的《尝试集》开始，至《沫若诗集》中断。② 他讲述过初识"新诗"的一幕。③ 废名提到，初次遭遇胡适与

---

① 胡适：《论新诗——八年来一件大事》，《星期评论》纪念号，1919 年 10 月 10 日。

② 陈均编订，废名、朱英诞著：《新诗讲稿·编订说明》，北京：北京大学出版社，2008 年，第 1 页。

③ 废名："大约是民国六七年的时候，我在武昌第一师范学校里念书，有一天我们新来了一位国文教师，我们只知道他是北京大学毕业回来的，又知道他是黄季刚的弟子，别的什么都不知道，至于什么叫做新文学什么叫做旧文学，那时北京大学已经有了新文学这么一回事，更是不知道了，这位新来的教师第一次上课堂，我们眼巴巴的望着他，他却以一个咄咄怪事的神气，拿了粉笔首先向黑板上写'两个黄蝴蝶，双双飞上天……'给我们看，意若曰，'你们看，这是什么话！现在居然有大学教员做这样的诗！提倡新文学！'他接着又向黑板上写着'胡适'两个字，告诉我们《蝴蝶》便是这个人做的。我记得当时只感受到这位教师一个'不屑于'的神气，别的没有什么感觉，对于'两个黄蝴蝶，双双飞上天'，没有好感亦没有恶感，不觉得这件事好玩，亦不觉得可笑，倒是觉得'胡适'这个名字起得很新鲜罢了。这位老师慢慢又在黑板上写一点'旧文学'给我们看……'枯藤老树昏鸦……'……当时我对这个'枯藤老树昏鸦'很觉得喜欢，而且把它念熟了，无事时便哼唱起来。……我现在的意见是同那一位教师刚刚相反，我觉得那首《蝴蝶》并不坏，而'枯藤老树昏鸦'未必怎么好。更显明的说一句，《蝴蝶》算得一首新诗，而'枯藤老树'是旧诗的滥调而已。我以为新诗与旧诗的分别上不在乎白话与不白话，虽然新诗所用的文字应该标明是白话。旧诗有近乎白话的，然而不能因此就把这些旧诗引为新诗的同调。好比上面所引的那首元人小令，正同一般国画家的山水画一样，是模仿的，没有作者的个性，除了调子而外，我确实看不出好处来。"参看陈均编订，废名、朱英诞著：《新诗讲稿》，第 25 页。

新诗时是通过教师贬低接触的，多年以后，却酝酿成了别样情感。尽管教师以戏谑的方式讲述新诗，但一开始废名并没有什么感觉，从这里可以看到无论对新文化运动持何种态度，谁都无法忽略这一声势浩荡的文学潮流，并不经意地成为它的传播者，废名讲述过程中的中学教师就是一例。虽然因思想的惯性与传播的限度，新文化运动也一定有其无法覆盖的盲区，但凡稍有耳闻，无论在闻者心中或正面或反面，"新诗"这一新鲜事物都会成为被思考的对象，也就不可避免地被知识群体谈论，同时也有可能进入以学校为代表的教育传播过程中。废名的中学记忆就说明了这一点。

废名在关涉这首诗的课堂记忆背后，蕴藏了他不易被发现的情感变化。他的中学老师，那位"黄季刚"的学生，固然带有其文化趣味的倾向性，但也是胡适自谓的"人们要用你结的果子来评判你"①，他对胡适的诗歌进行了一番嘲弄。不可否认，《蝴蝶》（原题《朋友》）一诗初读时给人以粗糙浅陋之感，废名的"没有好感亦没有恶感，不觉得这件事好玩，亦不觉得可笑"，似乎是对未知领域的隔膜与无感。但至少通过这一途径，他知道了胡适，"倒是觉得'胡适'这个名字起得很新鲜"。废名之无感，是他先天性的冷漠，还是对这一历史潮流的无知，不得而知。

通过自己就读时中学课堂"知道"的内容，随着自己文学生涯的演进，废名形成了一套自己的观念逻辑，通过这套逻辑反观胡适的瓦解前见的策略，他便显得与众不同。

"新旧"诗歌的区别联系，在废名的世界观中形成了更为深入缜密的思考。教育这一场域不是单向度的传播与接受，它包含了更深刻辨证的复杂性与自由度。作为学生的废名和作为教师的废名固然不同，在讲稿中，废名说，"《尝试集》初版里的诗，当时几乎没有一首我背不出来的，此刻我再来打开《尝试集》，其满怀的情意，恐怕不能讲给诸位听的了"②。从做学生时期的隔膜与无感，到做教师时无法诉说的满腔"情意"，其中蕴含着多少复杂情绪！废名真正与胡适及其诗歌理念发生关联，并在潜意识中与之对话，有其特定过程。废名"觉得《蝴蝶》这首诗好，也是后来的事，我读着，很感受这诗里的内容，同作者别的诗不一样，我也说不出所以然来，为什么这好像很飘忽的句子一点也不令我觉得飘忽，仿佛这里头有一个很大的情感，这个情感又很质直。"阅

---

① 胡适：《中国新文学运动小史》，原载《中国新文学大系·建设理论集》。转引自《胡适文集》（1），第106页。

② 陈均编订，废名、朱英诞著：《新诗讲稿·编订说明》，第24页。

读了胡适《四十自述》中"关于《蝴蝶》有一段纪事，原来这首《蝴蝶》乃是文学革命这个大运动头上的一只小虫，难怪诗里有一种寂寞。"废名从毫无感觉到满怀深情，是有过程的，这个"后来的事"，他从"飘忽的句子"中理解到了"质直"，也就是从朦胧中感受到了确切，从模糊中捕捉到了具体。这里可以看到，新文化运动以来建立的一套历史阐释机制，产生了具体的作用，废名把"文学革命这个大运动"看作是庞然大物，"头上的一只小虫"是这首小小的诗歌，在这样的张力性表达中，他捕捉到了个人意义上的"寂寞"，从而通过这首诗，对新文化运动以来的"新诗"有了更为具体切实的感受。正是胡适《四十自述》与《谈新诗》中不断回溯新文化运动以来白话文学尤其是诗歌的"尝试"而展开的历史画卷中迷人的"个人"色彩，逐步地吸引了青年读者的注意，成为一种更广泛意义上的人格教育。那两只姿态不美，方向不对，言语不精妙，停顿不美好的胡适的"蝴蝶"，向我们展示的，是开始的简陋，尝试的蹒跚。但我们恰恰在其中感受到了向下的力量。个人经验未必高妙，但真切。同路人的携手未必长久，但温暖。胡适从一个停顿、几处重复、一些韵脚里做文章，酝酿反者道的风暴，他的"蝴蝶"飞出中国古老悠久的诗歌文化外，向下飞，感染了一代又一代中国诗文化的创新者和传播者，催逼出20 世纪崭新的诗歌美学。

废名的论述带有课堂讲授的特点，不十分具有理论言说的逻辑严密性，并且也是经历自己文学趣味的不断发展、诗坛情形不断变化后的观念，这里暂不展开。我们着重可以观察，废名对胡适的《蝴蝶》一诗认识的发展，是因为胡适搭建了阐释的框架。废名认为胡适《四十自述》中的"纪事"，"帮助"他说明了"什么样才是新诗"，[1] 也正是以这种诗与史的结合来讲授新诗的意义和价值，正是在史的轨迹上，这首诗的意义才得以彰显。废名因《四十自述》理解到的"作者因了蝴蝶飞，把他的诗的情绪已自己完成，这样便是所谓诗的

---

① 废名认为，"旧诗的内容是散文的，其诗的价值正因为它是散文的。新诗的内容则要是诗的，若同旧诗一样是散文的内容，徒使用白话来写，名之曰新诗，反不成其为诗。什么叫做诗的内容，什么叫做散文的内容，我想以后随处发挥，现在就《蝴蝶》这一首新诗来做例证。这诗里所含的情感，便不是旧诗里头所有的，作者因了蝴蝶飞，把他的诗的情绪已自己完成，这样便是所谓诗的内容，新诗所装得下的正是这个内容。若旧诗则不然，旧诗不但装不下这个诗的内容，昔日的诗人也很少有人有这个诗的内容，他们做诗我想同我们写散文一样，是情生文，文生情的，他们写诗自然也有所触发，单把所触发的一点写出来未必能成为一首诗，他们的诗要写出来以后才成其为诗，所以旧诗的内容我称之为散文的内容"。参看废名、朱英诞著：《新诗讲稿》，陈均编订，第26—27 页。

内容，新诗所装得下的正是这个内容"正是契合了胡适《谈新诗》中所谓的"有什么题目，做什么诗；诗该怎么做，就怎么做"的"诗体大解放"① 观念。

然而废名讲述中的"我以为新诗与旧诗的分别上不在乎白话与不白话"② 的论述则展现了废名"新""旧"观念的更新。伽达默尔宣称："一切理解都必然包含某种前见。"③ 这里的"前见"是在观念流转过程中对已发生概念的重新评价，"'前见'（Vourteil）其实并不意味着一种错误的判断。它的概念包含它可以具有肯定和否定的价值"④。与此同时，"前见构成了某个现在的视域"⑤，"前见"是理解的基础和前提。白话诗初创阶段，面临着古典传统的巨大压力，换句话说，这一"前见"是包含着辉煌传统的古典诗歌与诗论。《谈新诗》理解的本质就是"视域融合"，也就是"解释者现在的视域与对象所包含的过去的或者传统的视域融合在一起，从而为解释者产生一个新的视域，即解释者将获得一个包含自己的前见在内的新的观念"⑥，胡适的《谈新诗》，正是为新诗编选者、教育的传播者、接受者，提供了一个绝佳的消解"前见"的可能。而废名的《新诗讲稿》则意识到并通过对话形式克服了胡适诗歌观念构成的"前见"，构筑了新的"新旧观"。

然而这两位在不同层面为新诗教育带来影响的诗歌理论家，在所谓消解"前见"过程中，都表示出了建设性的姿态，即前见在消解过程中并未被消灭，而是重新划定了其崭新的格局和空间。首先，胡适将"进化论"观念引入中国诗歌史，即为白话诗写作挣扎出了一份独特的空间，借这一观念重新理解中国古典诗歌的发展过程，编织一套崭新的言说逻辑予以呈现，不仅为新诗出场赋予历史的合法性，并将其置于诗歌史转折的角度，为教师讲述、学生理解提供了相对稳定的心理基础。在《天演论》"物竞天择，适者生存"的生物进化观念渐已为人熟知的历史情境之下，胡适巧妙地将这一观念移植到文学领域，不能不说这是教育传播视域下的精巧构思。在历史进化论的理论支持下，胡适创造性地发明了中国诗歌发展的"四次解放"说，即从《三百篇》到楚辞汉赋为"第一次解放"，从楚辞汉赋到五七言格律诗为"第二次解放"，从五七言

---

① 胡适：《谈新诗——八年来一件大事》，《星期评论》纪念号，1919 年 10 月 10 日。
② 陈均编订，废名、朱英诞著：《新诗讲稿》，第 25 页。
③ ［德］伽达默尔：《真理与方法》（上卷），洪汉鼎译，上海：上海译文出版社，1999 年，第 347 页。
④ 同上，第 347 页。
⑤ 同上，第 392 页。
⑥ 同上，第 393 页。

到词曲为"第三次解放",从词曲到"不拘格律,不拘平仄,不拘长短;诗该怎么做,就怎么做"的自由体白话新诗为"第四次解放",每一次解放,都是"文的形式"的进化,都是"诗体的大解放",都为诗歌"新内容和新精神"的表现提供了新的艺术空间。而最近的这一次"诗体大解放",更是具有极为深远的文学意味,"因为有了这一层诗体的解放,所以丰富的材料,精密的观察,复杂的感情,方才能跑到诗里去"①。通过建构诗体"解放"的历史神话,胡适将白话新诗塑造成中国诗歌不断发展的历史链条上必然的一环,新诗的合法性身份和地位就此确立。有了这种历史合法性作保障,在教学过程中呈现这一崭新的文学作品,便不显得突兀与怪异。这一步充分保障了新诗的开放性与合法性,为其进入教育迈出坚实的一步。从普泛意义上的传播来看,这一步也是极为精巧的。

其二,我们寻章摘句地再读《谈新诗》,可以看到他为教育情境构筑了一个极具操作性的可能。这一操作性,体现在他设定的评价体系上。

我们可以通过这些判断句式来查看胡适的评价体系设定方法:"这首诗的意思神情都是旧体诗所达不出的"②;"这个意思,若用旧诗体,一定不能说得如此细腻"③;"若不用有标点符号的新体,决做不到这种完全写实的地步"④;"这种朴素真实的写景诗乃是诗体解放后最足使人乐观的一种现象"⑤;"这种曲折的神气,决不是五七言诗能写得出的"⑥;"这种曲折的神气,决不是五七言诗能写得出的"⑦;"这一段便是纯粹新诗体"⑧。这些言语强调了旧体诗表情功能不足,从而生发出白话诗出现的历史必然性和审美特殊性的阅读期待,这是强调区别的。这就是对"前见"的否决,通过古典诗词的不完美,卸下了沉重的历史包袱。

"沈尹默君初作的新诗是从古乐府化出来的""我自己的新诗,词调很多,这是不用讳饰的";"就是今年做诗,也还有带着词调的";"懂得词的人,一定可以看出这四长句用的是四种词调里的句法";"也都是从词曲里变化出来

---

① 胡适:《谈新诗——八年来一件大事》,《星期评论》纪念号,1919 年 10 月 10 日。
② 同上。
③ 同上。
④ 同上。
⑤ 同上。
⑥ 同上。
⑦ 同上。
⑧ 同上。

的，故他们初作的新诗都带着词或曲的意味音节"；"这首诗很可表示这一半词一半曲的过渡时代了"，"这种音节方法，是旧诗音节的精彩，能够容纳在新诗里，固然也是好事"。这些论述又强调了初期白话诗的不完美，这不完美中蕴含的知识，是可以从"前见"中获得的，一方面包含了对"前见"的再观察，一方面又委婉地陈述了初期白话诗的现实状态，这为新诗的发展留下自由的空间。

尤其值得注意的是胡适"容忍"的诗歌观，对他笔下提到的初期白话诗作几乎都从正面加以肯定和表扬，溢美之词俯拾即是。如推举周作人的《小河》是"新诗中的第一首杰作"，认为这首诗"那样细密的观察，那样曲折的理想，绝不是旧式的诗体词调所能达得出的"，称赞傅斯年的《深秋永定门晚景》写出了旧诗写不出的"复杂细密"，赞许俞平伯《春水船》"这种朴素真实的写景诗乃是诗体解放后最足使人乐观的一种现象"，夸奖沈尹默的《三弦》是"新诗中一首最完全的诗"，等等。在今天看来，无论是周作人的《小河》、傅斯年的《深秋永定门晚景》，还是俞平伯《春水船》、沈尹默的《三弦》，其实都不能算是写得较成熟和成功的新诗作品，但胡适当年品评它们时，不惜以"第一首杰作""最使人乐观""最完全"等颂赞性词语作结语，毫无疑问是站在"容忍""宽待"和"赏识"的基本立场上，本着保护新诗这株尚显弱小的幼苗的宗旨而发言的。

尽管他强调了今人白话诗写出了古人没法表达的情感，又婉转地批评了今人诗作中受古法的拘泥，但他迅速从中超脱出来，在说明好诗标准时，他列举了一系列古代诗歌，并反复强调"这是何等的好诗"，"是何等具体的写法！"以"李义山"、郑板桥、马致远以及"《诗经》的《伐檀》"等说明"凡是抽象的材料，格外应该用具体的写法"，以杜甫的《石壕吏》、白居易的《新乐府》为例，说明"社会不平等是一个抽象的题目，你看他却用如此具体的写法"①。从深层次说，他的写作策略完全兼顾了思想理念的表达与教育传播的实际情况。

废名对诗歌语言"新""旧"的满不在乎，说明他已经越过了以诗歌语言和形式层面的"新""旧"来昭示思想新旧的阶段。换言之，废名亦通过解说胡适的新旧观念，超越了胡适的新旧观念。而废名同样在消解胡适的新诗建设框架的"前见"的同时，为胡适的新诗及诗歌观念找到了准确的坐标。废名的识见与胡适《谈新诗》中"新文学的语言是白话的，新文学的文体是自由的，

① 胡适：《谈新诗——八年来一件大事》，《星期评论》纪念号，1919 年 10 月 10 日。

是不拘格律的"观念的显著差异，并不能消解胡适自初期白话诗以来的诗歌观念，反而在否定中肯定了被否定者的价值和意义。新与旧在废名那里被废除了其中包含的新诗合法性问题，取而代之的是以之形容不同文化资源间的交互影响。这是"新"与"旧"意义更迭，因时而变的一种表征。在 30 年代中国新诗"智性"化创作的倾向中，新旧问题超越了语言的选择、格律的假设，成为一种文化资源的自然选择的形容词。

从教育的角度来看，新诗搭建的这种不断瓦解前见，重新打造视域的融合，"因时而变体"的自我更新框架，使得新诗始终以一种不稳定的形态出现，却又不断地为崭新艺术品格的新诗的出现创设了空间。这同样是新诗阐释框架、写作理论框架设计过程中极具特点的环节。

第二节　新旧之对峙：从文化理念到教育观念

在 20 世纪二三十年代的中国校园内，新旧体诗歌在学生群体中分享了对诗歌的追求。在江苏江阴南菁中学，从 20 年代后期到三十年代初期，同学们都普遍试作小诗，然而在 1934 年，署名启田的同学在他的论文《谈新诗》中，却借旧诗"鄙视"新诗人的创作①。通过检视这一时期中学生创作和批评实践，可以发现，对于新旧体诗歌的不同体认，是中学生群体不同审美心理的呈现。

梁启超于 19 世纪末宣称："非有诗界革命，则诗运殆将绝"②，期望以保留形式、更新精神的方式为诗歌注入新鲜的词汇与思想，并期以"文学救国"。初期白话诗则是在否定"旧体诗"的"滥调"的同时进行诗体的重建。为顺利传达白话文学这种"趋新"的文学观念中裹挟的宏大的"智国""智民"的"启蒙"理想，包括黄遵宪《日本杂事诗》的"我手写我口"在内，在一般性的诗歌叙述中，白话文运动被视作是初期白话诗乃至新文学运动的先声。然而

---

① 启田：《谈新诗》，《南菁学生》1934 年第 10 期。
② 梁启超：《夏威夷游记》，《梁启超全集》，北京：北京出版社，1999 年，第 1219 页。

在胡适及诸多学者眼中，这诗歌革新运动是"失败"①的。

胡适、陈独秀等在系统梳理古典文学进化的发展过程中，突出了唐代以后"白话"的"正宗"，在接续精心编织的这一种"传统"中，20世纪初的旧体诗文的实践者们被胡适视作"腐败极矣"，在白话文运动运行的崭新秩序中，旧体诗文的写作者们扮演了对立面的角色，以致"日后文学史研究者"对于当时文学创作的叙述"很大部分来自五四先驱的批判性评估"②。胡适批评道："其下焉者，能押韵而已矣"③。这是这种评估的典型代表。如此，"今人旧诗"因沉湎形式而"无精神"成了胡适们强调白话诗的重要理由。胡适、刘半农、钱玄同等在《新青年》中刊文强调了"旧体诗"的"虚伪"④。叶圣陶则对《国立东南大学、南京高师日刊》"诗学研究号"中的文章进行批评，称之"迷恋""骸骨"，引发一场论战，被视为与"学衡派"论争的起点⑤。吴文祺对旧体诗写作者"驽马恋栈"心态进行批评，提出"我们要研究他（指旧体诗——笔者），参考他，未始不可。但绝不该把自己的作品，套上一个枯死而滥调的形式……失了作者的个性"⑥，这是比较典型的针对旧体诗写作者的论点。

---

① 不仅如此，梁启超《饮冰室诗话》在赞扬黄遵宪的同时，也曾批评"当时所谓新诗者，颇喜捃扯新名词以表自异"，"苟非当时同学者，断无从所解"；钱钟书在《谈艺录》中也表示，"差能说西洋制度名物，掎摭声光电话诸学，以为点缀，而于西人风雅之妙，性理之微，实少解会，故其诗有新事物，而无新理致"。

② 刘纳：《嬗变——辛亥革命时期至五四时期的中国文学》，北京：中国社会科学出版社，1998年，第232页。

③ 胡适：《通信·寄陈独秀》，《新青年》第2卷第2号。在谈及"南社诸人"时，他认为他们"夸而无实，滥而不精，浮夸淫琐，几无足称者"。他如此批评南社诗人："视南社为高矣，然其诗皆规摹古人，以能神似某人某人为至高目的，极其所至，亦不过为文学界添几件赝鼎耳，文学云乎哉！"胡适把文学的"堕落之因"，总括为"文胜质"，"文胜质者，有形式而无精神，貌似而神亏之谓也"。

④ 刘半农：《诗与小说精神上之革新》，《新青年》1917年第3卷第5号；钱玄同：《新文学与今韵问题》，《新青年》1918年第4卷1号。

⑤ 前后发表叶圣陶（署名斯提）的《骸骨之迷恋》，《时事新报·文学旬刊》1921年第19号；叶圣陶（署名斯提）的《对鹦鹉的箴言》、薛鸿猷的《通讯》（致西谛的信），《时事新报·文学旬刊》1921年第20号，本期杂志中"编辑附记"："……《一条疯狗》全篇皆意气用事之辞……不便刊登……新旧诗的问题，现在还在争论之中……我们很想趁此机会很详细的讨论一番。所以决定下期把薛君的大稿登出，附以我们的批评。"薛鸿猷的《一条疯狗》、守廷的《对于〈一条疯狗〉的答辩》、卜向的《诗坛底逆流》等，《时事新报·文学旬刊》1921年第21号等。另可参看：沈卫威：《我所界定的"学衡派"》，《文艺争鸣》2007年第5期。

⑥ 吴文祺：《对于旧体诗的我见》，《时事新报·文学旬刊》1921年第23期，第2页。

当我们把视线再转回到薛鸿猷那篇看似标题惊悚、火药味十足的论争文章《一条疯狗!》时,可以发现,尽管其中怒气十足,有不少谩骂的词语,但终究还是把问题限定在了学术层面,文章提出作诗"不可不模仿"①,认为思想的新旧决定了诗的新旧,无关形式,创造需从模仿入手,充满了真诚的学术讨论意味。东南大学—南京高师这一文化群体基本抱持这样的观点,胡先骕批评胡适的《尝试集》,也强调了模仿与创造的关系。

诗学主张背后表现了学衡群体与新文化运动的隔膜所在,历史地来看,学衡派的文化观念及其旧体诗创作这一相对于新文学与新诗的对立性存在,在五四以来建立的新文学价值观的映衬下,其"创作都没有从根本上走出传统文学的大格局","传统的辉煌事实上大大地降低了'学衡派'诸人的创作分量"②。尽管近世学人不断尝试寻找学衡旧诗的价值和意义,但吴宓所谓的"借古人之色泽""用新来之俊思""成古体之佳篇"也终成理论层面的想象。③

从新体诗、新派诗等发展到白话诗的尝试阶段,中国诗歌完成了一次诗学主张的跨越,随着白话文学进入教育范畴、新诗的大量发表与结集出版,"旧体诗"主导的诗学话语系统逐步让位于摸索与建构中的新诗诗学。诚如30年代初胡云翼在其《新著中国文学史》的"旧的时代是死了"一节中转引赵翼的《诗论》所谓:"李杜诗篇万口传,至今已觉不新鲜"。④ 在这一理念博弈时期,新文化诸君对"南社""学衡"的评价当然是超越一般意义上的"诗歌审美理论",而转为一种文化立场的批判,新与旧之争的核心不在于对"古典"的批判,而是对于"今人"的批判,诚如批判"桐城谬种,选学妖孽",旨在通过对文学教育、文学消费的群体的争夺,起到超越文学意义的社会性影响,这远比"审美"与"学术"的取向更加深刻。这当然是五四以来,"个性主义"启蒙理想主张的主导。从现象上看,新"精神""个性"的提倡策动出了"新/旧"文学争鸣,丰富的诗歌现象并置,多样的文化抉择共存的丰富图景,产生出独特的文化意义。

当我们重审以"骸骨"为主题的新旧体诗论争时,其中更丰富的细节给予我们更多的启发。这一论争事实上关涉两份刊物:一份是文学研究会同人为主导

---

① 薛鸿猷:《一条疯狗》,《时事新报·文学旬刊》1921年第21号。

② 李怡:《论"学衡派"与五四新文学运动》,《中国社会科学》1998年第6期。

③ 吴宓:《论诗之创作——答方玮德君》,《大公报·文学副刊》1932年1月18日。

④ 胡云翼:《新著中国文学史》,上海:北新书局印行,民国三十六年五月(1947年5月)新一版。1930年初版。

的《文学旬刊》，文学研究会的成员多在上海、苏州、海宁、北京，以中小学教师和商务印书馆的编辑、商务印书馆国文函授社的教师为主；另一份刊物是《国立东南大学、南京高师日刊》。南京高师—东南大学都是在校学生，这两方实力悬殊。有理由相信，这一场文学研究会与学衡派辩论的先声的交锋，是有预先的准备的，是新文化运动同人从文化理念向教育理念的一次有预谋的冲击。

1921 年 10 月 26 日的《国立东南大学、南京高师日刊》"诗学研究号"出版之后，新文化同人有极强的敏感，郑振铎看到后就立即致信周作人，表达了他的担忧。他在 11 月 3 日给周作人的信中写到了这一现象，并呼吁要对这种思想陈旧进行"痛骂"，以"促其反省"①。这个想法策划完毕，便有了新文化同人与东南大学学生之间的"新旧"骂战，这也为新文化运动派与学衡派日后旷日持久的"骂战"拉开了序幕。

郑振铎在为《中国新文学大系》编选《文学论争集》写的导言中旧事重提，并加以"复古派"的说辞，令其载入史册。② 这一论争本身，体现了地域意义上新文化教育的差异，更深刻地展现了 20 世纪新文化推行过程中的重重阻力。

这一骂战随后转向对东南大学《学衡》的批评。这也被看作是"北京大学"与"东南大学"的文化矛盾。③ 中央大学毕业生钱谷融在《我的老师伍叔傥先生》一文中特别指出："中央大学中文系一向是比较守旧的，只讲古典文

---

① 郑振铎："南高师日刊近出一号'诗学研究号'，所登的都是旧诗，且也有几个做新诗的人，如吴江冷等，也在里面大做其诗话和七言绝。想不到复古的陈人在现在还有如此之多，而青年之绝无宗旨，时新时旧，尤足令人浩叹，圣陶、雁冰同我几个人正想在《文学旬刊》上大骂他们一顿，以代表东南文明之大学，而思想如此陈旧，不可不大呼以促其反省也。写至此，觉得国内尚遍地皆众，新文学之前途绝难乐观，不可不加倍奋斗也。"《郑振铎致周作人》，《中国现代文艺资料丛刊》第五辑，上海文艺出版社 1980 年版，第 353、353 页。

② 参看沈卫威：《新发现〈国立东南大学南京高师日刊〉·（诗学研究号一）》，《中国现代文学研究丛刊》2013 年第 3 期。

③ 沈卫威教授认为：茅盾 1916 年毕业于北京大学预科。叶圣陶 1919 年加入北京大学的"新潮社"，1922 年在北京大学预科短期出任讲师。郑振铎在北京读书时参加了 1919 年北京大学学生发起的五四学生运动；组织批评"诗学研究号"之前，又专门向北京大学教授周作人做了书信汇报。台静农为北京大学的旁听生。因此，围绕"诗学研究号"的批评与反批评，可被视为南京高师—东南大学与北京大学的对立。"诗学研究号"只出版一期，"本刊启事"中所说的"另刊专号"也没能实现。且由于反新文化/新文学的《学衡》的高调登场，他们坚守古体诗词的姿态，鲜明地出现在"学衡派"的刊物《学衡》《国风》《大公报·文学副刊》上。极端的对立所显示出的另一个现象是，"学衡派"的刊物上绝不允许白话新诗出现。东南大学—中央大学也不允许新文学进入课堂。参看沈卫威：《新发现〈国立东南大学南京高师日刊〉·（诗学研究号一）》，《中国现代文学研究丛刊》2013 年第 3 期。

学，不讲新文学。新文学和新文学作家，是很难进入这座学府的讲堂的。"①
这就是胡先骕所说的"学衡派"的"流风遗韵"，其保守主义的称谓逐步形
成，他们不断强调自己的文学教育观念。学衡同人、留日知识分子曹慕管曾担
任上海澄衷中学校长，他认为，"曾凡学校出身，自初多攻散文，少读诗句，
学作对联，更系外行。人情于其所不惯者，兴味自为之锐减。韵文少读，律诗
少做，偶尔觌面，遂觉难识，亦事之常。因而'艳诗艳词'，意象纵极深厚，
比兴纵极允当，而凡为学校出身者，未能洞悉个中之深味。谨愿者藏拙，倔强
者鸣鼓，趋时之士相与盲从而附和之，天下则纷纷矣。此白话诗之所由来
也"②。新诗提倡者担忧学衡诸君在教学中屏蔽新文学，学衡派教育者同时也
对新文学发展而使学生读不懂旧体诗有着担忧。

余英时曾经说，"20 世纪初叶中国'传统'的解体首先发生在'硬体'方
面，最明显的如两千多年皇帝制度的废除。其他如社会、经济制度方面也有不
少显而易见的变化。但价值系统是'传统'的'软体'部分，虽然'视而不
见'、'听而不闻'、'搏之不得'，但确实是存在的，而且直接规范着人的思想
和行为。1911 年以后，'传统'的'硬体'是崩溃了，但是作为价值系统的
'软体'则进入了一种'死而不亡'的状态。……到了'五四'，这个系统的
本身可以说已经'死'了。但'传统'中的个别价值和观念（包括正面的和
负面的）从'传统'的系统中游离出来之后，并没有也不可能很快地消失。
这便是所谓'死而不亡'"③。这种或生或死的描述，是他对中国 20 世纪历史
和文化的整体性把握。当然，这里并不意味着旧体诗代表传统文化，理应消
亡，而是在这一动态描述中，我们可以看到，凭借旧体诗承载的某些价值观
念，是如何影响中国知识分子坚守其中，同时也可以看到，新文化怎样在与旧
传统在互博之中，将思想观念的诸多问题逐步理清。

值得深思的是，新文化运动看似激烈的批判，事实上隐含着弱小文化对抗
专制文化，争取自身合法性的努力。通常意义上来看，学衡派为主导的南京高
师—东南大学在教学和学术层面主张古典文学、坚守古体诗词，本无可厚非，
但"由于'学衡'诸人并不熟悉新文学的创作实际，对于新文学发展的状况、
承受的压力和实际的突破都缺少真切的感受，所以他们在与'五四新文化派'

---

① 钱谷融：《闲斋忆旧》，上海：上海人民出版社，2008 年，第 144 页。
② 曹慕管：《论文学无新旧之异》，《学衡》1924 年 8 月第 32 期。
③ 余英时：《方以智晚节考（增订版）·总序》，北京：生活·读书·新知三联书店，
2004 年，第 9 页。

论争过程中所坚持的一系列文学思想就成了与现实错位的'空洞的立论'"①，并且无意识地站到了文化专制的一边。通过这一介入教育过程的论争，文学研究会诸位同人以一种极端的姿态介入南京高师—东南大学的文学教育活动中，为反抗因为隔膜带来的文化层面的专断，做出了自己的努力。

我们不能无视吴宓、柳诒徵、胡先骕、吴芳吉等学衡诸君的旧体诗写作，也不断有论著为其艺术的价值做辨析，这都是有益的，因为这其中包含的历史和文化信息、凝聚的学人为传承学术传统做出的努力，不容忽视。然而"看了《学衡》也是望而却步，里面满纸文言"② 也是不争的事实。所以学衡所谓的"融化新知"中包含的对"现代生活"的感受尚且停留在"词语"的层面。值得追问的是，层出不穷的现当代古体诗写作，究竟和新文化运动之间有什么关系呢？本文认为，正是新诗以突破的勇气挑战古诗的文化垄断性地位，使新文化运动以来的思想观念不断扩大其影响力，才促成了中国现当代旧体诗自身的解放。

从创作实绩上来看，20 世纪 30 年代以后鲁迅、周作人、郭沫若、郁达夫等"新文学家"的旧体诗写作，以各种发表方式出现在了读者面前，如刊载于1931 年 8 月 10 日《文艺新闻》杂志未署名的转录鲁迅旧体诗的《鲁迅氏的悲愤：以旧诗寄怀》，登载鲁迅旧诗三首，介绍道："闻寓沪日人，时有向鲁迅求讨墨迹以做纪念者，氏因情难推却，多写现成诗句酬之以了事。兹从日人方面，寻得氏所作三首如下……"这种"转载""介绍""摘录"的方式，使得未必主张"发表"的新文学作者的旧诗得以走进读者视野，包括周作人的"五十自寿诗"事件，也是如此。"新文学家"的身份，与旧体诗的文学形态，一新一旧发生关联，吸引了很多人的兴趣，感慨万端的有之，当成新闻的有之，批评研究的有之，唱和回应的更是大有人在，甚至非文学的杂志，也视其为一种"时髦"③。随着旧体诗这一文学现象的丰富，以"引文"的形式对旧

① 李怡：《论"学衡派"与五四新文学运动》，《中国社会科学》1998 年第 6 期。

② 梁实秋：《关于白璧德先生及其思想》，《梁实秋文集》第 1 卷，厦门：鹭江出版社，2002 年，第 547 页。

③ 非诗人：《新文学家之旧诗集》《新文学家之旧诗》，《天津商报画刊》，1933 年第 7 卷第 49 期、1933 年第 10 卷第 3 期。1933 年，署名"非诗人"的作者在《天津商报画刊上》连续发表了多篇关于新诗人写作旧体诗的短文，尤其是《新诗人之旧诗集》与《新文学家之旧诗集》，他认为旧体诗出现的原因是"物极必反"，新诗创作"汗牛充栋，绝少可观"，新文学家所做的旧体诗"虽未必即能远拟唐宋，然以较满纸肉麻之新体诗，固大有间矣。"这位"非诗人"列举了胡适、罗家伦等的旧体诗，说道"回想新诗初起之际，新文学家多丑诋旧诗，迨亦所谓彼一时此一时耶。"除此还有鸣人：《新文学家的旧诗》，《现象（上海）》，1936 年第 2 卷第 3 期等。

体诗加以介绍的文字也越来越多。抗战时期迎来了旧体诗词的另一个高峰，钱理群总结旧体诗的三次高潮，认为包括辛亥革命、抗战、文革等"特定的历史环境"为旧体诗创作提供了一种可能①。在不同的学者那里对当代旧体诗有不同的估价和认定，但有一个起码的认识是能够达成共识的，现当代文学的旧体诗词，无论是新文学作家的旧体诗词创作，还是令人瞩目的当代所谓"潜在写作"的包括启功、聂绀弩、胡风、吴宓、邵燕祥等诗人，他们在旧体诗的写作方面体现的独特"价值"，恐怕也不是"审美古典性"意义上的。这种情形下面的旧体诗写作，又成为一种崭新的对抗文化专制的形态，事实上和初期白话诗争取其合法地位，又是同构的。

"新诗"和"旧体诗"的论争，成为绵延一个世纪的文学景观，我想除了所谓"古典文化"植根灵魂深处的一般性解释，也无法离开自五四以来逐步消解的文化专制主义，正是有了新旧体诗及其背后主导的文化观念之交锋、借鉴、促进，才会使整体意义上的新旧体诗乃至新旧文学观念的发展和研究的进步存在可能，其中也包含了中国现代新诗与旧体诗对峙的格局，从宏阔的历史视角来看，这事实上是一种诗体的民主，从而也使得新文化派和所谓的保守派更加注重对学生群体的争夺，在争夺之中，强化各自的文化主张，发展各自的教育理想。

第三节　对立与沟通：教育情境中的新旧融合

五四新文化运动时期诗歌的"新/旧"之争使旧体诗不再占据诗歌写作形式的垄断地位，这种新旧对立的基本思想框架策动的文学观念的割裂和对立，却在一些诗歌教育者那里获得了完美的融合。旧体诗作家顾随尽管依旧选择旧体诗的形式，但宣称"用新精神作旧诗"②，"在相当大的程度上真正做到了新旧的相互融合和生发"③。

新月派则从"格律"这一具有古典内涵的诗学追求出发，重新审视新诗的

---

① 可参考钱理群：《论现代新诗与现代旧体诗的关系》，《诗探索》1999 年第 2 期。
② 顾随：《致卢季韶》（一九二一年六月二十日），《顾随全集》（4），石家庄：河北教育出版社，2000 年。
③ 季剑青：《顾随与新文学的离合》，《泰山学院学报》2010 年第 1 期。

创作，在关联诗歌"古典"和"现代"的关系中悄然宣告"新/旧"激烈对峙的消歇，徐志摩、闻一多、梁实秋在内的诸多诗人，均与旧诗美学有着复杂的关系。在这样的背景下，在"新诗"创作中不断隐现的"古典"美学旨趣。在诗歌教育领域，以中正客观的评价方式沟通古典诗学理论和现代新诗创作，也在朱自清、苏雪林等教师那里，成为较为明显的特征。叶公超取法新批评，批评实践的对象却是柳宗元古典诗歌；闻一多、郭沫若、孙作云等，兼及新诗创作与古典学术研究者，他们的学术工作中，不能不说也投射了新诗及其理论言说方式为代表的现代精神资源。

学衡派诗人吴宓曾经为顾随的《味辛词》与《无病词》赞叹不已，并以此指出新旧两派得失。顾随反而以为，"今后词坛已届强弩之末，静庵先生则回光之返照也。极盛难继，途穷则变，证之古今中外，莫不皆然。至于随之好此而不疲者，故步自封，了不长进而已。余生先生所评云云，不独使下走愧汗不止，亦且内疚于心而已"①。他对于自己旧体诗文创作的清醒程度令人惊讶，他不仅认为吴宓"头脑之不清楚"，还从创作实践中总结道，"白话所表现的思想感情有古文表达不出来的。今日用旧体裁，已非表现思想感情之利器"②。在这样的论述中，我们似乎能感受到这位古典文学教育家别具一格的思想形态。

通过叶嘉莹等整理的《顾随诗词讲记》《中国古典诗词感发》《中国古典文心》等顾随课堂授课记录可以看到，顾随理解古典文学的途径是现代的，体验式的，在其中不断张扬的，是其不断追求个人化理解。有学者认为，顾随的这种认识基于新文学为塑造的"现代精神"③ 是有道理的。由于历史的巨大审美惯性，旧体诗在表达共通性情感上有其独特的功能，声韵格律、遣词造句，皆凝聚了悠久的文化传统，但事实情况是，民国以来独特的个人化的日常生活经验、现代社会纷繁复杂的政治生活经验、中西交流日益密切的文化经验，使旧体诗已然成为相对陈旧的表达方式，并且是一种刻意制造交流阻滞的文体，带有极强的象征意味。顾随是在沈兼士、鲁迅、周作人等新文化实践者的教育下成长起来的旧体文学创作者，固然能体会得更深切，他的选择旧体文学创作，本身也是一种象征性存在。

---

① 顾随：《顾随君来函》，《大公报·文学副刊》，1929 年 6 月 17 日。
② 叶嘉莹、顾之京编：《顾随诗词讲记》，北京：中国人民大学出版社，2006 年，第62 页。
③ 季剑青：《顾随与新文学的离合》，《泰山学院学报》，2010 年第 1 期。

　　顾随闻名于世的是他对古典诗词、古典文学的精妙讲授，这其中包含的新文化资源就极多，他用"西洋唯美派"和"兰博"的诗歌来解释李贺，把福楼拜和莫泊桑的文学理念融入诗歌分析，胡适、鲁迅、周作人等文学家的思想更是不断闪现，更重要的是，1926 年，顾随即在课堂上讲授鲁迅的文学作品，不可谓不"超前"与敏锐。① 尽管讲授中国古典诗词，顾随不仅有自己对传统文化的熟稔，对文坛动态也是信手拈来。

　　然而他一开始对新文学尤其是新诗的态度是复杂的："我对于胡适之的新诗，固然欢喜，也不免怀疑。他那些长腿、曳脚的白话诗，是否可以说是诗的正体？至于近来自命不凡的小新诗人的作品，我更不耐看。诗是音节自然的文学作品，他们那些作品，信口开河，散乱无章，绝对不能叫作诗。"② 这里的音节"自然"观念，显然与新诗创作者们的自然观不同，任叔永给胡适的信中曾谈到，"今人倡新诗体的，动以'自然'二字为护身符"③，影响他们之间沟通的往往是对诗歌名词的差异化理解。吴芳吉也曾提到过"自然"，他的立场却是政治化的，"自然的文学，是任人自家去做的，是承认人类有绝对之自由的。是不装腔作势，定要立个门面的"④，他把白话诗理解为马克思的国家社会主义，把国粹守旧理解为复辟，就是他的自然观。综合考量，这里的"自然"蕴含着顾随个人化的音乐美追求，可以看作这位诗人独特的诗学追求。作为教师的他在课堂上谈及新文学时，认为"一切文学皆有音乐性、音乐美"，"现代白话诗完全离开了音乐，故少音乐美"⑤，甚至因此一度搁置热爱的诗歌艺术，转向小说创作。虽然持续进行词的创作，但顾随对词的表达限度和词在现代的前途一直有着清醒的认识，在《留春词·自叙》中就说："以此形式写我胸臆，而我所欲言又或非此形式所能表现，所能限制"，并表示"后此即再有作，亦断断乎不为小词矣"⑥。

　　不仅自己的创作上，在上课过程中，他也向学生们宣扬："白话所表现的思想感情有古文表达不出来的。今日用旧体裁，已非表现思想感情之利器。"他甚至"觉得教青年人填词是伤天害理的事情，稍有人心者，当不出此"，他

　　① 　刘玉凯：《鲁迅与顾随》，《鲁迅研究月刊》2010 年第 7 期。

　　② 　顾随：《致卢季韶（一九二一年六月二十日）》，《顾随全集》（8），第 382 页。

　　③ 　载 1918 年 8 月 15 日《新青年》第 5 卷第 2 号，

　　④ 　吴芳吉：《提倡诗的自然文学》，《新群》1920 年第 1 卷第 4 号。

　　⑤ 　顾随讲，叶嘉莹等编：《顾随诗词讲记》，北京：中国人民大学出版社，2010 年，第 15 页。

　　⑥ 　顾随：《顾随全集》（1），石家庄：河北教育出版社，2000 年，第 87 页。

对学生谈到，"青年人应该创造新的东西，不应该在旧尸骸中讨生活"①。在这种描述之中，我们可以看到顾随充满对白话文的深刻同情性理解，也带有对自己熟悉的文学创作领域的深刻质疑。这种对古典形态诗歌创作的质疑并未影响他持续的创作和教学、学术的持续开垦，然而他的古典诗词课程，融汇了中西诗学的多种资源。甚至在古典诗词课程的课堂讲述中，有时为说明西方文学艺术观念，信手拈来古典诗文作对照。这种"旧"中出"新"的文化理路，也为中国文化的整体性发展，做出了独特的贡献。套用顾随课堂上的一句话来描绘他的文化态度，"余希望同学看佛学禅宗书，不是希望同学明心见性，是希望同学取其勇猛精进的精神"②。这种精神，难道不正是五四新文化运动以来最具价值的那种积极投入对自我和世界的探索的最佳写照么？

尽管顾随在日记中略有失落地记载，"鲁迅的《华盖集续编》二二六页有几句话：教书和写东西是势不两立的，或者死心塌地地教书，或者发狂变死地写东西，一个人走不了方向不同的两条路。这几句话，早已看到了。直到今日，才感到是千真万确。自己教了八个整年的书了，倘若这八年里面，拼命地去读书作文，虽然不敢说有多么大的成绩，然而无论如何，那结果是不会比现在还坏"③。他内心感受到教学与创作之间有一种矛盾，他因教学而耗费的精力使其认为文学创作无法精进。若从教育的角度来看，他却以一种可以和文学创作比肩的教育行为，诠释了现代精神。顾随的"勇猛精进"是"进取、努力"的"近代人生观"最好的写照。他主张文学依赖于内心的真诚，并在诗歌创作与文学教育实践中主张以"动的姿态"和"力的表现"拥抱人生，表现人生。以顾随的标准衡量古今中国文人，他设定的目标是陶渊明、杜甫等为数不多的几位古代诗人，当代的则唯有鲁迅。他对鲁迅的推崇和仰慕到达了极点，他最佩服的，也还是鲁迅的思想与人生态度，这里最能说明顾随的精神结构之中新文化的熏染是极为深刻的。顾随认为，宋诗"不能与生活融会贯通，故不及唐人诗之深厚"，提倡了文学与生活的交融，他还提出，"要在诗中表现生的色彩。中国自六朝以后，诗人此色彩多淡薄"，并说明江西派"技巧好而没有内容，缺少人情味"等④，说明其对现实人生的热切关注。他均是从"近

---

① 顾随讲，叶嘉莹等编：《顾随诗词讲记》，第 62 页。
② 顾随讲，叶嘉莹笔记：《中国古典诗词感发》，北京：北京大学出版社，2012 年，第 45 页。
③ 顾随 1927 年 9 月 5 日日记，《顾随全集》（4），第 554 页。
④ 顾随讲，叶嘉莹等编：《顾随诗词讲记》，第 22，36—37，44 页。

代人生观"的角度思考古典诗词的高下品格，这才是具有现实性的传统诗文的文学批评和文学教育，这种表达方式，早已逾越出了中国古典诗话词话的解说框架，从"新""旧"对立之中找出了沟通之道。这种"现代精神在很大程度上乃是由新文学塑造的"，有论者称之为"貌离神合"①，即使将其视为五四新文化和新文学传统的传人，恐怕亦不为过。在现代学术史上，顾随实是一位似旧实新、旧中有新的大师，他在相当大的程度上真正做到了新旧的相互融合和生发。通过对其教育资料的整理，考察其新旧文学之中的承传与择取，则是我们更深入认知诗歌教育中所谓传统与现代思想如何融汇的门径。

从学生角度来看，南开高中生穆旦的国文教育对他新诗创作的启发性意义，和顾随作为教育者体现的新旧融合，有某种同构性的色彩。

作为南开高中生的穆旦，最早的文学研究经验，是在国文课堂上展开的。穆旦的校友韦君宜曾回忆过他们的国文课程，强调了他们的国文教师宣传的"疑古"精神②。穆旦当然也受到了这方面的熏陶，他在《南开中学生》上发表过一篇长文，《诗经六十篇之文学评鉴》③，这显然是这门课程布置的作业，这也是17岁的穆旦第一次作如此大篇幅的文章。尽管爱好文学，经常创作，但这种专门性的文章，远比模仿社会一般流行观点结构一篇文章要难度大得多。这篇"论文"中，少年穆旦的一些基本的诗歌观念，已建立了雏形。他认为"文学的要素还不止于情感而已，思想也是很重要的部分"，就给人以遐想的空间。这只是完成作业任务时偶然性的表达，却也表明少年文学爱好者通过古典文学的学习主动思考了文学的问题。

不光如此，穆旦还在一篇名为《谈"读书"》④的文章中写道：

今天是"五四"纪念日，我诚恳地希望同学们都默默地想一想："五四"时候，中国是什么情形？列强对中国是采取什么手段？学生运动是什么情形？

---

① 季剑青：《顾随与新文学的离合》，《泰山学院学报》2010年第1期。

② 韦君宜回忆说"以讲中国诗史为线索，从诗经楚辞直讲到宋词，每一单元都选名作品来讲"，"孟先生用王实甫《西厢记》中的句子，来为诗经作注脚"，"用'下工夫把头颅挣'来形容'手如柔荑，肤如凝脂……'一章"。"他让我们去读顾颉刚先生在《古史辨》里发表的文章，力辟毛诗大序小序和朱注的荒唐，告诉我们关雎、静女……以至山鬼、湘君、湘夫人，其实都是情诗。这些，从又一方面打开了我的眼界"，"读书的习惯，使用文字的基本功，可以说全是六年来南开教给我的"。韦君宜：《南开教我学文学》，可参看《解放前南开中学的教育》，天津：天津教育出版社，1989年，第107—108页。

③ 李方编：《穆旦诗文集2》，北京：人民文学出版社，2007年，第29—41页。原载《南开高中生》，1935年，未见。

④ 李方编：《穆旦诗文集2》，第43—48页。

那时政府当局对付学生运动是抱着什么样的态度？然后再拿目前的各方面的情形来比较一下。"读书不忘救国"，我们极力赞同。"读书就是救国"，我们则至死反对。

穆旦自小被培养起的现实关怀精神，与南开中学这位孟老师在国文课堂上培养起的"疑古"精神，以及通过阅读训练锻炼学生的表达能力和思考能力，一起完成了他最初的文学启蒙，然而真正使穆旦成为诗人的，还是20世纪的战争、迁徙、运动和死亡，以及在这其中的坚守、反思、批判和爱的光芒。

正是这种相互的交错，才使得民国以来的诗歌教育促使了整体性的学术与文化的发展。在对立与沟通中，我们发现诸多先贤在追寻属于自己的诗歌表述方式时，有了各异的选择，也正因此，中国现代诗歌才如此精彩纷呈。

第三编
个案研究与诗歌教育研究视角的延展

20 世纪上半叶，从事新文学及新诗的教育工作的知识分子，普遍拥有超越教育本身的丰富精彩的文学生涯，大多数从事诗歌教育的中国知识分子也几乎都拥有多重身份。在这多重身份的交织之中，在具体的社会生活的挤压之下，在不同历史境遇的摇摆中，他们所做出的文化判断、文学决定和秉承的文学理念、择取的文化观念，都因为个体经验的发展变化而不断自新。我们从个案角度去观察这些诗歌教育工作者，尝试理解 20 世纪上半叶的文学教育在具体的教学实践中的调试、转向和发展。在这组侧面的集中展示中，可以从诗歌教育工作者的个体文化经验中获取 20 世纪诗歌教育发展的内在性因素，同时为新诗发展的理论和历史叙述逻辑形成和具体的认识方式，找到更为丰富的描述空间。同时，时空中交错的复杂有具体历史文化，也可以"教育"视角来重审，以拓宽诗歌教育的研究视角的多层面和多维度。

第五章　个人、地域与时间：诗歌教育案例三则

第一节　孙俍工的诗歌教育与个人职业生涯的转向

作为民国早期的文学教育家，孙俍工①由于编写了大量教材而为读者熟知，

---

① 孙俍工（1894—1962），作家、翻译家、教育家，又见笔名俍工、良工。湖南邵阳人。1916 年在湖南读完中学考入北京高等师范学校国文部，并参加五四运动，1920 年毕业到福建漳州第二师范及长沙第一师范任国文教员，1922 年赴上海中国公学中学部及东大附中任教，1923 年加入文学研究会。1924 年冬到 1928 年自费留学日本东京上智大学，1928 年夏归国住西湖广化寺认识了西湖艺术院王梅痕，后与之结为夫妻。回国后任复旦大学教授，1929 年受上海复旦大学及江湾劳动大学两校聘任文学教授，主授中国小说史、劳动文艺。1930 年任复旦大学中文系主任，兼任暨南大学及吴淞中国公学教授。1931 年请假携妻子王梅痕东渡日本，住西京法然院前，因"九一八事变"，当年 10 月回国，1932 年 3 月应国民政府教育部编审处处长、同乡老友辛树帜之招，受聘教育部，任国立编译馆人文组编译，两年后辞职专事写作。1936 年入川，任华西大学文学教授，抗战爆发后于成都受聘中央军校，任政治主任教官，1940 年于重庆被聘为监察院参事，兼任湘辉学院及四川教育学院教授，编撰《抗日史料丛书》，1944 年被解职。1949 年以后，先后在四川教育学院、湖南大学、湖南师范学校等校任教，1951 年 3 月被聘为湖南省文学艺术工作者联合会筹委会委员并于当年冬参与湖南土改运动，1956 年被聘为中国科学院语言研究所研究员。1962 年因心脏病逝世。作品多发表于《民国日报·觉悟》《小说月报》《东方杂志》。短篇小说《前途》《隔绝的世界》《家风》被茅盾选入《中国新文学大系·小说一集》；戏剧创作多部，包括《续一个青年底梦》，编著《近代戏剧集》（与熊佛西等合编）；翻译文学理论多种，还著有多种文学讲义、教材、诗剧等。参看孙俍工：《孙俍工自传》，《读书杂志》1933 年第 3 卷第 1 期，第 698—701 页；《中国现代文学辞典》，张芬、高长春、罗凤婷等主编，长春：吉林教育出版社，1990 年，第 99 页；《隆回县志》，北京：中国城市出版社，1994 年，第 630 页。

尤其在诗歌创作和理论研究方面有大量著译，本节以孙俍工为个案，以一位新文学的诗歌教育工作者整个职业生涯的文学活动为中心展开考察，这或许将为我们理解现代新文学教育工作者完整的职业生涯及其中教育观念的嬗变提供一个范例。

孙俍工《新诗作法讲义》（《初级中学国语文读本》与"作法讲义"系列教材之一种），及翻译的日本学术著作《诗底原理》《中国文学概论讲话》等，在新文学教育、学术研究、文化交流等领域均发挥了相当的作用。

1935 年赵景深在复旦大学教材《复旦大学中国诗歌原理讲义》第三节中罗致了"诗歌原理书目"，列出了他认为"比较重要的""三十八种"诗歌研究著作，其中孙俍工的著作与著译就占了三种，分别是"《新诗作法讲义》（一九二五）（商务）""《诗底原理》（一九三三）（中华）（荻原朔太郎原著）（此书另有程鼎鑫译本）""《中国古代文艺论史》（一九二八）（北新）"①，足见对他的认同。

孙俍工的上述著译引发了关注，值得注意的是其中一个翻译错误也延续了数十年，即赵景深援引的孙俍工翻译的《诗底原理》的原作者日本诗人理论家"荻原朔太郎"这个名字。孙俍工自述，他"因在复旦担任'诗歌原理'一课"的讲授工作，在"日籍"中找到了"关于这一类的论著"多种，其中包括"荻原朔太郎"的《诗底原理》、外山卯三郎的《诗学概论》、日夏耿之介的《诗歌鉴赏序论》、川路虹柳的《作诗论》、三好十郎的《普罗列塔利亚诗底内容》等著作，由于这一类"有系统的"论著，在"目下的中国底诗论界""不易看见"，他便筹划"次第译出"，"介绍于国人"②。其中的《诗底原理》（《詩の原理》）应是日本大正时期象征主义诗人萩原朔太郎思考近十年才写出来的诗歌理论著作，于 1928 年完成，孙俍工于 1931 年在上海江湾复旦大学时将其译出，译出后又携夫人东渡日本，"九一八事变"后旋即回国。由于孙俍工误将"萩原"一姓识别为汉字字形相仿的另一姓氏"荻原"，使诸多研究者

---

① 赵景深讲编：《复旦大学中国诗歌原理讲义》，上海：复旦大学 1935 年手稿油印本（民国"廿四年春季"学期教材），藏美国哈佛大学哈佛燕京图书馆，第 93—97 页。

② ［日］荻原朔太郎（应为"萩原朔太郎"——笔者）著，孙俍工译：《诗底原理》，中华书局，1933 年，"译者序"，第 1—2 页。

将错就错，也在研究过程中延续了这一错误①。早在 1930—1932 年，孙俍工于《现代文学》《现代文学评论》《前锋月刊》《青年界》等杂志相继发表译稿节选，均是误用的"荻原朔太郎"。除了孙俍工的这一全译本，另一翻译者程鼎声也节译了萩原朔太郎的这部论著，他译述为《诗的原理》②，他在翻译作者姓名时，误称其为"萩原朔"，这一错误也影响了一些研究者。③ 总的来看，孙俍工的翻译和程鼎声的译述，除了在"萩原朔太郎"这个名字上犯了错误，在译文中尚未发现明显错误，孙的译本较忠实于原文，属于"直译"，程的译本则如他自己所说，属于"译述"。描述这一错误，并不仅为了更正讹误，而为借此说明在这个讹误背后可窥探到孙俍工诗歌理论著作译介背后体现的文化倾向，借此探讨他文学教育生涯的转型。

包括《诗底原理》在内，孙俍工翻译、节译过多部日本学术专著和文章，20 世纪 20 年代中期到 30 年代中期，"中国文坛大规模译介了日本文论"，有学者统计，从 20 世纪初到 1949 年，中国文坛"翻译出版外国文学理论有关论集、专著约 110 种"，其中日本文论"约 41 种"，约占欧美、俄苏、日本文论总数的"40%"④。统观 20 世纪二三十年代中国文坛对日本文学理论的引入，时期相近的日本大正时代（1912—1925）及其以后的著作翻译的规模较之前明治时代的文艺理论要大得多，尽管对于 20 世纪二三十年代中国文坛而言，明治时期日本的文艺理论经过了一定程度的积淀，其学术价值和经典性意味更为突出。这种"不求经典"，但求"新近、时兴、实用、通俗"⑤ 的译介取向性

---

① 如韩晓平：《室生犀星与荻原朔太郎的诗歌艺术》，《艺术广角》2009 年第 9 期第 89—90 页；冯新华：《孙俍工对外国文学的译介与借鉴》，《苏州科技学院学报》2010 年第 4 期，第 60 页；王天红：《中国现代新诗理论与外来影响》，吉林大学 2011 年博士学位论文，第 159 页；刘恋：《中国现代文学理论建构三十年》，博士学位论文，扬州大学，2014 年，第 119 页；饶希玲：《20 世纪初期中日象征主义诗歌比较研究》，硕士学位论文，西南大学，2012 年，第 10 页；张媚：《1927 年到 1937 年中国翻译论文论研究》，兰州大学硕士学位论文，第 19 页，等等，均使用孙俍工误译的"荻原朔太郎"，而非"萩原朔太郎"。

② ［日］萩原朔太郎：《诗的原理》，程鼎声译述，上海行知书店，1933 年。

③ 如谢应光：《中国现代浪漫主义诗学的发生及其命运》，《社会科学研究》2006 年第 5 期，第 177 页，直接用了程鼎声的译名"萩原朔"。另有研究者误以为此书有 1924 年的初版本，这可能误将 1925 年商务印书馆出版的林孖译美国作家爱伦·坡的《诗的原理》当成了是程鼎声译述本的初版本（王天红：《中国现代新诗理论与外来影响》，博士学位论文，吉林大学，2011 年，第 158 页），林书第 2 页明显标注了 1924 字样，实为 1925 年出版。

④ 参看王向远：《中国现代文艺理论和日本文艺理论》，《北京师范大学学报（社会科学版）》1998 年第 4 期。

⑤ 同上。

正可以说明为何孙俍工与程鼎声都将"萩原朔太郎"的名字误译：在这种情况下，如孙俍工这样的翻译家或并不渴望通过翻译来完成对异域文化的整体性观照，也不渴望在译介中获得对他者的深刻理解，而在不断寻找并捕获满足自身需要的某些理论资源、学术资源抑或是话语资源。换言之，对于孙俍工等译者而言，萩原朔太郎的著作之于日本文化、文学史、诗歌史的意义并不"关键"，重要的乃是这些著作如何置换为一种他们自身所需的资源，从而对中国文学乃至中国社会的相关问题进行观照。站在这个角度来看，孙俍工的翻译工作背后支撑他的核心性力量为何值得我们去探索。

孙俍工在日本留学期间开始了他大规模的翻译工作，在赴日留学（1924年）之前，主要从事的是文学创作和文学教育工作，其中值得关注的是教材的编撰。他编写的《初级中学国语文读本》于1923年3月初版①，编撰于1922年在上海吴淞中学任教时期，选的大多是新文学的理论与创作的实绩，包括了鲁迅、胡适、周作人等的文学创作与文论，这一教材也再版多次。除此，更为引人注意的是他陆续写作了一系列"作法讲义"，包括留学前的《中国语法讲义》（亚东图书馆1921年）、《记叙文作法讲义》（民智书局1923年）、《小说作法讲义》（民智书局1923年）、《论说文作法讲义》（商务印书馆1924年）、《戏剧作法讲义》（上海亚东图书馆1925年）以及留学期间的《新诗作法讲义》（商务印书馆1925年）。另外，他还与沈从文联合撰写了《中国小说史》（上海：暨南大学出版社1930年版）②。我们可以从最初选编《初级中学国语文读本》时他将有限的新文化运动以来的文学"实绩"纳入了教育的体系之中的努力中看到，作为文学研究会成员的孙俍工，不仅积极投身文学创作③，还渴望通过教育为"新文学"的普及作自己的努力。

编写一系列的"作法讲义"的动机，据孙俍工说，是对新文学教材"完善的选本底缺乏"的失望，并在这种"悲观失望"的"态度"中获得动力，

---

① 孙俍工、沈仲九编辑：《初级中学国语文读本》（6册），上海：民智书局，1923年3月初版，多次再版。

② 全书包括绪论、第一讲：神话传说、第二讲：汉代的小说、第三讲：魏晋南北朝的小说、第四讲：唐代的小说、第五讲：宋代的小说、第六讲：元代的小说、第七讲：明代的小说、第八讲：清代的小说。其中，绪论与第一讲：神话传说为沈从文著，第二讲至第八讲为孙俍工著。

③ 1921始孙俍工在《小说月报》上发表多部短篇小说，1924年结集出版了短篇小说集《海的渴慕者》，三篇小说被茅盾选入《中国新文学大系第三集·小说一集》，另有剧本《续一个青年底梦》。

"反过来继续地用在我们所愿意做而又应当做的事业上来"①，除此以外，他还积极地探索崭新的教育方式，在《新文艺评论》（孙俍工编著，民智书局 1923 年版）中，他不仅收录了三十余篇"近代文学家评论新文艺"的文章，还收录了自己的论文《文艺在中等教育中的位置与道尔顿制》② 与《新文艺建设的发端》，探讨教学方式方法的问题，强调以学生为中心的核心观念，在《戏剧作法讲义》中，更是附上了他的长文《初级中学国文教授大纲底说明》以探讨中学教育的方式方法③。从根本上说，他希望通过完善教材来介入教育的活动中，来推动新文学在庞大的青年学生群体中发生启蒙的作用，培育新文学的青年作家与读者。在这几部讲义的编撰过程中，他通过对文本的选择来阐明"为人生"的文学理想，并在讲义中不断突出受教育者应如何如实反映自己的生活，也通过教学活动逐步形成了自己的教育实践方法。在引述日本学者的研究时，他关注的主要是他们提供的理论资源。伴随着明治维新时期"现代国家制度的基本成型和伴随着征兵和教育等一系列现代制度的确立以及'言文一致'运动的展开而迎来了国民时代学术文化的大发展"，以教育为目的的学术著作包括教科书在内大量出现，"有关日本文学史的著作大量涌现"④，其中就包括芳贺矢一等学者的著作，这些著作为孙俍工等编写著作提供了相当的便利，在《文艺在中等教育中的位置与道尔顿制》中，他就引用了芳贺矢一和衫谷虎藏合编的《作文讲话及文范》（东京：富山房，1912 年 3 月）对文学的分类⑤。在这一时期，孙俍工对日本学术的使用是实用性、技术性的，是他以专业的角度，对来自日本的文化资源加以利用。

　　孙俍工的一系列教材编撰工作就是对新文化运动和国语运动中教育理念的呼应与落实。尽管 1920 到 1921 年有两百余册国语教材的审定，但他还是表达了不满意，从而引发他自行编写教材和讲义的愿望，从编撰实绩来看，不可谓不丰富。1923 年孙俍工在"南京东大南高附属中学"时期编写了《记叙文作

①　孙俍工：《小说作法讲义·序言》，上海：民智书局，1923 年，第 2 页。
②　孙俍工：《文艺在中等教育中的位置与道尔顿制》，《教育杂志》1922 年第 14 卷第 12 号，又见孙俍工编著：《新文艺评论》，民智书局，1923 年。道尔顿制又称"契约式教育"，由美国海伦·帕克赫斯特女士创设，强调学生的主体作用，1922 年在上海公学创设中国第一个道尔顿制实验班。
③　孙俍工：《戏剧作法讲义·代序》，上海：亚东图书馆，1925 年。
④　赵京华：《鲁迅与盐谷温——兼及国民文学时代的中国文学史编撰体制之创建》，《鲁迅研究月刊》2014 年第 2 期。
⑤　孙俍工：《文艺在中等教育中的位置与道尔顿制》，原载《教育杂志》第 14 卷第 12 号。转引自孙俍工编著：《新文艺评论》，上海：民智书局，1923 年。

法讲义》，尽管作者没有说明，但可以看到这背后有"胡梁之争"影响的余波。梁启超 1922 年夏天在东南大学曾发表过演讲，其中谈到近人白话文中，"叙事文太少，有价值的殆绝无"①，孙俍工显然并不认同，无论是从教学设计还是从教材编撰方面，他坚持白话文对中学生群体的重要性，白话文亦可作"记叙文"。尽管以"作法"为书名，这部书还是以赏析的形式谈"作法"，以"写景""叙事""游记"为主题，进行创作分析，包含了古典文学、翻译文学和新文学运动以来的文学创作，其中篇幅最大的是他摘录了周作人的《日本杂感》与《访日本新村记》两篇文章。在这部书中，他参考了留日学者、友人陈望道的《作文法讲义》（开明书店 1922 年版），也参考了佐佐政一、芳贺矢一、杉谷代水等日本学者"作文法"的著作中文体分类的部分，包括在解说"游记"时对周作人文章的摘编。正是在编选讲义这一教育实践活动中，孙俍工对他五四新文化运动以来积淀起的"感受性"文化知识进行了落实，以实用性、技术性的教育过程中具体的"作法"回应了他"五四"以来的思考。

之所以在自编的教材《记叙文作法讲义》中大篇幅摘录周作人的《日本杂感》与《访日本新村记》两篇文章，事实上其"真意"在"讲义"之外。在北京高等师范学校时期，孙俍工与五四运动的主力匡互生、张石樵为友，私交甚笃。孙俍工"投身文坛，是从五四运动那年起的"，1920 年前后，他与"同学徐名鸿、张石樵、周予同、董鲁庵等"创办了《平民教育》和《工学月刊》②，他倡导"工学主义"，提倡创办"'工学主义'的学校"，探讨"'工学主义'与'新村'"的关系，③ 尤其是"新村"理想，使孙俍工彻底沉浸其中，成为武者小路实笃的忠实"信从者"（巴金语，详见下文）。武者小路实笃的新村实践与周作人的"新村"见闻成了他在北京高等师范学校参与五四运动后，最热切的社会实践的理想。在学校尚能办刊以鼓吹理想，一旦离开学校，"工学主义"及"新村"的实践渐渐失去了理想主义的土壤，这一群践行者纷纷寻找更切合实际的实现理想的途径，从事"教育"则成了最佳的选择。

包括孙俍工、张石樵、周予同等在内的多位"五四之子"，纷纷选择编撰

---

① 梁启超：《中学国文教材不宜采用小说》，《中华读书报》2002 年 8 月 7 日刊载的发掘史料，同期载有陈平原的评论"胡梁之争"的文章：《八十年前的中学国文教育之争——关于新发现的梁启超文稿》。

② 孙俍工：《孙俍工自传》，《读书杂志》1933 年第 3 卷第 1 期，第 698—701 页。

③ 见俍工：《唯理论与经验论："工学主义"在哲学上的根据》，《工学月刊》（北京）1919 年第 1 卷第 2 期；俍工：《"工学主义"的学校》，《工学月刊》（北京）1920 年第 1 卷第 3 期；俍工：《"工学主义"与"新村"》，《工学月刊》（北京）1920 年第 1 卷第 4 期。

教材、探讨教育机制、躬身教育实践来将他们自五四新文化运动以来所受到的启蒙思想传播开去，从事平民教育、师范教育，探讨教育理念与方法成了他们的职业方向。比如张石樵编著了《开明实用文讲义》、周予同编写了《本国史》《国文教科书》《中国现代教育史》等，并且都积极参与教育实践，持续不断地播散各自的教育理念。孙俍工可谓是其中最为"努力多产"[①] 的一位。

从这个角度看，孙俍工开始"有意识地"开掘日本学术的相关资源，甚至包括选择留学日本，均源自他的教育理想。在《小说作法讲义》中，他摘录了南庶熙翻译的日本心理学家福来友吉的《心理学审义》中的《艺术的心理》一文以说明"创作""全是作者心理上一种表现的要求"，"心理底研究在作法里实在占很重要的位置"[②]。在这样一部面向中学生群体介绍"小说作法"的著作中以一篇心理学著作为序，似乎显得有些随意，亦表现出孙俍工编写时大量阅读，通过编书沉淀自己的学术思考的过程。亦可见他在博览日本学术著作过程中那种急欲表达的冲动。在东京留学过程中孙俍工编写《新诗作法讲义》，其中参考了"生田春月底《诗之作法》，生田长江底《诗与其作法》，水谷底《少女诗之作法》，横山有策底《文学概论》等"，如此广泛地征引日本诗歌理论著作，他还自谦"参考不多，例示不广，还是要望教学这讲义的诸君原谅的"[③]，可见这些诗歌创作理论资源不断跃入他的眼帘，丰富、完善他具体的教育思想体系。他提出了自己的"教授底目的"[④]。孙俍工提倡"迅速"以追求教育效率，提倡"鉴赏"以要求审美能力和提倡"自由明确"以对应表达权力。不仅如此，孙俍工还在讲义中时刻以"启蒙"为己任，在《论说文作法讲义》中，他附上了练习题，其中题目包括"青年底责任""改造社会的方法""女子应享承受遗产的权利""提倡孔教底我见""我为什么赞成平民革命？"等，这些新鲜的"作文"话题，与五四新文化运动以后形成的文化氛围与教育传统是一脉相承。今天看来，以孙俍工为代表的一系列针对中学生的教育实践，和五四新文化运动以来的文学成就，与青年学生群体一道创造了一个颇有活力的社会文化空间，"全国的青年皆活跃起来了，不只是大学生，纵是

---

① 孙俍工：《孙俍工自传》，《读书杂志》1933 年第 3 卷第 1 期，第 698—701 页。

② 孙俍工：《小说作法讲义·序言》，第 3 页。

③ 孙俍工：《新诗作法讲义·序言》，第 3 页。

④ 目的包括："（1）人人都有迅速阅看国语书报的能力，以启发思想，并了解现代思潮底大概。（2）人人有精密鉴赏国语文艺的能力，以培养美的情感，并且了解彼底变迁和性质。（3）人人能用国语自由地明确地敏捷地发表情思，记叙事物。"孙俍工：《戏剧作法讲义·代序》，第 3 页。

中学生也居然要办些小型报刊来发表意见"①。尽管皆以"作法"为名目，但孙俍工强调的还是"阅读"和"理解"，最后才是如何"表达"。正如《新诗作法讲义》中，他大量列举朱自清、冰心、刘大白、徐玉诺、郭沫若、俞平伯、汪静之、周作人等人的诗歌，名曰"作法"，实为"读法"。这部"作法"几乎成了对初期白话诗的一次整体性检阅。培养合格的读者及表达者是这一时期孙俍工主要的教育理想，这也是他看重道尔顿制的重要原因。孙俍工还于1930年在《国立劳动大学月刊》上发表了翻译日本山田清三郎的《日本无产阶级艺术团体底运动方针》及其他有关"劳动阶级文艺"的文章②，我们都可以看到这种阶级观念并不从属于政治理想，仍旧属于其五四以来"工读"教育理想的自然延伸。总而言之，"五四之子"的教育理想在孙俍工的职业生涯中扮演了极为重要的角色，充当教学资料的各种文化资源也主要是服务于他的教育理想。

在编选《中国语法讲义》的例句和《初级中学国语文读本》时，孙俍工将鲁迅译的日本作家武者小路实笃的剧本《一个青年的梦》作为例句，并把武者小路实笃的《与支那未知的友人》作为阅读篇目，全文刊载，在《记叙文作法讲义》中收录了周作人两篇访"新村"的文章，列为"游记"的典范，表现出了对"新村"理想的神往。在1931年，孙俍工因"九·一八"中断了携妻子东渡日本的旅程回国，创作了一部名为《续一个青年底梦》的剧本。在这部剧本中，他直言"我对于武者小路先生底这部著作不但以前是尽过了相当的宣传责任，而且以后将要尽着我能尽的力尽量宣传的"，"我底学生只要是真心听过我底讲授的，对于武者小路先生这一部著作总多少有点影像。"因为"九月十八沈阳城头流血"，使他"怅惘"并"频频地忆起了武者小路先生《一个青年底梦》"。他感喟道，"一个青年底梦，终竟成为一个梦么？世界人类竟没有一个人认识和平女神的美的么？"③ 他用武者小路实笃的文字，来质疑战争，用接续武者小路实笃的创作，来延续反战的精神。在这种状态下，日本文化本身不再是拿来作教育的材料，而是成了自我思想表述的一种参照系，在对照过程中不断地追求具有主体意识的自我。不仅如此，这本书也流传到了

---

① 胡适：《从文学革命到文艺复兴》，《胡适口述自传·第八章》，引自《胡适文集》第1卷，北京：北京大学出版社，1998年，第322页。

② 包括山田清三郎著，孙俍工译，《日本无产阶级艺术团体底运动方针》，《国立劳动大学月刊》1930第1卷第8期，第1—10页；《唐代底劳动文艺》《劳动阶级底诗歌》，连载于《国立劳动大学月刊》第1卷第2、4、5、8期。

③ 孙俍工：《续一个青年底梦》，中华书局，1933年，第1—3页。

日本，在巴金的《给日本友人》一文中提到："一九三五年元旦后一天在你（指武田君——笔者），你的一个年轻友人从东京拿了孙俍工著的《续一个青年的梦》来"，"孙君把书寄给武者小路氏，因为他还尊敬《一个青年的梦》的著者"，"这个非战论者辜负了异国信从者对他的信任"。① 通过巴金的叙述，我们能够看到，通过这部文学作品，孙俍工为一部分日本读者所知，巴金也理解到了孙俍工被"辜负"的感受。

因时局动荡，日本侵略，他的精神偶像坍塌，带来巨大的精神创伤，青年时期选择教育事业的根基部分地动摇，这或与他辞去教职，转投他行不无关系。1932 年 3 月 17 日，孙俍工被南京政府教育部聘任，辞去复旦大学教职，聘为教育部编审处编审。② 他又加入了与十九路军过从甚密的"神州国光社"的"神州函授学会"，神州函授学会是"神州与青年读者建立联系的组织形式"，孙俍工是其中"教授"群体的一员。"神州""分量最大""发行时期也较长"③ 的《读书杂志》中刊载的孙俍工以第三人称创作的《孙俍工自传》说明了他内心的变化：

> 九一八事件以后，继之以上海一·二八事件。他（孙俍工——笔者）激于义愤，又成《续一个青年底梦》、《世界底污点》、《血弹》三剧。据他底爱人王梅痕在《血弹》底序中说"我俍师义愤之余，既成《续一个青年底梦》以暴露日本人之野心与阴谋，又作《世界底污点》，以悲悯日本新青年思想底狼狈，今更作《血弹》一剧以表扬我第十九路军将士抗拒强敌之勇敢。三剧底精神是一贯的，即是以人道主义为立场，以公理与正义为依据。"④

从以教育出发的启蒙主义，转而成为弱国公民的自强心理，由"义愤"激发出"正义"，孙俍工的文学教育工作因侵略战争的发生而转变。留学期间与归国后，孙俍工集中翻译了铃木虎雄的《中国古代文艺论史》（《支那诗论史》选译），盐谷温的《中国文学概论讲话》，田中湖月的《文艺鉴赏论》（选译），

---

① 巴金：《给日本友人》，最初发表于 1937 年 11 月 7 日、21 日《烽火》第 10、12 期，转引自《巴金全集》第 12 卷，北京：人民文学出版社，1990 年，第 575 页。

② 《教育部公报》1932 年第 4 卷，第 9—10 期，第 24 页。

③ 陈铭枢：《"神州国光社"后半部史略》，摘自《文史资料选辑·第八十七辑》，北京：中国文史出版社，1999 年，第 176 页。

④ 孙俍工：《孙俍工自传》，《读书杂志》1933 年第 3 卷第 1 期，第 698—701 页。

儿岛献吉郎的《中国文学通论》，本田成之的《中国经学史》，以及上文中提及的萩原朔太郎的《诗底原理》这几部较为系统的日本学者关于中国古典文学和基础文艺理论的著述①，还参考日本作家多惠文雄编的《世界二百文豪》编著了《世界文学家列传》②。尽管看似是教育理想在学术工作中的自然延伸，但其根本动因在逐渐发生变化。

留日时期翻译铃木虎雄的《中国古代文艺论史》时，孙俍工说明了他的意图，他"并不是如现在的时流所唱的保存国粹整理国故"，而是反驳这种"'古已有之'的就是好的""对的"的泥古思潮。他认为之所以整理国故的口号显得"空洞"，是因为没有"切切实实去研究"。倘若切实研究，便会得到"不过如此"的看法。他认为"日本与中国，因为文字相同的缘故，所以日本对于中国虽然在近代有许多误解的地方，但对于中国古代底崇拜我敢说日本人绝不后于中国人自己。但是崇拜是崇拜，批评是批评"，"日本人绝不似中国人那样拘束，那样用感情"，翻译这部著作，"对于现代的热心整理国故的人们，多少该有点贡献吧！"他说"口口声声高唱着整理国故保存国粹的口号，但数年的时间过去了，成绩究在什么地方呢？怕只有惭愧可告人吧"，"现在这种工作却要借力于别家人，这哪能不使我临笔而增加了无限的惭愧呢"。这一著作翻译于东京留学时期，在目睹日本学界诸多"对于中国文学研究的著作"，深感"整理国故"口号下的"盲目的崇拜古人"而"头脑空洞"，比喻国人在面对古典文化时犹如荒废先人留下的土地，任让他人耕耨，使他感到"惭愧"。③从晚清到民国，"整理国故"中暗藏的在差异性文化中如何确立自身文化的主体性并参与世界文化潮流的讨论层出不穷，"泥古、疑古、释古的分野，是不同知识分子在文化转型期对待国故的自然选择"④，不同的文化策略和学术方法层出不穷，在这一背景下，孙俍工选择面向古典文化的方式来翻译日本学术著作，借此表达对"整理国故"问题的认知。

---

① ［日］铃木虎雄：《中国古代文艺论史》，孙俍工译，上海：北新书局，1928 年；［日］盐谷温：《中国文学概论讲话》，开明书店，1929 年；［日］田中湖月：《文艺鉴赏论》，中华书局，1930 年；［日］萩原朔太郎：《诗底原理》，中华书局，1933 年；［日］本田成之：《中国经学史》，中华书局，1935 年；［日］儿岛献吉郎：《中国文学通论》，商务印书馆，1935 年。

② 孙俍工编：《世界文学家列传》，上海：中华书局，1926 年。

③ ［日］铃木虎雄：《中国古代文艺论史》（《支那诗论史》），孙俍工译，上海：北新书局，1928 年，第 2—5 页。

④ 秦弓：《"整理国故"的历史意义及其当代启示》，《文学评论》2001 年 06 期。

在翻译盐谷温的《中国文学概论讲话》时①，孙俍工又提及前文中打的"耕耨"的比方和"羞愧"的心理。② 他选择翻译田中湖月的《文艺鉴赏论》、萩原朔太郎的《诗底原理》，儿岛献吉郎的《中国文学通论》，也都能体现这一特征。他在翻译《文艺鉴赏论》时特地说到，这部书"系统自然详明，方法亦甚切实，关于鉴赏底过程与应注意之点，说得非常精细周到，在文艺萌芽如雨后春笋的中国现代底文艺界"这一类书当然会"被需要"。③ 认定这部著作将会"被需要"，当然是出于对这一类"知识"价值的肯定。他所谓的需要，是平实的"被需要"，用以"鉴赏"文学，而并未说明其他的目的，主要还是强调其在文学范畴内的作用，这是他注重文学"知识性"的一个重要表征，也是其教育理想的延续。

这里谈到的"惭愧""羞愧"，以及翻译过程中对"整理国故"等观念的观照，就本质而言，还是渴望通过译介日本学术给中国现代文艺与学术以借镜的文化资源的层面，还是学术性的工作。侵略战争的爆发带来的心态上的变化，则让孙俍工逐步突破了教育层面的文化主张，战争的消息不仅改变了孙俍工夫妇的学习计划、生活计划、工作计划，还打破了孙俍工不断深耕的"日本"资源的正义性，迫使他重新操持创作的那支笔以剧本创作调整心态，将文学创作与学术工作上升到了一种关涉"民族"前途的立场上来。

---

① 这部书的出版发行，关系到一桩文坛公案。即鲁迅的《中国小说史略》是否涉嫌抄袭盐谷温的《中国文学概论讲话》。有学者认为"当年与《语丝》派交恶的陈源教授仅凭道听途说而对鲁迅的诬陷，早在 1927 年 6 月君左译出盐谷《支那文学概论讲话》中的小说部分并刊载于《小说月报》第 17 卷号外'中国文学研究'中以及孙俍工的全译本于 1929 年出版之后，已经不攻自破。"（赵京华：《鲁迅与盐谷温——兼及国民文学时代的中国文学史编撰体制之创建》，《鲁迅研究月刊》2014 年第 2 期。）孙俍工此时的翻译，已引起了作者盐谷温本人的关注。这部译著中的"内田新序"提到"顷者孙俍工君译述此书，求序于余，余受而读之。以周密的用意逐语翻译，虽片言只字亦不忽略，行文亦颇平易而舒畅。"（［日］盐谷温：《中国文学概论讲话·内田新序》，孙俍工译，开明书店，1929 年，第 8 页。）内田泉之助是盐谷温的学生，他通读全书后，给出了比较高的评价，盐谷温也曾在他翻译过程中"指正过"（译者自序）。

② ［日］盐谷温：《中国文学概论讲话·译者自序》，孙俍工译，上海：开明书店，1929 年，第 11 页。

③ ［日］田中湖月：《文艺鉴赏论》，孙俍工译，"序言"，第 1 页。

孙俍工的诗歌教育活动，是站在"学以致用"，提供理论武器的角度上的，① 在《诗底原理》中，他通过译介萩原朔太郎，说明了诗的"形式与内容""主观与客观"的关系，并强调"这种评论的方法系统底特别"。他提到，书中"资产阶级底论调""似有不合时代思潮之处"，并"挑选式"引述了萩原朔太郎的原文借此阐明自己的观点："民众所悦的是诗的精神""民众所读的必定常是有诗的精神的文学""所谓普罗列塔利亚文艺运动，虽是稚态与笨劣，然在本质上正导日本底文坛，有一种纯洁的 Humanity"，他认为，"这书中实含有一种前进的，建设的，创造的精神哩！"② 这就是孙俍工认为的这部书中应该取其所长的部分，③ 并在文艺的"主客观"问题上找到了与萩原朔太郎共同的理论基点④。但这部书背后洋溢的是译者和著者各自生活的环境中共同的那热烈的普罗文学关于"文艺大众化"潮流的空气，就孙俍工而言，将这部早已分章节发表的译稿整理出版，同样投射了他个人解决社会问题的目的。所以上文所述的作者名字的误译，是并不重要的，因为这部书的译出，是非诗歌意义的，核心的关键词是借对"民众"与"普罗列塔文艺"的推崇表达一种积极昂扬的文化姿态。然而并不能因为孙俍工借用了"民众""普罗列塔""资产阶级论调"等语汇介入现实，就轻易妄断其文化、党派的立场，因为他也在不断调试自己的状态，从新文化"启蒙"思想主导的文学教育者转向国家危难之际的"救亡"知识分子。

在受聘入南京国立编译馆人文组做专职编辑后，孙俍工携其弟孙怒潮编撰了一系列选集，包括《中华诗选》（版权信息不详）、《中华词选》（中华书局1933 年出版）、《中华戏曲选》（版权信息不详）、《中华学术思想文选》（中华书局1933 年出版），冠以"中华"名号，选择古典名篇，亦可视作是转向的标志。如果说，孙俍工介入新诗教育工作，本身就是他启蒙工作的一部分，那么同样可以理解，他的转向意味着由"启蒙"向"救亡"的转变。这一转变本身蕴含着历史的与个人的复杂因素。

---

① 正如有论者提出："二十世纪30 年代的'文学大众化'运动，使得更多的人，特别是年轻人开始关心文艺理论问题了。激烈的文学论争，需要新的理论武器，进一步强化了对新文学理论、对普及性、通俗性的理论著作的期待和需要。"王向远：《中国现代文艺理论和日本文艺理论》，《北京师范大学学报（社会科学版）》1998 年第 4 期。

② ［日］萩原朔太郎：《诗底原理》，孙俍工译，"译者序"，第 1—3 页。

③ 同上。

④ 孙俍工在《文艺在中等教育中的位置与道尔顿制》中以图表的形式表达过对诗歌主客观问题的观点。

更典型的标志就是受聘的孙俍工重拾文艺创作，供稿《前途》杂志，他发表了《告 J 国底小朋友》（《前途》，1934 年第 2 卷 1、2、3 期），借中国小朋友之口，告诉日本小朋友侵略的实质，驳斥了《告日本国民书》的谎言。他还写了多部剧本（包括《索夫团》《索夫团续》《暗杀》《审判》《复仇》），突出展现了日本对中国和韩国的侵略战争与殖民统治，褒扬大韩民国流亡政府的"暗杀"行动，突出强调日本侵略的罪恶，体现其家国情怀。他选择重拾文艺创作，仍然是教育者口吻，写给所谓的"小朋友"。

诚如在 1931 年初，他在演讲中还颇为抽象、艺术性地描述文艺的目的，"文艺的目的，总括起来是生的向上力，这力是生之创造，这生之创造便是文艺的最高目的。生之创造是灵的觉醒"①。到了 1933 年他在《前途》上发表《中国文艺底前途》一文时，认为"中国文艺底前途"在于"题材不违背时代背景，社会思想""作者是革命家，工人，实行者，或奋斗者"，"读者是以全民众为对象"，"无论是普罗文艺，是民族主义的文艺，抑是两者之外的任何主义任何派，我敢说这种文艺在文艺史上必定要留下永久的荣耀的光辉的"②。从重视文学教育活动，期望通过著译来传播知识、培养人格，到重视学术译介以交流与借鉴，参与学术研究之中，再到因为战争生发出"救亡"的思想，呼吁文艺救国，从关注个体到关注国家，从传播知识到传播观念，从教育理想的动摇与幻灭，到重塑自己的事业方向，这既是孙俍工的人生转折，亦是思想观念的转向。

孙俍工在《前途》上发表的《中国文艺底前途》所表现的文艺观招致了有敌意的攻击，署名"使君"的作者在《红叶》杂志上发表了一篇《孙俍工的〈中国文艺的前途〉》的文章，以马克思的"阶级斗争"学说驳斥孙俍工的观点，痛陈其为"统治阶级服务"，咒骂他是"好一只忠实而无耻的走狗！"③在这里，文艺观显然不是孙俍工招致谩骂的唯一原因。连续发文刊载于由力行社主导的《前途》杂志，就免不了招来攻击。《前途》杂志是力行社宣传法西斯主义的"最为重要出版物之一"④，孙俍工于 1933 年到 1937 年在这上面发表了多篇创作与文论。除了上述文章，还有《民族文艺论——从民族主义的实

①　孙俍工讲，巴谛笔记，《文艺的目的》，《珠江期刊》1931 年第 1 期，第 40 页。

②　孙俍工：《中国文艺底前途》，《前途》1933 年第 1 卷第 1 期，第 1—6 页。

③　使君：《孙俍工的〈中国文艺的前途〉》，《红叶》1933 年第 120 期，第 5 页。

④　徐有威：《从〈前途〉杂志看德国法西斯主义在战前中国之影响》，《近代中国》第九辑，上海中山学社主办，上海社会科学院出版社，1999 年。

质来考察民族文艺》《民族文艺底题材》《中国民族文艺史观》(《前途》,1937 年第 5 卷第 3、4、6、7 期),这几篇文章,均站在国家主义立场鼓吹民族文艺观。

没有材料能确证孙俍工为力行社成员,但他在《前途》杂志上刊载文章的行为,也基本说明了他的文学立场,即国家主义的文学立场。还能佐证的是,上文所提的"中华"诗、词、戏曲、文选。在 1933 年编辑《中华学术思想文选》(中华书局 1933 年,孙怒潮、孙俍工编)时,他就选编了一套以孔子、墨子、庄子、公孙龙等为主体的古典文化经典以迎合"尊孔读经"及背后的"新生活运动"。在他编辑的《复兴高级中学国文课本》(商务印书馆 1935 年,何炳松、孙俍工编)中,更是将古典文学作为核心,在这套书的"编辑例言"中,孙俍工第一条就谈道:"本书遵照民国二一年教育部颁行高级中学国文课程标准编辑"。在翻译完《中国文学通论》后,孙俍工还编辑了一部《抗战时期中学国文选》(上下册、成都诚达印书馆,1938 年),在极端的战时情境中,以国文选编的形式宣传抗战。新文学、新诗的教育工作者,由此彻底转向以教育工作救亡图存为主要目的。作为曾在《论说文作法讲义》中附上了练习题呼吁青年思考"提倡孔教底我见"的教科书编撰者、作为文学研究会的成员,《海的渴慕者》的作者,"绝对的自由"的追求者的孙俍工不同时期在教材编选上选文的差异背后的复杂因素值得思考。教科书选文的变化,则可以从文学立场、政治立场变化的角度来观照。

我们可以通过茅盾在 1935 年编选《中国新文学大系》时评价孙俍工的语言看看他人生选择背后的某种性格层面的原因。茅盾认为,"虽然他缺乏透视的目光和全般地对于人生的理解,他对于人生的态度是严肃的,他有倔强的专注一面的个性。所以他不久就完全跳过了'敢问何故'这一阶段,他就直接痛快地选取了他认为合理的'我们应该怎样做'"。茅盾分析他的《海的渴慕者》时认为,孙俍工塑造的主人公"大体上还没有走到'虚无主义'而是一个'安那其'","这一种'安那其思想'的痕迹,在孙俍工后期的作品里又渐渐淡了起来","他渐渐从'一切都要不得'变到'人道主义'了","他对于当前的社会变动也不深求其光明面与黑暗面的所以然,而'为人类的前途忧虑着战栗着'了"[1]。茅盾分析的孙俍工的小说创作,事实上也点出了孙俍工的人生选择的原因。在《海的渴慕者》这部小说集的序言里,夏丏尊称孙俍工为

---

[1] 茅盾:《中国新文学大系·小说一集导言》,《茅盾全集》第 20 卷,北京:人民文学出版社,1990 年,第 451—493 页。

"一个人道主义的作家"①，这是基于私交的对孙俍工人格的基本描绘，他是个行动派，他大量的教科书编撰、讲义编写、译介日本文学研究著作，无一不凸显着他渴望积极参与改造社会的行动派本色。这种变化一方面为他积极从事专业性的学术工作奠定了基础，如茅盾所说"我们应该怎样做"始终萦绕他的心头。另一方面，"不深求其光明面与黑暗面的所以然"的不去过多追问，甚至可以轻易转变曾经向往和追求的理想，轻易颠覆价值观，一门心思去"做"。

20世纪30年代中期以后，他的文学活动中即洋溢着反抗侵略、救亡图存的思路，也凸显了"国家主义"带来的负面性后果。他个人的选择也表达了这一点，抗战爆发后受聘成都中央军校，任政治主任教官，1940年于重庆被聘为监察院参事，这段时间，他主要研究的是"总裁的革命哲学"②和从事《抗日史料丛书》（未出）的编撰，四处鼓吹"总裁哲学"，这使得他的四十年代文学活动较之二三十年代，看起来略显苍白。这一转向也伴随着他文学活动的变化。

比如《中国经学史》与《中国文学通论》这两部著作的译介就体现了某种"限度"。首先，这两部著作的译介是有相当大的贡献的，尤其是《中国文学通论》，翻译的是日本著名汉学家儿岛献吉郎的《支那文学考——散文考》《支那文学考——韵文考》《支那文学杂考》（选其八篇），儿岛献吉郎是影响中日学界的中国文学研究者，鲁迅编写《汉文学史纲要》时也参考了他的著作，儿岛献吉郎可以看作中国文学史编撰体例的开创者。然而当我们详细考察孙俍工翻译这两部书的背景时，可以发现孙俍工给出的翻译理由很令人费解。在翻译儿岛献吉郎的宏论时，孙俍工给出的理由是借翻译此书"使中国文学""得到一番大大的整理"③，翻译《中国经学史》时，提出"中国从来就是以所谓尊经尊孔的文教立国，但对于孔子却从来就不完全认识"，"此书（指《中国经学史》——笔者）论断，大体取科学的态度"，"故此书值得介绍"，在翻译过程中看到商务印书馆打出广告，江侠庵译本要出，"深悔不该重译"，尽管他深信自己"所引中国经学家言论均参考原著"而更有价值，但这里的

---

① 俍工：《海的渴慕者·夏丏尊序》，上海：民智书局，1924年，第2页。

② 孙俍工：《总裁的革命哲学》，《军事与政治》1942年3卷3期、4卷3期，另载《第十六期学生毕业纪念特刊》1943年1月；孙俍工：《总裁哲学思想的渊源》，《青年建设》1946年第5—6期；孙俍工：《专载：总裁哲学思想的渊源》，《工兵杂志》1948年第1期等。

③ ［日］儿岛献吉郎：《中国文学通论》（上卷），孙俍工译，上海：商务印书馆，1935年，第2页。

"深悔不该重译"无疑显得有些太过轻率①。这部 1934 年翻译的著作，默契了同年国民党政府掀起的尊孔运动，这也与 1934 年"新生活运动"背后渗透的文化专制主义相应和。同年 7 月，国民政府规定每年 8 月 27 日孔子诞辰日为国家纪念日，通令全国各机关、学校、遵照规定举行纪念。当然，上文提到了《前途》杂志的相关背景，或许也可以参照说明孙俍工此种文化倾向更复杂的原因，囿于材料，这里不去揣测，至少我们可以得出这样一个结论：孙俍工是有意识地、自主地嵌入了蒋介石政府的文化战略之中，这或许体现了国家主义思想框架的某种机制性的局限。这里，同样著述译颇丰的鲁迅，或能提供更丰富的反思性资源。

时至今日，著述译颇丰、也极有特点的孙俍工，不太被人关注与研究，有的文章，着力于描述他与同乡、同事毛泽东之间的"亲密关系"，他们之间甚至被描述成师生关系（《毛泽东与他的老师孙俍工》，胡光曙著，载《湖南文史》2003 年 11 期），借此说明毛泽东的"尊师重教"，也有人曾描述过 1945 年孙俍工作《沁园春》与主席唱和的"和谐场景"。这些当然有很大臆想的成分。木山英雄分析过《沁园春·雪》的流传过程②，这里不赘述。孙俍工作的"和诗"内容如下：

> 大好河山，昨方雨歇，今又风飘。痛鲸波汹涌，雷奔电掣，狼烟飞起，石烂山焦。血战八年，尸填巨野，百代奇仇一旦销。应记取，我炎黄神胄，原是天骄。
>
> 男儿报国方遥，且莫把孤忠雪样消。看楼兰不斩，无远弗介。胡炎又炽，正赖班超。满目疮痍，遍地荆棘，国本何能再动摇。君且住，早回头是岸，勿待明朝。③

这首词易懂，孙俍工的基本立场在下阕中，不再赘述。孙俍工于 1944 年被国民党中央监察院解职，据《隆回县志》记载，是因为其编《抗日史料丛书》的"著述中充满爱国主义精神"④ "被解职"，由于没有见到相关材料，

---

① ［日］本田成之：《中国经学史》，孙俍工译，第 1—2 页。

② 木山英雄：《〈沁园春·雪〉的故事——诗之毛泽东现象》，赵京华译，《中国现代文学研究丛刊》2003 年第 4 期。

③ 孙俍工：《沁园春》，《新中国月刊》1945 年第 8 期，第 60 页，又孙俍工：《沁园春·和毛泽东韵》，重庆《周播》1946 年第 9 期。

④ 《隆回县志》，北京：中国城市出版社，1994 年，第 630 页。

具体原因不得而知。《隆回县志》还提到孙俍工在 1950 年冬投入湖南土改，写有散文《我的热血在不断地流》，在 1956 年被评为中国科学院语言研究所研究员，编《毛泽东语言辞典》。还写有《岳麓诗草》百余首，五四运动叙事长诗《黎明前奏曲》，但未能出版。可见，他终生躬行的教育事业不断变化，这也是 20 世纪知识分子在多重挤压的历史洪流面前的脆弱与无奈。

孙俍工从事新文学及新诗的教育工作，只是他文学生涯的一个组成部分，20 世纪前半段大多数从事新诗教育的中国知识分子也几乎都有多重身份，在这多重身份的交织之中，在具体的社会生活的挤压之下，他们所做出的文化判断、文学决定和秉承的文学理念、文化观念的抉择，都由于具体的历史情境而变化，孙俍工这一教材编撰者、文学创作者给予我们的启示是：20 世纪上半叶的文学教育并不是精致缜密、自成一体的固定形态，其中存在着诸多转向，这与从教者个人经验的不断发展相关。通过考察孙俍工的文学生涯，或许可以对 20 世纪新诗从教者的生存境遇和思想情态，多几分更丰富的想象和更真切的同情。

第二节　现实经验中的自我教育：东北抗战时期的学生诗歌

美国地理学家葛勒斯曾经这样描述中国东北地区，"东北是一个使人目眩心醉的处所"①。诚然，山河壮美、水土沃腴、矿藏丰富的东北的确令人着迷，可对于 20 世纪上半叶的中国而言，"东北"这一地域名词，却包含着屈辱和悲怆为基调的复杂民族情感。随着民国以后的政治生态、局面和历史问题的累积，20 世纪的东北发生了深刻的政治、经济、文化的变化。正是因为她迷人的自然环境，侵略者的铁蹄才屡屡踏上这片土地。尽管从古至今这片土地上都上演着民族间与国家间的融合与分化、对抗与博弈。尽管近代以来，北方的俄国和东边的日本始终围绕这片土地展开争斗，也都没有"九一八"以后，被奴役与侵略的苦难来得深重。这些悲怆的历史，深刻地影响了东北文学的发展。在这其中，学生群体因"九一八"，改变了生活和学习的轨迹，更新了文学创作的习惯，成了具体历史条件下产生新的诗歌方式的实践者。

20 世纪以来，新文学的发展如星火燎原，随着知识精英的启蒙意识的觉

---

① 参见吴希庸：《近代东北移民史略》，《东北集刊》1940 年第 10 期。

醒，青年学生的自觉参与和大众传媒的逐步发达，催生出了"新"的文化形态，东北文学发展也浸润其中，然而地方性的历史轨辙，又催生出文学表达内容、形式和思想倾向独特的文化个性。尤其是"九一八"事变这个沉重的时间坐标，不仅是地域性灾祸的开始，也是整个民族国家剧烈动荡的开始。相比1937 年卢沟桥事变这个全民族抗战的历史和文学的坐标，东北的诗歌，因为"九一八"事变，催生出令人瞩目的抗日诗歌书写。

东北现代文学的形态因"九一八"事变而变革。打开任意一本冠以"东北现代文学史"的著作，我们都会看到这个事件之于东北新文学发展的巨大意义。甚至可以说，东北现代文学的坐标中，"九一八"事变是特殊的历史拐点。从总体上看，自五四新文化运动以后，文学形式与精神的革新，随着大众传媒的勃兴和现代教育的发展得以推广，各地区自身的文化发展也自觉新变，新文化运动思潮随着书刊与人员的流动而流动。在 20 世纪 20 年代，东北地区的报纸上已经开始刊登鲁迅、郭沫若、胡适等人的作品。不仅新文化运动的思潮翻山越岭来到东北地区，受五四新文化运动滋养、切身体验"五四"的东北知识分子，也带着新文学归乡，成立文学社团，办文学刊物。

诗歌是精神生活最为凝练的写照，是最简洁也是最可供读解分析的文艺形态，新文化运动以来东北的诗歌发展变迁，是观察文艺思潮在不同阶段、不同地域和不同历史处境中变化的最细致的窗口。从 1919 年开始，包括《盛京时报》在内的多份刊物开始刊载新诗，据统计，1919 年到 1931 年之间，"东北报刊上发表的新诗不下七千首"①，这些新诗既与五四新文化运动思潮相应和，又呈现出独特的地方文化和地缘政治色彩。如创办于 1906 年的《盛京时报》及其文艺副刊《神皋杂俎》，一度以刊载传统诗词为主，在 1920 年 1 月 1 日，也随着新文化运动声势的不断壮大，刊载了胡适的《归家》和罗家伦的《雪》，并归于新诗一类，一年后的元旦，还刊载了叶楚伧新诗《偶像》。1921年 3 月 6 日，《盛京时报》开设"新诗"专栏，将郭沫若、刘大白、周作人、闻一多、胡适、汪静之、邵洵美等多位著名新诗人，介绍给该报读者。尽管在该报上，旧体诗词曲创作仍旧是主流，但随着新文化运动的推进，其推介的诗歌艺术形态呈现出明显的多元化。《盛京时报》及其副刊中，当然也包含了新旧体形式与内容孰优孰劣的许多深入而细致的讨论，这一情形，是 20 年代初具有普遍性的诗歌生态。当然，东北各地，也因不同的新文化倡导者和同人团体的活跃程度而呈现出各自独立的特征，穆木天为中心的在吉林成立的白杨社

---

① 黄万华：《黑土地上最初的诗潮》，《求是学刊》1998 年第 5 期。

围绕的杂志《白杨》和奉天的《启明旬刊》就都为新文化的引入做出各自的贡献。从内容上看，既包含个性解放的觉醒呼号，还有表现劳工苦难的沉郁呐喊，更有满含国耻家恨的慷慨悲歌。由于东北独特的地缘政治因素，连绵的战火早已催生出诗人们的愤怒，东北的战争题材诗歌比重，要远高于同时期的其他地区。这是较为显著的特点。这一特点，随着"九一八"的到来，表现得越发突出。

五四新文化运动催生了东北的新诗潮，"九一八"事变则彻底改变了东北的文学书写。拿东北作家穆木天为例，他活跃于文学社团和教育行业，从伊春到北京，从天津到上海，从昆明到异域，他的诗歌呈现出五四时期的青春的活泼和技巧的炫丽，"故乡"在他的诗歌里，始终是既满含温情的歌颂，又怒其不争的批判的"物象"，在这一阶段，"故乡"既是他满怀深情的往昔记忆，又是直面批判的文化传统。然而"九一八"以后，他从"贵族的浪漫诗人，世纪末的象征诗人"[1] 形象中跳脱出来，"故乡"直接怒吼而出，成了被侵略与霸占的那一方难以割舍的土地，以及那片土地上流离失所，或被侮辱与损害的无告的乡民。在《流亡者之歌》和《新的旅途》以及这一时期其他的诗歌中，一大半提到了东北与故乡，"东北！东北！伟大的名字！伟大的名字！/满目的农田啊！你永远萦回在我的记忆。/那些崇高的山岭！那些庞大的森林！/那一片黝黑的煤田！……可是，现在呀，你成了一块血染的大地！"（《守堤者》）这就是具有代表性的情感表达。故土是血淋淋的现实，是沦陷中的哀鸣，是苦难中国的表征。过去的朦胧微妙的诗歌艺术尝试，被地方性格中粗犷、豪迈的那一面给替代，这既是艺术的转轨，更是人生的调向，在这里，东北人民切实的生存境遇深刻地影响了艺术的转变。

穆木天"九一八"前后的诗歌写作，是东北现代新诗乃至现代文学极具代表性的典型案例。"九一八"前的技巧琢磨、文辞经营，被"九一八"以后的创伤体验、情感宣泄替代，使我们感受到了"战争"这个绞肉机的残酷和无情。诚如蒲风的分析："很显明的，'九一八'以后，一切都趋于尖锐化，再不容你伤春悲秋或作童年的回忆了。要香艳，要格律，……显然是自寻死路。现今唯一的道路是'写实'，把大时代及他的动向活生生地反映出来。"[2] 1937年蒲风在《诗人印象记——穆木天》中高度肯定了穆木天抗日救亡诗歌的重要

---

① 参看穆木天：《我与文学》，载《穆木天诗文集》，蔡清富、穆立立编，长春：时代文艺出版社，1985 年，第 241—242 页。

② 蒲风：《五四到现在的中国诗坛鸟瞰》，《诗歌季刊》第 1—2 期，1934—1935 年。

意义，穆木天的个人文学生涯可以视为东北抗日诗歌创作者的缩影。1931 年穆木天来到上海，与任钧、杨骚、蒲风等人发起"中国诗歌会"，出版了诗歌会刊《新诗歌》，同年家乡沦陷。30 年代中期，他在《新诗歌》《文学》《现代》等刊物上发表了大量反帝爱国诗歌，抗战爆发后，赴武汉任中华全国文艺界抗敌协会理事，主编《时调》《五月》等刊物。1938 年因武汉失守，穆木天又携全家转移至昆明，组织领导云南的抗战文艺工作。不仅在诗歌中反抗侵略，他的文艺生涯，始终没有走出"九一八"这一时间坐标带给他的极大改变。他由文艺青年，成长为一个民族诗人，完全不是诗歌艺术的尝试，而是生活现实的剧变。诗歌创作稍晚于穆木天的塞克，也历经了这样一个阶段，"九一八"之前他的生活已然颠沛流离，但诗歌创作中，仍旧有一种青春的质感，他追求小诗创作，把现实生活的漂泊和悲苦凝结成了优美的语言，幻象人生如"待蛹蛾想变彩蝶时，茧壳自然会咬破的"（《零滴》第 26 首），然而"九一八"之后，他的创作风格转换，符合了穆木天所谓的"真正的伟大的诗人，必须是全民族的代言人，必须是全民族的感情代达者。诗人，须是传达全民族的感情的一个洪亮的喇叭"① 这一观念，他的诗歌，不再如"零滴"一般灵动，闪耀着青春的光芒，而是感慨"流民三千万"，控诉"谁敢夺我一寸土地"，歌颂"抗敌先锋队"，时而悲凉地低吟"满洲囚徒进行曲"，时而豪迈地唱出"救国军歌"。

谈到中国新诗的"战争"体验，我们往往把注意力集中在 1937 年以后的中国新诗发展历程当中，八年抗战中，一大批诗人用各种诗歌形态，记录着苦难中的中国人。有学者提出"或许没有任何一种事变能像一场裹挟了全民族长达八年之久的战争这样给文学的历史进程带来如此深刻的影响。史无前例的战争岁月在彻底改变了民族生存命运的同时也不可避免地改变了诗人认知和表现世界的思维和艺术方式，并进而在诗歌发展的宏观格局上呈现出战争条件下所独具的某种'时段'特征"② ，但对于穆木天们而言，他们诗歌书写中的"战争"体验，早从 1931 年 9 月 18 日以后就开始了。

从晚清至民国，地域性的侵略和战争频发，这也使我们在文学表达中还暂时感受不到田间抗战时所谓的"在中国"的悲凉，地域性的局部战争还使文学表达暂时停留在局部利益争端的角度，揭示与批判其中的现实丑恶与人性幽

---

① 穆木天：《目前新诗运动的展开问题》，《穆木天诗文集》，蔡清富、穆立立编，第 356—242 页。

② 吴晓东：《抗战时期中国诗歌的历史流向》，《文学评论》1995 年第 5 期。

暗，尚没有上升到民族存亡的高度，所以"九一八"到"七七事变"这个阶段的东北诗人的诗歌创作相比整体性的中国诗坛，显得有些寂寞，除了寥寥几声回应，普遍来看，绝大多数业已成名的非东北诗人，基本对东北的沦陷没有倾注太多文学创作层面的关注。然而正是这些寂寞的诗歌，构成了中国现代新诗最早的反抗日本侵略的声音。正如抗战的全面爆发给了孤独的东北抗日联军和东北义勇军汇入全国抗战部队建制提供了契机和可能，抗日战争的全面爆发，也让"东北抗日诗歌"汇入了第二次世界大战中国战区战争诗歌的大潮中，成为其中的强音。

总的来看，"九一八"以后的东北作家大致可以归为两类，一类是流亡作家，一类是沦陷区作家。同样，"九一八"以后的东北抗日诗歌创作主体也可以大致归为两类，一类是流亡者的诗，一类是沦陷区的诗。东北抗日诗歌中"流亡者"的诗不仅有所特指，包含东北作家在内，还包括那些因为东北侵略以及之后的全面侵华战争，而回望东北、感同身受的诗人发出的声音。沦陷区的诗或许并未直面战争，但他们因受奴役、受压迫而发出的声音，同样是值得关注的。

东北流亡作家即是指中国现代文学史上的"东北作家群"，主要是由"九一八"事变后一批流亡到关内的东北文学青年和学生组成，他们逃离了被日寇侵占的家园，愤怒地控诉暴行，回望家乡。尽管都并不以诗歌创作为主，但他们往往借助诗歌的形式，抒发愤懑，表达不满，包括萧红、端木蕻良、萧军、穆木天、舒群、马加、罗烽在内的一大批东北流亡作家，都从事过抗日诗歌的书写。

这些多文体写作的作家创作诗歌，绝非文学创作的文体试验，而是饱含创伤体验的郁结之歌。这些流亡在外的失却了家乡的作家，时而悲愤于家乡的沦陷，时而自我激励，鼓舞自己。如以小说闻名的萧军，流亡中写下许多诗篇。他在《我家在满洲》中追忆了家乡的山川草木，怒斥家乡如今"住满了恶霸"，墙壁被凿穿成为"放枪的孔口"，这是直接而浓烈的怒吼；他在《星星剧团团歌》中，歌颂了"身躯渺小"，"光芒微弱"但微笑迎接黎明的"星星"，这是沉稳却执着的抒情。或流于情感的表露，或因具体的事件而创作，在不同的情境下，诗成了萧军的抒发渠道。东北沦陷之前的萧军，还曾执念于新旧体诗之争中，宣称旧体诗的种种优势。在大历史裹挟下，在个人生活颠沛中，表达"形式"的诱惑力逐渐和表达内容调和，选择新诗，汇入时代歌唱的洪流，跳出自我赋性的写作，进入现实人生的真切体验，或许是萧军选择新诗的原因。萧军一生，新旧体诗都有创作，这两种形式，有其特殊功能，在此不赘述。

东北沦陷后的诗歌抗争不仅召唤出了许多跨文体创作的诗人，还引发了诗坛的新风潮。一般意义上，我们将穆木天、杨骚、任钧（卢森堡）、蒲风（黄浦芳）等发起的中国诗歌会（1932 年）的强调"无产阶级观念"和诗歌"大众化"的倾向视作是对主流诗坛诗风的一次反拨，是中国诗歌会对当时诗坛上的现代主义诗歌"脱离现实、追求唯美、沉醉在风花雪月里的倾向展开的斗争"，但如果重新审视中国诗歌会的诗人群落特点，我们不难发现，这些典型的东北流亡诗人，是想通过诗歌形式的抗争，抒发他们对诗坛漠不关心东北沦陷的愤怒。更何况这些诗人在东北沦陷之前，所操持的诗歌形式就是他们后来反对的。他们所强调的，远超出诗歌艺术本身。我们往往以 1937 年抗击日本全面侵华的战争打响后主流诗坛的剧变来印证中国诗歌会的诗歌艺术追求上的先见，看来可能是不准确的，只有充分认识到流亡诗人身份的独异性才能体会在 30 年代初期他们艺术主张的准确内涵。东北抗日诗歌的发展实绩向我们昭示，地方性的独异体验往往以异质性的表达在文学创作中凸显，这种表达或许是超越文学性和政治性的，它熔铸了独特的个体生命体验，当我们以叙述策略将其整合进一套看似有艺术规律可循的历史叙述时，往往忽视了具体的历史境遇。

流亡诗人群落也曾深刻影响过现代新诗的发展，东北诗人高兰，通过他所提倡的朗诵诗，劝慰过"艺术至上"的诗人，他写道："我们要挣脱奴隶的索链，拿起另一支笔吧！／为真理正义而呐喊！／冲上民族解放的战线！"（《放下你那支笔》）朗诵诗在抗战时期的兴盛，正是由有着更为独特"战争体验"的东北流亡诗人开始的。

值得一提的是诗人罗烽，有论者认为，罗烽的诗"揭露了帝国主义、封建主义的黑暗统治，倾吐诗人心中的忧愤同时又表现了人民的抗争的觉醒，形象地展示了人类社会发展的客观规律，具有扣动心弦的力量"[1]，这既是诗人的个性，也可以看作东北流亡诗人的共性。1929 年加入中国共产党在沦陷区推行左翼文艺运动的傅乃琦（罗烽本名），在沦陷区中共地下党创办的《哈尔滨新报》副刊《新潮》上发表抗日救国的诗作，1935 年获释后才离开日军侵占中的东北，携妻子白朗南下上海加入"左联"，开始了流亡生涯，进关后用"罗烽"这一笔名，以诗歌的方式进行抗争。尽管流亡时期的抗日诗歌书写流

---

① 高擎洲：《为民族解放而呐喊——罗烽诗歌创作略论》，《社会科学辑刊》1982 年第 6 期。

传得更多，我们也不应遗忘，在茫茫暗夜的沦陷区中，仍有一批诗人以自由和生命的代价反抗黑暗的现实和侵略者的强权。

　　还有一部分东北作家没有流亡关内，他们扎根东北沦陷区，在无边的暗夜中写诗。他们中的多数，都尝试"利用曲折隐晦的笔触，暴露了东北沦陷区的社会黑暗，控诉了日本帝国主义的罪行，表达了对光明和新生的盼望"①。其中典型的诗人包括梁山丁、马加、田贲等。梁山丁的诗"真实地描写下层人民的苦难，深刻地揭露日伪的统治罪行""把阶级压迫和民族矛盾结合起来，突出民族矛盾的内容"②，马加的诗"思想凝重，自然朴实，传递着塞北关外的源远流长的风情习俗和北方人民历史生活的搏击之声，表达着中华民族的民族精神和气节"③，田贲则以其多样的创作和慷慨赴难的果决，为我们呈现了沦陷区诗人始终挺立的脊梁。

　　田贲1931年"九一八"事变后，回家乡海城读书，1934年毕业任教员，他不仅从事文艺创作，还组织学生阅读鲁迅，创办刊物，他们的"星火同人"，是沦陷区显要的爱国抵抗文艺团体。田贲于1944年被日本人逮捕，1945年出狱后身体每况愈下，1946年病逝。他的诗歌创作"集中地体现出他的卓越的才华和澎湃的感情，也充分表达了他作为一个革命者的人生观"④。值得关注的是，在田贲那里，新旧体诗的选用几乎是没有区别的。他既如此忧伤："我们是丰厚/然而这丰厚已为日皇所有/我们佝偻着腰在田地里工作/把大豆打成堆/把高粱垒成垛/……我们耕种、收获又永远饥寒交迫/携抱着妻儿泅泳在困厄的海洋"（《我们是丰厚》），又如此书愤："争将热血献灾黎/三十犹嫌入狱迟/"（旧体诗十五首）。既如此颂赞："我走到人民的面前/看人民的颜色/赭赤的脸刻满皱折/皱纹上又泛满笑的波浪/是勤劳诚朴的笑的波浪"（《人民是正直的》），又如此抒怀"壁上剑夜鸣，男儿有骏马，还我大自由，霹雳定天下。何日洗兵马，共看好地球，有饭大家吃，有福大家求。"（旧体诗十五首）在田贲这里，尽管体现了形式的多样，但本质看来，形式是最为弱化的，他追求的，始终是内容。

　　另外，还有诸多既用诗歌创作，也用身体抵抗侵略的诗人，这里不一一列

---

　　①　范庆超：《抗战时期东北作家研究（1931—1945）》，北京：中国社会科学出版社，2013年，第2页。

　　②　冯为群：《梁山丁和他的抗日文学创作》，《社会科学战线》1993年第6期。

　　③　参看白长青、林建法：《马加研究综述》，《当代作家评论》1997年第1期。

　　④　白长青：《百创情不已 忘死向前去——评田贲的诗歌创作》，《满族研究》2000年第2期。

举，有关论著很多，比如关沫南的《搏击暴风雨的海燕——杰出的革命文艺战士金剑啸》、高擎洲的《为民族解放而呐喊——罗烽诗歌创作略论》、冯为群的《梁山丁和他的抗日文学创作》等著作，都会带来许多启发。

除此以外，郭沫若、巴金、臧克家、胡风、邵冠华、王平陵等著名文人，也写诗表现东北人民抗击日寇的英勇与无畏，我们亦可视其为东北抗日诗歌的撰写者。值得注意的是，还有一大批未名的诗人，他们创作了大量新诗、旧体诗和歌谣，构成了蔚为大观的东北抗日诗歌书写谱系。

面对家国破碎、国土沦丧的现实，"九一八"以后的东北抗日诗歌主要有两大主题构成，分别是抗争和思乡。

有一类抗争诗歌值得关注，这就是以"义勇军"和"九一八"为表达对象的诗歌，这些诗歌无不颂赞了义勇军抗争的艰苦卓绝，体现了抗争之艰难，表达了抗战的决心。这一类创作，涵盖了诗歌、歌曲和民间文艺。以"九一八"为抒写对象的诗歌，也体现了抗争的精神。这些诗人将"九一八"看作是民族苦难的坐标，每一年的"九一八"，这一类诗歌便以纪念的形式出现，提醒人们勿忘国耻。"九一八"系列诗歌的创作者，并不都是东北作家，但他们都有感于战时之苦，民族之危，以诗的形式抒发自己的体验。这些作家并非东北籍贯，会否造成他们情感的隔阂呢？答案当然是否定的，仅举一例。有一首诗是梅痕作的《九一八六周纪念》在感喟"塞外的红叶依然是六年前一般的艳丽"中，提醒我们"用鲜血洗净民族的污痕"[①]，这首诗作于 1937 年 9 月，似乎是在全面侵华战争背景下追忆与诗人不相干的"九一八"，难道这位非东北籍的梅痕女士只不过在侵华战争的大历史中，猛然想到了"九一八"，于是生出了几句感喟吗？当然不，这位梅痕女士，尽管不是东北籍作家，但她的纪念诗歌，仍旧充满了独特的个人体验，仍旧是东北抗日诗歌谱系中值得关注的对象。这位梅痕女士，正是作家、翻译家、新文学教育家孙俍工先生的妻子，她曾因"九一八"放弃了旅日学习的机会，但也因此获得了另一种精神素质。

抗争的诗歌，因为对战争的想象——寄托于义勇军和对于历史转轨的思考——寄托于"九一八"而呈现出较为集中的风貌。另一类值得我们关注的诗歌，是流落关内的东北学子创作的流浪者的悲歌。1931 年"九一八"之后，沈阳沦陷，大批身无分文的东北学生流亡到北平。北平社会局拨款（每天两角钱），并发被子和衣物解决衣食住。不久成立的"东北民众抗日救国会"商请

① 梅痕：《九一八六周纪念》，《统一评论》1937 年第 4 卷第 12 期，第 14—15 页。

张学良在北京社会局于西单皮库胡同设立的难民收容所，成立东北学院。1931年10月18日，在张学良的鼎力支持下，东北学院正式成立。学院分为大学部和中学部，由张学良任董事长兼校长，王卓然为副董事长。后因大学部迁走，于1932年将东北学院更名为东北中学，全称"私立东北中学校"，首任校长王化一。学校设教务处、训育处、总务处，总务主任李孟兴，训育主任谭克实，教务主任魏日新。学生全部住校并免收一切费用。1934年5月9日，东北中学创办了校刊——《东北中学校刊》。校刊由东北校刊社编辑，社长金日宣。该刊物为旬刊，从1935年6月第25期起改为半月刊，至1935年11月停刊为止共出版了27期。在这份刊物上，思乡的学生，以"哀东北""思乡泪""思亲"等为题，书写了"漂泊者"的心声，同时以"英勇的战士""光荣的死""赴敌"等为题，抒发着自己渴望打回家乡去的心声。或许没有一所中学，在抗战期间培养的大部分毕业生都投入到了抗战的滚滚洪流之中。在每月的18日，东北中学的全体师生举行国耻纪念会，升旗、默哀，唱校歌并敲响警钟，还经常邀请东北名士如高崇民、阎宝航、卢广绩、苗可秀等来校，讲解东北抗日义勇军英勇杀敌的事迹，鼓舞士气。抗战全面爆发后，这所学校又流落四川，这些漂泊学子的哀歌，令人动容。

东北抗日诗歌，是独特历史时空中产生的文学形态，它为我们理解1931年以来的诗歌风格、内容的变迁，提供了参照；东北抗日诗歌，是我们理解20世纪上半叶苦难中国的门径之一，尽管它的技术并不高明，但为我们展示了诗歌的起点；东北抗日诗歌的书写，是中国现代新诗史上一次自发参与程度很高的文学创作高潮，它没有政治意识形态的外部命令，也没有文化意味上的先锋，它向我们展示的是一次民族精神的自觉。在这其中，学生的诗作超越出艺术辨析的范畴，成了青年的情绪流淌，他们或许并不因学院内外的文化氛围与教育机制而产生诗歌创作的冲动，另一种民族危亡的本能召唤了他们的诗歌冲动。他们或以诗歌的方式思念家乡："夜深了！/辗转反侧不能安眠，/三年未见的家园又现在目前。//什么天伦之乐？什么骨肉团圆？/唉！/都是流亡者的遗憾！/家音断绝了三年！情况无法推断！/何日相见？何日团圆？/泪湿枕边！"① 或以诗歌的方式展现仅能的抗争："在压迫枪杀下的东北青年同志们！/黑暗充满了我们的周围，/那虎狼般的日本帝国主义，/无时不在——/侮辱，骗弄，陷害，欺凌/给我们以有力的攻击。//东北青年同志们啊！/我们的血在沸腾，/我们的气在汹涌，/趁着那健壮而猛烈的勇气；/努力地向前冲

① 《思乡泪》，学生习作，署名"斌"，《东北中学校刊》1934年第11—12期。

去！/歼灭倭奴。//日本帝国主义的刀会钝的，/我们东北民众的头颅是不尽的；/任他如何地屠杀，/任他如何地宰割，/我们抗争到底/终能有胜利的一天哟！"①

相较于 30 年代诗坛已然发展起来的现代派诗歌，这些东北学生习作的诗歌创作水平诚然很低，大多是情绪宣泄，在抗日战争全面爆发后，学生作品的水平及其与诗坛的关联更加紧密，甚至出现了令人瞩目的校园诗歌文化。尽管东北学生抗日诗歌的水平有限，但我们仍旧可以从中感受到，"刺激"学生产生创作诗歌动机的，除了文化情态下诗作为艺术的动人性因素，还有普遍的社会氛围和历史条件。

第三节　超越时间的诗歌继承：胡风诗歌中的"鲁迅经验"

在回望过去百年历程的"过去的时代"时，我们感慨于 20 世纪成长起来的中国知识分子由"古典"走向"现代"的步履沉重与蹒跚，历史跌宕往复，政治上威权与民权的震荡，文化选择中新与旧的交错，文学主张层面个人性与社会性的挣扎，如泛滥着滚石与沙砾的河流，冲击着现实的堤坝，不断刷新我们的认知。某种宏大的不可逆转的力量催逼着知识分子在精神生活的层面对不同的文化资源进行整合，做出各自的文化抉择。本文探讨胡风的旧体诗创作，以说明这一种"别样"的文化抉择中精神资源择取的方向与其深刻的思想原因。

可以做一个统计以说明中华人民共和国建国伊始诗坛的大概情况：从 1949 年 10 月起到 1950 年 10 月整整一年内，公开发表的诗歌或公开出版的诗集的名称之中，含有"颂"字的有：1949 年 10 月郭沫若发表的诗歌《新华颂》》（《人民日报》）、1950 年 1 月 8 日冯至发表的诗歌《一九五零年颂》（《人民日报》）、1950 年 1 月胡风出版的长诗《欢乐颂——时间开始了！第一乐篇》和《光荣赞——时间开始了！第二乐篇》（海燕书店出版）、1950 年 3 月胡风出版长诗《安魂曲——时间开始了！第四乐篇》和《欢乐颂——时间开始了！第五乐篇》（天下图书公司）、1950 年 5 月鲁藜出版诗集《毛泽东颂》》（知识书店）、1950 年 10 月 1 日王亚平发表《第一只颂歌》（《大众诗歌》第 2 卷第 4

---

① 《冲过去》，学生习作，署名"白光磊"，《东北中学校刊》1934 年第 4 期。

期），另外，以"颂歌"的含义为题的诗或诗集还有：何其芳的诗《我们最伟大的节日》（1949 年 10 月 25 日《人民文学》）、严辰的诗《迎新曲》（1949 年 12 月 25 日）、沙鸥的诗《斯大林唱传》（1950 年 1 月 1 日《大众诗歌》）、吕剑的诗《祖国，亲爱的母亲》（1950 年 2 月《大众诗歌》）、沙鸥的诗《中苏互助同盟万岁》（1950 年 3 月 1 日《大众诗歌》）、沙鸥的诗《祖国赞》（1950 年 10 月 1 日《大众诗歌》）。"一个社会无论那内容怎样变化复杂，却可以决定出一个共同的简单的诗歌形式"①，这说明诗歌形式在一定程度上具有其自主性，仅通过上文对 1949 年后一年新诗的发表和出版情况的介绍就可以看到，如整体性看待这一时期的诗歌创作，颂歌是最为广泛采纳的形式。胡风也真诚地加入了高声颂赞的队伍，歌颂了崭新的"时间"的"开始"，但随即，由于众所周知的原因，在 1955 年，胡风政治受难，作为新诗诗人的胡风逐渐退隐，取而代之的是创作的大量旧体诗。

据胡风自己回忆，在 1955 年以后，他创作了《求真歌》（古风长短句 14 章）、《怀春曲》（二百二十余篇共三千首）、《红楼梦·人物悲剧情思大交响曲》（三十余首）、《采世巨灵狂想大交响曲》（12 曲）、《过冬草》（律诗、词约三百首）、《报春草》（律诗、词约一百首）等②。胡风、聂绀弩、彭燕郊、启功等写作了一大批旧体诗词与打油诗。作为在新诗的理论和创作方面都颇有独到见解的胡风，在政治受难期选择这种特殊的文体来进行抒怀，本身就是一个值得思考的问题。如同样"罹忧"的牛汉、绿原、曾卓、罗洛等诗人，在并不公开的写作环境下，依旧进行的是新诗写作。

从提倡"情绪"诗学那种相对自由的新诗创作到政治受难时风格的突变，诗学观念的"遽变"中又包含着怎样的思想变革呢？

胡风受时代精神的感召，写作了《时间开始了》系列，其中不仅热情洋溢地歌颂了崭新的时代和伟大的领袖，还有一些"别样的"抒情，在他的诗中，他写到了他的"战友"与"兄弟"，他们"在臭湿的牢房垂死过""在荒野的乡村冻饿过""和穷苦的农民一道喂过虱子""和勇敢的战友一道喝过血水"，他们的"希望"和"意志""活到了今天"。在这之中，彭燕郊看到，《时间开始了》"不是对革命简单的欢呼，而是一个与革命同命运的人在与革命推心置

---

① 林庚：《新诗格律与语言的诗化》，北京：经济日报出版社，2000 年，第 78 页。

② 胡风：《我的小传》，《胡风全集》第 7 卷，武汉：湖北人民出版社，1999 年，第 212—213 页。

腹地互诉衷肠"①。这使得他的歌颂获得了历史的长度和现实的痛感。如他自己所言，"经过风雨晦暗鲜血流淌的日子，新中国成立了，到了新的时间……要往前进，也要回顾，不要疏忽了现在的灿烂的时间，也不要遗漏了过去的苦难的时间"②，正是这种面向，使得胡风在政治罹忧的日子里，才选择了在大量的"思想汇报"和"交代材料"之外，组织一种文体，确证自己的思想。

值得注意的是，在政治受难之际，鲁迅资源的介入，才使得某种特殊的文体成为胡风精神世界赖以维系的力量所在。这是我们熟悉的旧体诗，从中我们可以看到，胡风如何通过形式的模拟，达到精神的沟通，从而对眼前遇到的困难进行超克。

胡风曾以鲁迅先生的《惯于长夜过春时》为原韵作了 24 首七律，收录于《怀春室杂诗》，他的《狱中诗草》收纳了自 1955 年起 25 年里创作的旧体诗。《一九五五年旧历除夕》③：

> 竟在囚房度岁时，奇冤如梦命如丝。
> 空中悉索听归鸟，眼里朦胧望圣旗。
> 昨友今仇何取证？倾家负党忍吟诗！
> 廿年点滴成灰烬，俯首无言见黑衣。

这首师法鲁迅的近体七言律诗，押平水韵上平声四支韵，首句入韵。颔联、颈联对仗工整。以这首诗为代表的这一系列组诗，表达了"囚房度岁"的胡风复杂的感情，"奇冤如梦"，"圣旗""朦胧"，诗人有种无法纾解的愤懑和无处皈依的情感，"昨友今仇"使得他感到"倾家负党"，背弃与忠贞在这里混合交融，这种绝望感不仅否定了自己的过去，还否定着自己的将来。这是"贯穿胡风牢狱生涯始终的最为基本的政治文化心态"④。

诗歌易读，但为何使用这种体例，写作这一系列的诗歌呢？我以为要追溯到胡风极为重要的精神资源，那就是鲁迅。在这组诗歌中，胡风借鉴的资源，

---

① 彭燕郊：《他心灵深处有一颗神圣的燧石——记胡风老师》，《我与胡风》（下），银川：宁夏人民出版社，1993 年，第 387 页。

② 胡风语，转自路翎：《一个共患难的友人与导师——我与胡风》，《我与胡风》（下），第 733—734 页。

③ 胡风：《胡风诗全编》，牛汉、绿原编，杭州：浙江文艺出版社，1992 年，第 323 页。

④ 何言宏：《胡风的牢狱写作及晚年心态》，《文艺争鸣》1999 年 06 期。

不仅是形式上的鲁迅，更是精神上的鲁迅。从一般性的意义上讲，这说明胡风对鲁迅资源的非常熟悉，这一首《惯于长夜过春时》成了牢狱中胡风常常吟咏的诗句。鲁迅的诗作于 1931 年，见《南腔北调集·为了忘却的记念》，为悼念"左联"五烈士而作。鲁迅自况："在一个深夜里，我站在客栈的院子中，周围是堆着的破烂的什物；人们都睡觉了，连我的女人和孩子。我沉重的感到我失掉了很好的朋友，中国失掉了很好的青年，我在悲愤中沉静下去了，然而积习却从沉静中抬起头来，凑成了这样的几句"。鲁迅在《为了忘却的记念》中痛感"这三十年中，却使我目睹许多青年的血，层层淤积起来"的往事与胡风内心对时局的判断构成了某种对应，在这些诗歌中，生命痛感体验的真诚性令人称道。在《一九五六年某日冬》中，胡风还直接化用了鲁迅的《题〈彷徨〉》："寂寞新文苑，平安旧战场。两间余一卒，荷戟独彷徨。"写到"不堪一错各分时，友谊伤残似断丝；狱室几间关闯将，文坛一片树降旗；东逢死叶西逢茨，拔掉鲜花葬掉诗，极目两间休荷戟，铁窗重锁失戎衣"。在 1955 年七月派几乎遭到毁灭性打击之际，这首诗歌充满悲愤，描述了这一情景，鲁迅尚能"荷戟彷徨"，胡风却丢盔卸甲。当然，胡风并未因此丧失斗志。

在这组诗歌中始终秉承着的"战斗精神"也弥漫着"鲁迅传统"，这是"人生的真相与艺术的赤诚形成的新的结合"[①]，他"耻举木枪充武士，愧抓泥印扮文官"（《记往事》之二），"荒淫大作防文佥，战斗深知赖党官"（《记往事》之十三）。在"浮云遮日"的意象背后，胡风以"射击"作为回应，尽管微弱，却也震慑心魄。

在胡风案中，"鲁迅"是一个缺席的被批判者[②]，许多人为了保留鲁迅的思想意义而区隔鲁迅与胡风，在这一情况下，胡风不断地走向鲁迅，更有了复杂而深刻的原因，一方面，鲁迅资源确切影响了胡风，另一方面，胡风也在用鲁迅来确证自我。在批判中，鲁迅却又成了胡风的"合谋"，胡风依旧选择鲁迅资源，是需要莫大勇气的，尽管"无情"的历史还是选择让鲁迅飘荡在旗帜上，把胡风扫入历史的垃圾堆。

作为特例的胡风、聂绀弩、邵燕祥等诗人在政治罹忧时坚持了旧体诗的创作，这作为一个显著的特例值得关注。邵燕祥称他的旧体诗创作为打油诗，他的创作中古体诗（传统诗歌分近体、古二体，二者以是否严格遵守平仄、粘对

---

① 李怡：《胡风与中国现代文学的"鲁迅传统"》，《南京师范大学文学院学报》2010年 04 期。

② 李新宇：《1955：胡风案中的鲁迅》，《文史哲》2009 年 01 期。

为标准，近体诗歌指律诗、绝句，成熟于唐初；古体诗歌指唐以前的诗歌，押韵，但平仄要求较宽，无粘对之说。粘，指下联的出句第二字与上联的对句第二字是同一韵式即声调相同，如"千里江陵一日还"与"两岸猿声啼不住"中的"里"和"岸"字都是上声，粘是为了诗句写长并能连环相扣。对，即出句与对句相对偶）和近体诗都占有一定的数量。如《送妻下放》①：

> 新缝粗布裳，换却学生装。
> 岁腊天方冷，辛勤手不僵。
> 锣鼓鸣阡陌，他乡认故乡。
> 小村名豆甸，草尽豆苗长。
> 垄亩知甘苦，炊烟问暖凉。
> 鸡鸣会始散，寻路看星光。
> 出门无反顾，锻炼热衷肠。
> 他日重执手，胼胝话短长。

该诗有陶渊明《饮酒》《归园田居》的味道。押平水韵下平声七阳韵，平仄依次是：平平平仄平，仄仄仄平平。仄仄平平仄，平平仄仄平。平仄平平仄，平平仄仄平。仄平平仄仄，仄仄仄平平。仄仄平平仄，平平仄仄平。平平平仄仄，平仄仄平平。平平平仄仄，仄仄仄平平。平仄平平仄，平平仄仄平。判断这首诗为古体诗理由有两点：一是无意为粘，"鼓"与"勤"不粘，"门"与"路"不粘；二是无意求对，通篇只有"垄亩知甘苦"与"炊烟问暖凉"工对。

之所以强调其中格律的因素，是为了说明其中不仅包含了形式上的古典，还包含了特殊历史情境下精神上师法古典的需求。这里借"魏晋风度"表达自己的态度，也表达了对时局的看法。站在这个角度，邵燕祥的诗歌不仅不是"打油诗"，更是在古典传统中找到了恰当的表达方式。

胡风亦是如此，虽然他一方面渴望和解。"倾家负党忍吟诗"以及《记往事》《记憾事》《记蠢事》中表现出自我的谴责，但另一方面，由于内心的惊惧，"归田园"的复杂心态也在他的诗中常常出现。已有学人论述"除却建基于现代自由人格的启蒙反抗精神和建基于传统儒家文化人格的政治认同意识之外，狱中的胡风也存有一定的退隐思想，它建基于传统道家文化之上，在胡风

---

① 邵燕祥：《邵燕祥诗抄·打油诗》，桂林：广西师范大学出版社，2005年，第1页。

的旧体诗词创作中也有多方面的流露”①。在1957年《拟出狱志感》中，胡风写到“远离禁苑休回首，学种番茄当写诗”，其中包含着隐逸的思想。尽管如此，这也是特殊时期具有策略性的自我精神安慰。1979年，胡风走出监狱，写给楼适夷的第一封信，便是关于文化建设问题的。楼适夷感慨道："这不依然是上书三十万言的胡风吗？二十五年的烈火焚烧，严冰冻结，好像孙行者关进老君炉一点也没有损伤了他精神上的毫毛。他一句话也不提自己，满腔满脑想的还是文艺建设的大事业。"②

　　胡风自己说过："1955年以后，二十多年离群独居，和社会完全隔绝，又无纸无笔，只好默默吟韵语以打发生活。因为只有韵语才能记住。"③ 这是他选择这类文体的重要原因，但更重要的是，这些精神资源，为胡风提供了巨大的精神动力。旧体诗与自由体诗一道，构成了更为多样的胡风创作的史诗。

　　在重获自由之后，胡风延续了他的旧体诗创作，发表了一系列诗歌，其中包括他偏重于描绘"国家"每个重要历史时刻的"进程"的《进行曲集》④，和一系列的"赞歌"，这一时期诗歌标注多为吟于50年代，写成于70年代末。其中不仅包含了"不平则鸣"的激昂，同时也有"坦腹谈文哲，科头读马恩"的"谦逊"。

　　总的看来，胡风的旧体诗包含的精神资源的选择，既包含了胡风诗学追求的独特面向，也体现了在特殊情境下的文化抉择，正是在残酷氛围中，胡风完成了诗学理论跨向真挚个人体验的路径，尽管这一路径显得有些悲凉和残忍。从"时间开始了"这一声呐喊，到反复琢磨鲁迅的诗句"惯于长夜过春时"，胡风的艺术思路伴随着人生状态不断调整，其古体诗歌中包含的多元的精神面向，也提醒我们，诗歌的丰富性正和人生体验的丰富性一道，激活了"传统"的能量，这里的传统同样也是多元的，它既有源远流长的古典传统，也有现代文学精神的自觉流传，也只有不断地继承传统、塑造新的传统，才能贡献这一文体独有的价值。由此我们可以生发出一个崭新的视角，在中国现代诗人创作的旧体诗中，多种精神面向值得我们追问，尤其是现代文学精神与旧体诗创作之间的关系，这将会打开一片崭新的研究空间。

———————————

① 李遇春：《胡风旧体诗词创作的文化心理与风格传承》，《文学评论》2009年03期。
② 楼适夷：《记胡风》，《我与胡风》（上），银川：宁夏人民出版社，1993年，第3—4页。
③ 胡风：《怀春室诗文》，武汉：武汉出版社，2006年，第26页。
④ 最初发表于1982年《飞天》第8、11期。

从这个意义上来看，20 世纪的诗歌教育，并不囿于"民国"或"共和国"的历史分期，也不限于年代的久远，同样，也不耽于形式的新旧、土洋，甚至，未必纠葛于课堂内外。我们通过孙俍工的职业生涯可以看到"志业"与"生存"对于从教者的影响，能体会诗歌教育作为人生的功能性存在的意义和价值，感受到其弥足珍贵；我们通过东北抗日学生诗歌可以体会到那些诗艺未必专精的写作者在家国沦丧境遇中近乎本能的呐喊，令人惊心动魄；我们通过胡风的创作可以看到，精神性的继承超越时空，作为精神资源的"导师"，为自己的学生，贡献的是从形式到精神的复合型诗歌文化资源。在这个角度来看，"新旧"与否，诗艺的高低，文化价值几何，都是其次，我们感受的是 20 世纪诗歌文化通过教育的种种形态，介入生命体验之中，呈现出的复杂谐振。

结　语

　　以历史的视野和方法进行文学研究是求"真"的基本需求，从历史语境中把握作家、作品和文化事件的发生与发展，追寻文学问题的产生、文学思潮的更迭和文学现象的纷繁，是将文学从概念的框架中解放出来，开拓更深广的言说空间，建构更行之有效的阐释逻辑框架的基本条件。从现阶段的研究来看，以把握生动的历史情态作为基本方法，突破既定研究框架为目标的中国现代文学研究已然硕果累累。新时期以来的新诗研究，相较中华人民共和国成立后的很长一段时间，最明显的差异就是对历史信息的选择尺度的变化和观察视角的调整相比而言有了较大幅度的调整，简单说，就是从"一体化"的历史与文学的阐释逻辑框架中挣脱而出，赓续了现代新诗发展以来的学术探索。

　　对待新诗发展历史的基本态度和价值尺度使 20 世纪 80 年代以来的中国现代新诗研究相较中华人民共和国成立后 30 年的相关著述而言，更具有学术的信度和效度。1949 年以后直至 20 世纪 70 年代末期，新诗研究与现代文学的其他研究一样，"比较单一和狭窄的理论框架和模式的束缚，特别是由于'左'的政治思想和文学思想的笼罩，许多诗人和思潮流派，长期被划入研究的禁区"，"在有些观念的开放性和论述的理论深度方面，比起 1949 年以前的一些思考来，甚至还表现了很大的倒退"①。这一时期关于新诗的基本认知是有明显的偏向性的，较有代表性的观点有臧克家的《"五四"以来新诗发展的一个轮廓》、邵荃麟的《门外谈诗》等。臧克家这样描述："新诗，在每一个历史时期，留下了自己或强或弱的声音，对于人民的革命事业做出了一定的贡献。从诞生的那一天开始，它就肩负着反帝反封建的历史任务，在阻碍重重的道路

---

　　① 孙玉石：《十五年来新诗研究的回顾与瞻望》，《中国现代文学研究丛刊》1995 年第 1 期。

上艰苦地努力地向前走着。它的生命史也就是它的斗争史。在前进的途中，它战胜了各种各样的颓废主义、形式主义，克服着小资产阶级的个人主义情调，一步比一步紧密地结合了历史现实和人民的革命斗争，扩大了自己的领域和影响"①。这种描述方式传递出的历史观念格式化且重构了新诗的历史，不仅体现了"社会现实与意识形态对诗歌的决定性取舍"②，而且以简化规约和刻意曲解的方式遮蔽了新诗发展的历史事实。邵荃麟强调了"两条道路的斗争"："'五四'以来的每个时期中，都有两种不同的诗风在互相斗争着，一种是属于人民大众的进步诗风，是主流；一种是属于资产阶级的反动诗风，是逆流"。这种区别和分辨的目的很明确，即为指导现实，确认文学方向、政治方向的正误，最终以强调"诗人深入群众，改造自己，以达到红与专的统一"③ 为其根本目的。

　　以粗疏的"主流""逆流"的描述方式将新诗发展的历史简化规约和刻意曲解，可以看作是 20 世纪 50 年代以来文学政治一体化的总体要求下的产物。新时期以来，以还原新诗历史基本风貌的研究为代表，对新中国成立以来的在既定框架内阐释新诗历史的倾向进行矫正的研究著述较多，重新对新诗进行历史评价成为主流，一批或参与或见证现代新诗发展历程的诗人和作家以回忆的方式进行历史重构修正新中国成立以来的某些见解与主张。陈竹隐的《忆佩弦》④、汪静之的《回忆湖畔诗社》⑤、卞之琳的《徐志摩诗重读志感》⑥、塞先艾的《〈晨报诗刊〉的始终》⑦ 等，均从不同侧面，为新诗发展的历史逻辑提供了更多的材料与视点。历史的逻辑中必定包含对起点的认知，重新认识新诗的起点意味着重新评价胡适，诸多学人围绕这一问题不约而同地进行聚焦，《中国新诗的开步——重评胡适的〈尝试集〉和他的诗论》⑧、《评胡适的〈尝

---

① 参看臧克家：《"五四"以来新诗发展的一个轮廓》（代序），《中国新诗选（1919—1949）》，北京：中国青年出版社，1956 年。

② 王光明：《新诗研究的历史化——当代中国新诗史研究》，《文艺争鸣》2015 年第 2 期。

③ 荃麟：《门外谈诗》，《诗刊》1958 年第 4 期。

④ 陈竹隐：《忆佩弦》，《新文学史料》1978 年第 1 期。

⑤ 汪静之：《回忆湖畔诗社》，《诗刊》1979 年第 7 期。

⑥ 卞之琳：《徐志摩诗重读志感》，《诗刊》1979 年第 9 期。

⑦ 塞先艾：《〈晨报诗刊〉的始终》，《新文学史料》1979 年第 3 期。

⑧ 蓝棣之：《中国新诗的开步——重评胡适的〈尝试集〉和他的诗论》，《四川师院学报（社会科学版）》1979 年第 2 期。

试集〉》①、《胡适〈尝试集〉重议》②、《重评胡适〈尝试集〉》③ 等，均不断以重新评价的方式重新构筑新诗的起点问题。随着历史评价的变革，对新诗价值的重新估量也成为一种研究的视点，《年轻的觉醒者的歌唱——〈中国新诗发展史〉之一节》④ 等文章，凸显了这一视角。又譬如臧克家对《中国新诗选（1919—1949）》1979 年 3 月的第三版代序《"五四"以来新诗发展的一个轮廓》的修改，着重体现了对胡适、冰心、闻一多、卞之琳等诗人历史评价的变化⑤，则显著体现了外部学术环境、政治氛围使新诗史表述呈现出的差异化价值取向。从新时期以来新诗研究的变革中可以看到，研究者伴随不同语境做出对历史信息的选择性编织导致的差异性。

　　20 世纪八九十年代，随着对新诗历史的研究趋于内化，对诗人、诗潮、诗体、流派的深入细致考察以及对新诗的文学传统、诗歌语言、中西影响等方面的研究也逐渐成为新诗研究的主要方向。中国现代新诗的历史描述方式得以伸展，一方面，通过对历史事实、细节及其关联性的不断挖掘，诗歌艺术与历史叙述之间不仅互涉，而且相互阐释，新诗研究的空间不断扩张，另一方面，文学研究方法的交互影响，尤其是 20 世纪 90 年代以后中西诗歌研究方法的不断交融深化，新诗的内部研究视角也得以拓展，从审美阐释到语言、文化、影响研究等多角度的形式探索渐成新诗研究的主潮，在这其中，对于历史的描述逐步隐遁，成为潜在的既定事实，取而代之的是对新诗本体的研究。新世纪以来，随着研究的进一步发展，中国现代新诗研究迈进了又一个崭新的阶段，那就是以历史的视角进行对新诗的再考察。从历史视角继而聚焦到教育的角度研究新诗，是本文提出的一个具体问题。

　　从新诗本体出发这一研究思路是破译新诗美学特征、思想特点、文化价值的重要研究方式。在 20 世纪 90 年代以来，这一研究思路一方面矫正了对学术秩序影响甚深的某些外在因素，尤其是意识形态领域对文学研究的强烈干扰，

---

　　① 龚济民：《评胡适的〈尝试集〉》，《辽宁大学学报（哲学与社会科学版）》1979 年第 3 期。

　　② 文振庭：《胡适〈尝试集〉重议》，《江汉论坛》1979 年第 3 期。

　　③ 秦家琪：《重评胡适〈尝试集〉》，《南京师院学报（哲学社会科学版）》1979 年第 3 期。

　　④ 谢冕、孙绍振、刘登翰、孙玉石、殷晋培、洪子诚：《年轻的觉醒者的歌唱——〈中国新诗发展史〉之一节》，《山西大学学报（哲学社会科学版）》1980 年第 1 期。

　　⑤ 可参考袁洪权：《〈中国新诗选（1919—1949）〉的版本、编选与代序修订》，《现代中文学刊》2014 年第 5 期。

另一方面为新诗的艺术发展方式提供了更切实有效的解读范式，从而从文学本身的角度提供了阐释新诗历史的一套由内而外的逻辑。新诗研究的"本体"视角，是新诗研究显著而有效的角度，这种研究方式，构成了 20 世纪 90 年代以来新诗研究最为显著的特点，同时也为新诗研究的进一步深化奠定了基础。孙玉石的《郭沫若浪漫主义新诗本体观探论》①、李怡的《中国现代新诗与古典诗歌传统》②，以及龙泉明、於可训、许霆、陈仲义、曹万生、罗振亚、陈本益、王光明等的不断探索，以形式研究为基本理论，通过对诗本体的不断探索，构建了诗歌艺术形态的发展历程及其文化特性。在这一研究的成果基础上，对新诗重新进行社会历史文化层面的研究，其结果就不是空洞抽象的。新诗的形式研究（或者说内部研究、本体研究）为我们重新进入新诗发展的外部社会文化空间打开了崭新的入口。"外在的社会文化概念只有经过了诗这一特定艺术形式的接纳、融解和重新编制以后才是有意义的，也才有研究的必要"③。从某些角度来看，当诗歌成为纯粹的语言与形式问题，"现实也被疏离，语言就成了陶醉于审美光芒的纯粹审美感觉中"④，这种理解的装置，将必然削弱诗歌这种文学样态丰富的蕴含，这也是本文之所以提出借助"教育"这一历史化视角重新审视新诗发展的基本动机。

以诗歌文本为基础、在古今中外诗歌文化碰撞的背景之中，强调对新诗的思潮和流派的发展阶段和整合过程的揭示，以系统的方式解释新诗发展的形式与观念历程，说明风格、立场、追求和个人体验与时代精神之关系，是诗歌本体研究的历史叙述方式，在这种叙述过程中，诗潮与流派本身蕴含的诗歌艺术发展的逻辑构成了一种历史叙述的动态逻辑锁链，诗潮与流派间相互关联并递进发展，在诗歌艺术上不断地"矫正"，开拓新诗发展的历史路径，观念和技巧在取舍、补充、融合、变化之中，产生一种并存与嬗变。这种描述框架为新诗研究拨开了既定观念造就的迷雾，还之于明晰的诗歌"本身"的逻辑，可以说是研究视野的一种自觉。

倘若这种研究的主潮可以看作是以内部逻辑构成的从新诗本体出发构建的历史描述的话，那么在本文的研究中，倡导的是一种借助社会历史的具体情态

---

① 孙玉石：《郭沫若浪漫主义新诗本体观探论》，《北京大学学报（哲学社会科学版）》1993 年第 4 期。

② 李怡：《中国现代新诗与古典诗歌传统》，重庆：西南师范大学出版社，1994 年。

③ 李怡：《中国现代新诗与古典诗歌传统》（增订三版），北京：中国人民大学出版社，2014 年，第 6 页。

④ 参看马大康：《诗性语言研究》，北京：中国社会科学出版社，2005 年，第 20 页。

的展开，对现阶段研究进行持续发掘的探索，以重新激活新诗本体研究以来相关"结论"，在具体历史情态中复杂嬗变的现实逻辑。在这一基础上，对新诗进行"再历史化"的研究，有其空间和可能。伴随新诗本体研究的不断演进，诸多理论问题得以明晰，新诗发展的内部逻辑不断被揭示，由此不断激起我们兴趣的，是对中国现代新诗研究历史视野的重新召唤。这一视角的召唤的重点并不体现在为现有的新诗研究及历史描述延展枝蔓、旁征博引，添加历史的细节或材料，正如有论者提出，新诗研究的再历史化，"目的不只在于为既定的文学史叙述增添更多的细节，或抽象地唤起什么'历史的同情'"，而在于"在具体的历史状况中，重新审视以往的结论，整合出一种清新的视野，形成有效的历史穿透力"①。换言之，正是有了本体研究对新诗艺术探索的持续深化，才有可能探索新诗史叙述的社会历史视野，这一视野也有可能将"本体"研究中的诸多认识加以深化与更新。本文选取了教育的视角对新诗发展历史进行重新审视。

　　1904 年《奏定学堂章程》规划了现代语文教育的基本体系；1906 年语文学科被冠之以"国文科"的名目，语文课程在革新中仍保留传统"经史之学"的根基，在清末"诗界革命""小说界革命"的影响下加入了平易通俗的实用性内容，世俗化、日常化的教育是其显著的特征。这一教育制度的变革是以开启民智为基本诉求的，一定程度上剥离了文学教育与传统的政治制度需求之间的关联。康有为、梁启超等"言文一致"的倡导和新小说、戏剧、诗歌为代表的新文体的出现，与传统诗文出现的差异化阅读感受更加开辟了文学教育的新空间。《奏定初等小学堂章程》规定，"使识日用常见之字，解日用浅近之文理，……并当使之以俗语叙事，及日用简短书信，以开他日自己作文之先路"②，为个人表达创设了空间。刘师培、林传甲、黄人等进行教科书和文学史的撰写，也在实际操作层面为清末教育提供了诸多新的思考方向。这些章程，都规定了诗教的任务和目标，其目的仍旧是古典意义的，在于"有合于古人诗言志、律和声之旨"③。新文化运动和国语统一运动的河流所标志的知识分子"言文一致"的诉求，在教育领域居然落到了"诗"的身上，自此，诗

---

①　姜涛：《开放"本体"与研究视野的重构——以"〈星期评论〉之群"为讨论个案》，《北京大学学报（哲学社会科学版）》2008 年第 4 期。

②　《奏订初等小学章程》，璩鑫圭、唐良炎：《中国近代教育史资料汇编：学制演变》，上海：上海教育出版社，1991 年，第 205 页。

③　转引自《20 世纪中国中小学课程标准·教学大纲汇编·语文卷》，课程教材研究所编，北京：人民教育出版社，2001 年，第 7 页。

和教再次和合，却摩擦出了新的火花。

在分析"教育"理想与新诗的契机时，本文着重说明"诗"和"教"再度合一为新诗和新教育各自开辟的空间。纲领性诗歌文献《谈新诗——八年来一件大事》与教育的合作，使得"新诗"及新诗教育为新文化运动的启蒙思想从形态的变革到观念的落实做出了贡献。聚焦于新诗与新文学教育的相互拓展，目的在说明新诗扩大了白话文教材乃至整个新文化运动在教育领域的影响力。从形式模仿到精神继承，新诗对不同的学习者提供的不仅是白话文语言样本，更是诗歌精神的样本。以小诗为例，探讨校园情境、诗坛、学术研究构成的互动情境何以影响新诗的发展，通过同一作品的不同讲授，探讨课堂讲述与新诗探索的深化。教育情境中诗歌艺术与理论的发展可以通过聚焦校园诗人群体的创作与批评得以管窥。本文选择的浙江一师的诗人群体说明诗歌教育中代际的沟通的重要性，教育为现代解诗学在学术层面的展开，提供了动力。新诗史中蕴含的不同历史逻辑则体现了新诗从创立到发展阶段展开的开放空间。本文试图探索诗歌教育意义上的"新"与"旧"，新旧话语作为五四以来不断呈现的文化问题持续影响着中国文化的格局和语言方式，在诗歌教育中体现为三种倾向，一种是因时而变的灵活自由格局，一种是紧张对峙的对抗性格局，一种是对立沟通的圆融式格局，这三种格局的展开，皆对诗歌文化的不断塑形和持续探索起了积极推动作用。

20 世纪是一个中外文化相互交融、冲击并探索中国现代文明建构可能的时代，前辈文人不断在文学创作的形式与内容、政治立场的个人与社会、文化资源的民间与经典之中选择与扬弃。在这个过程中，不断地发掘新资源以确证文化的合法性、探索文化的主体性，成为前辈知识分子孜孜以求的事业。从诗歌角度来看，20 世纪二三十年代的诗人们受西方技艺鼓舞，持续开拓中国现代新诗的形式表达技巧，同时，在这政治风云变幻、充斥着战乱、面临深刻的文化、经济和政治危机的历史情形中，在大时代波涛的翻滚中投射自己的个人情感。一个教育的视角不足以改观整体性的诗坛发展，这也催促我们需要不断地开辟新的历史视野和观察角度，去帮助我们探索这个民族近百年来文化发展的隐秘细节和逻辑。

值得注意的是，诗歌教育在 20 世纪二三十年代的中国始终是以一种"未定型"的形态出现的。从初期白话诗的倡导者们一点一滴地试图挣脱所谓的"旧镣铐"的艰难性，到无数诗人、诗论家呕心沥血地从一个停顿、一个音韵地爬梳探索为其寻找赋形的可能性，再到诸多教员、教育家持续摸索以确证这一文体的价值和意义，并试图利用这点发现去启发每一个学生。在这个基础上，我们能感受到新诗这一文体始终召唤我们不断去解释说明，探索其中的奥妙，背后隐含着的都是我们对 20 世纪中国知识分子精神世界关怀的冲动。百年中国新诗发展和传播的历程，也是一部诗歌教育的崭新历史。从初期的试验性文化资源被引入教育机制从而拓宽文学教育的口径，到时至今日已逐步固化为"经典"与"知识"，在这其中如何总结归纳其积极性的文化因子，为当下的语文课程与文科发展乃至人文教育提供历史性的资源和现实性的依据，仍值得深入探究。新诗百年已然形成自身的小传统，这一小传统，是中华诗歌大传统的一支，如何明辨其价值，传播其文化，弘扬其精神，还亟待突破。在本书的写作中，笔者也越发清晰了下一步的学术路径。继续通过诗歌教育文献的收集与整理、新诗相关文本的读解与重估、校园诗歌文化的探索与挖掘、诗歌教育过程的分析与论证，以及当代诗歌教育工作者访谈，进行现象的梳理、学理的探究和问题的讨论，形成更具有学术价值的成果。使用大量教育史、文学史、诗歌史材料来探讨理论问题，避免过度阐释。探索梳理新诗教育的具体文献，从日记、教材、回忆录、刊物、著作等材料中寻找新诗教育与中国 20 世纪诗歌文化形成的关联性，避免以论代史，突破文本中心的阐释框架，开拓新诗研究的新视野。对比诗人学生时代的创作及新诗知识的汲取，与代表性的经典创作之间的关联，从而考察诗歌文本中蕴含的复合性潜在文本谱系；考察新诗教育文献在学术研究维度、教育传播维度和社会影响维度的侧重与嬗变，从而将同一文献在不同领域的功能谱系呈现出来，比较不同诗人作品在教育层面、诗歌史撰写层面、诗歌解析层面的不同阐解，构建本文的阐释谱系。在文献资料引入过程中，突破一些既有的僵化的诗知识，为诗歌的历史性理解注入生机。考察 20 世纪以来具有代表性的中学、大学通识性与专业性诗歌教育课本，在文化差异显著的地区采集活态资料，访问具有代表性的中学与大学新诗从教者，进行实录，对中学、大学课堂的新诗讲授进行必要的访问考察调研，在活态文献的占有基础上，描述新诗教育的历史与现状，再返回历史现场，在比照、总结、分析、判断中，提出建设性意见。这样的畅想，都起步于上述简陋研究的基础。

参考文献

（按照作品发表及图书出版时间先后排序）

专著

[1] 胡怀琛. 尝试集批评与讨论 [M]. 上海：泰东图书局，1921.

[2] 朱麟公. 国语问题讨论集 [M]. 上海：中华书局，1921.

[3] 胡怀琛. 新诗概说 [M]. 上海：商务印书馆，1923.

[4] 草川未雨. 中国新诗坛的昨日今日和明日 [M]. 北京：海音书局，1929.

[5] 新晨报丛书室. 北平各大学的状况 [M]. 北平：新晨报营业部，1929.

[6] 蒋梦麟. 过渡时代之思想与教育 [M]. 上海：商务印书馆，1933.

[7] 曹葆华. 现代诗论 [M]. 上海：商务印书馆，1937.

[8] 李岳南. 语体诗歌史话 [M]. 成都：拔提书店，1945.

[9] 索绪尔. 普通语言学教程 [M]. 北京：商务印书馆，1980.

[10] 叶圣陶. 叶圣陶语文教育论集 [M]. 北京：教育科学出版社，1980.

[11] 徐州师范学院《中国现代作家传略》编辑组. 中国现代作家传略 [M]，成都：四川人民出版社，1981.

[12] 孔另境. 现代作家书简 [M]. 广州：花城出版社，1982.

[13] 李广田. 李广田文集 [M]. 济南：山东文艺出版社，1983.

[14] 程靖宇. 新文学家回想录 [M]. 台北：文海出版有限公司，1983.

［15］苏雪林. 中国二三十年代作家［M］. 台北：纯文学出版社有限公司，1983.

［16］朱自清. 朱自清序跋书评集［M］. 北京：生活·读书·新知三联书店，1983.

［17］柳无忌. 柳无忌散文选——古稀话旧［M］. 北京：中国友谊出版公司，1984.

［18］韦勒克，沃伦. 文学理论［M］. 刘象愚，译. 北京：生活·读书·新知三联书店，1984.

［19］沃尔夫冈·凯塞尔. 语言的艺术作品［M］. 陈铨，译. 上海：上海译文出版社，1984.

［20］郑振铎. 郑振铎古典文学论文集［M］. 上海：上海古籍出版社，1984.

［21］朱自清. 新诗杂话［M］. 北京：生活·读书·新知三联书店，1984.

［22］柳无忌. 西洋文学研究［M］. 北京：中国文联出版公司，1985.

［23］杨匡汉，刘福春. 中国现代诗论［M］. 广州：花城出版社，1985.

［24］易明善. 何其芳研究专集［M］. 成都：四川文艺出版社，1986.

［25］杨振声. 杨振声选集［M］. 北京：人民文学出版社，1987.

［26］吉首大学沈从文研究室编. 长河不尽流——怀念沈从文先生［M］. 长沙：湖南文艺出版社，1989.

［27］茅盾. 茅盾全集：第18卷［M］. 北京：人民文学出版社，1989.

［28］陈能志. 战前十年中国的大学教育（1927—1937）［M］. 台北：台湾商务印书馆，1990.

［29］方敬. 方敬选集［M］. 成都：四川文艺出版社，1991.

［30］璩鑫圭，唐良炎. 中国近代教育史资料汇编：学制演变［M］. 上海：上海教育出版社，1991.

［31］瑞恰慈. 文学批评原理［M］. 杨自伍，译. 南昌：百花洲文艺出版社，1992.

［32］吴福辉. 沙汀传［M］. 北京：北京十月文艺出版社，1992.

［33］叶崇德. 回忆叶公超［M］. 上海：学林出版社，1993.

［34］李怡. 中国现代新诗与古典诗歌传统［M］. 重庆：西南师范大学出版社，1994.

［35］商金林. 朱光潜与中国现代文学［M］. 合肥：安徽教育出版社，

1995．

[36] 沈从文．沈从文自传［M］．南京：江苏文艺出版社，1995．

[37] 苏雪林．苏雪林文集［M］．合肥：安徽文艺出版社，1996．

[38] 王哲甫．中国新文学运动史［M］．上海：上海书店出版社，1996．

[39] 威廉·燕卜荪．朦胧的七种类型［M］．周邦宪，王作虹，邓鹏，译．杭州：中国美术学院出版社，1996．

[40] 杜运燮．西南联大现代诗抄［M］．北京：中国文学出版社，1997．

[41] 费锦昌．中国语文现代化百年记事［M］．北京：语文出版社，1997．

[42] 陈丙莹．卞之琳评传［M］．重庆：重庆出版社，1998．

[43] 陈平原．中国现代学术之建立［M］．北京：北京大学出版社，1998．

[44] 废名．论新诗及其他［M］．沈阳：辽宁教育出版社，1998．

[45] 胡适．胡适文集［M］．北京：北京大学出版社，1998．

[46] 卡勒．论解构［M］．陆扬，译．北京：中国社会科学出版社，1998．

[47] 李健吾．李健吾批评文集［M］．珠海：珠海出版社，1998．

[48] 刘纳．嬗变——辛亥革命时期至五四时期的中国文学［M］．北京：中国社会科学出版社，1998．

[49] 沈从文．文学闲话［M］．成都：四川文艺出版社，1998．

[50] 吴宓．吴宓日记［M］．北京：生活·读书·新知三联书店，1998．

[51] 叶公超．叶公超批评文集［M］．珠海：珠海出版社，1998．

[52] 冯至．冯至全集［M］．石家庄：河北教育出版社，1999．

[53] 伽达默尔．真理与方法［M］．洪汉鼎，译．上海：上海译文出版社，1999．

[54] 钱穆．八十忆双亲·师友杂忆［M］．北京：生活·读书·新知三联书店，1999．

[55] 郑国民．从文言文教学到白话文教学［M］．北京：北京师范大学出版社，2000．

[56] 废名．废名文集［M］．北京：东方出版社，2000．

[57] 何其芳．何其芳全集［M］．石家庄：河北人民出版社，2000．

[58] 金以林．近代中国大学研究［M］．北京：中央文献出版社，2000．

[59] 林庚．新诗格律与语言的诗化［M］．北京：经济日报出版社，2000．

[60] 姚丹．西南联大历史情境中的文学活动［M］桂林：广西师范大学

出版社，2000.

［61］胡适. 胡适日记全编［M］. 合肥：安徽教育出版社，2001.

［62］梁实秋. 梁实秋文集［M］. 厦门：鹭江出版社，2002.

［63］沈从文. 沈从文晚年口述［M］. 西安：陕西师范大学出版社，2003.

［64］陈方竞. 多重对话：中国新文学的发生［M］. 北京：人民文学出版社，2003.

［65］郭良夫. 完美人格——朱自清的治学和为人［M］. 北京：清华大学出版社，2003.

［66］王学珍，张万仓. 北京高等教育文献资料选编（1861—1948）［M］. 北京：首都师范大学出版社，2004.

［67］虞坤林. 志摩的信［M］. 上海：学林出版社，2004.

［68］余英时. 方以智晚节考［M］. 增订版. 北京：生活·读书·新知三联书店，2004.

［69］姜涛. "新诗集"与中国新诗的发生［M］. 北京：北京大学出版社，2005.

［70］韩石山. 徐志摩全集［M］. 天津：天津人民出版社，2005.

［71］刘洪涛，杨瑞仁. 沈从文研究资料（上下册）［M］. 天津：天津人民出版社，2006.

［72］张桃洲. 现代汉语的诗性空间——新诗话语研究［M］. 北京：北京大学出版社，2006.

［73］张晓唯. 旧时的大学和学人［M］. 北京：中国工人出版社，2006.

［74］孙玉石. 中国现代解诗学的理论与实践［M］. 北京：北京大学出版社，2007.

［75］洪宗礼，等. 母语教材研究［M］. 南京：江苏教育出版社，2007.

［76］李方. 穆旦诗文集［M］. 北京：人民文学出版社，2007.

［77］杨四平. 中国新诗理论批评史论［M］. 合肥：安徽教育出版社，2008.

［78］废名，朱英诞. 新诗讲稿［M］. 北京：北京大学出版社，2008.

［79］顾彬. 20世纪中国文学史［M］. 范劲，等译. 上海：华东师范大学出版社，2008.

［80］老舍. 老舍全集［M］. 上海：文汇出版社，2008.

［81］钱谷融. 闲斋忆旧［M］. 上海：上海人民出版社，2008.

［82］李怡. 日本体验与中国现代文学的发生［M］. 北京：北京大学出版社，2009.

［83］赵景深，等. 现代文人剪影［M］. 武汉：湖北人民出版社，2009.

［84］张传敏. 民国时期的大学新文学课程研究［M］. 北京：人民出版社，2010.

［85］顾随讲，叶嘉莹. 顾随诗词讲记［M］. 北京：中国人民大学出版社，2010.

［86］曹聚仁. 我与我的世界·浮过了生命海［M］. 北京：生活·读书·新知三联书店，2011.

［87］顾随讲，叶嘉莹，等. 中国古典诗词感发［M］. 北京：北京大学出版社，2012.

［88］刘福春. 中国新诗编年史［M］. 北京：人民文学出版社，2013.

［89］姜涛. 公寓里的塔：1920 年代中国的文学与青年［M］. 北京：北京大学出版社，2015.

期刊论文

［1］邵荃麟. 门外谈诗［J］. 诗刊，1958（4）.

［2］陈竹隐. 忆佩弦［J］. 新文学史料，1978（1）.

［3］蓝棣之. 中国新诗的开步——重评胡适的《尝试集》和他的诗论［J］. 四川师院学报（社会科学版），1979（2）.

［4］龚济民. 评胡适的《尝试集》［J］. 辽宁大学学报（哲学与社会科学版），1979（3）.

［5］秦家琪. 重评胡适《尝试集》［J］. 南京师院学报（哲学社会科学版），1979（3）.

［6］汪静之. 回忆湖畔诗社［J］. 诗刊. 1979（7）.

［7］文振庭. 胡适《尝试集》重议［J］. 江汉论坛，1979（3）.

［8］谢冕，等. 年轻的觉醒者的歌唱——《中国新诗发展史》之一节［J］. 山西大学学报（哲学社会科学版），1980（1）.

［9］张鸿来. 国文科教学之经过［J］. 中国近代学制史料（第三辑上册）. 上海：华东师范大学出版社，1990.

［10］孙玉石. 郭沫若浪漫主义新诗本体观探论［J］. 北京大学学报（哲学社会科学），1993（4）.

［11］李怡．论中国现代新诗艺术自觉的传统渊源［J］．文艺研究，1994（5）．

［12］孙玉石．十五年来新诗研究的回顾与瞻望［J］．中国现代文学研究丛刊，1995（1）．

［13］陈旭光．论初期白话诗的寓言形态及其文化象征意义［J］．中国文化研究，1997（2）．

［14］李怡．论"学衡派"与五四新文学运动［J］．中国社会科学，1998（6）．

［15］刘纳．社团、势力及其他——从一个角度介入五四文学史［J］．中国现代文学研究丛刊，1999（3）．

［16］王风．文学革命与国语运动的关系［J］．中国现代文学研究丛刊，2001（3）．

［17］陈平原．"文学"如何"教育"［N］．文汇报，2002－2－23．

［18］张林杰．三十年代都市文化市场中的新诗境遇［J］．天津师范大学学报（社会科学版），2003（2）．

［19］温儒敏．作为文学史写作资源的"作家论"——"现当代文学学科史研究随笔之一"［J］．北京大学学报（哲学社会科学版），2005（2）．

［20］姜涛．20世纪30年代的大学课堂与新诗的历史讲述［J］．学术月刊，2007（1）．

［21］姜涛．开放"本体"与研究视野的重构——以"《星期评论》之群"为讨论个案［J］．北京大学学报（哲学社会科学版），2008（4）．

［22］伍明春．论早期新诗在中学的传播［J］．山西师大学报（哲学社会科学版），2009（5）．

［23］沈卫威．"国语统一"、"文学革命"合流与中文系课程建制的确立［J］．中山大学学报（社会科学版），2011（3）．

［24］施祖辉．卞之琳的童年［J］．中国现代文学研究丛刊，2011（3）．

［25］龙扬志．新诗史的书写与差异［J］．海南大学学报（人文社科版），2012（1）．

［26］沈卫威．新发现《国立东南大学南京高师日刊》·诗学研究号一［J］．中国现代文学研究丛刊，2013（3）．

［27］陈卫，陈茜．第一代学院新诗批评者：沈从文与苏雪林比较［J］．武汉大学学报（人文科学版），2014（1）．

［28］袁洪权.《中国新诗选（1919—1949）》的版本、编选与代序修订［J］．

现代中文学刊，2014（5）.

　　［29］李怡，李俊杰. 体验的诗学与学术的道路——李怡教授访谈［J］. 学术月刊，2015（2）.

　　［30］王光明. 新诗研究的历史化——当代中国新诗史研究［J］. 文艺争鸣，2015（2）.

学位论文

　　［1］季剑清. 大学视野中的新文学——1930 年代北平的大学教育与文学生产［D］，北京大学，2007.

　　［2］林喜杰. 群体性解读与想象——新诗教育研究［D］. 首都师范大学，2007.

　　［3］吴小鸥. 清末民初教科书的启蒙诉求［D］. 湖南师范大学，2009.

　　［4］刘绪才. 1920—1937：中学国文教育中的新文学［D］. 南开大学，2013.

教材、讲义等普通图书

　　［1］单级修身教科书（初等小学·甲编）　［M］. 上海：商务印书馆，1913.

　　［2］朱毓魁. 国语文类选［M］. 上海：中华书局，1920.

　　［3］洪北平，等. 中等学校用白话文范［M］. 上海：商务印书馆，1920.

　　［4］何仲英. 中等学校用白话文范参考书［M］. 上海：商务印书馆，1920.

　　［5］范祥善，等. 新法国文教科书［M］. 上海：商务印书馆，1921.

　　［6］孙俍工，沈仲九. 初级中学国语文读本一编［M］. 上海：民智书局，1922.

　　［7］孙俍工. 初级中学国语文读本二编［M］上海：民智书局，1922.

　　［8］凌独见. 新著国语文学史［M］. 上海：商务印书馆，1923.

　　［9］顾颉刚，叶绍钧，等. 新学制初中国语教科书［M］. 上海：商务印书馆，1923.

　　［10］吴研因，范祥善，周予同. 新学制国语教科书［M］. 上海：商务印书馆，1923.

［11］沈星一，黎锦熙．初级国语读本［M］．上海：中华书局，1924．

［12］庄适．现代初中教科书国文［M］．上海：商务印书馆，1924．

［13］新学制高级国文课本［M］．上海：世界书局，1925．

［14］新时代国语教科书［M］．上海：商务印书馆，1927．

［15］北京孔德学校．初中国文选读［M］．1926．

［16］穆济波．高级国语读本［M］．上海：中华书局，1926．

［17］江恒源．新学制高级中学教科书国文读本［M］．上海：商务印书馆，1927．

［18］朱剑芒．初中国文［M］．上海：世界书局，1928．

［19］朱剑芒．高中国文［M］上海：．世界书局，1928．

［20］教育部审定．基本教科书国语［M］．上海：商务印书馆，1931．

［21］傅东华，陈望道．基本教科书国文初中用书［M］．上海：商务印书馆，1931．

［22］孙俍工．高级中学用国文教科书［M］．上海：神州国光社，1932．

［23］孙俍工．初级中学用国文教科书［M］．上海：神州国光社，1932．

［24］孙俍工．中学国文特种读本［M］．南京国立编译馆，1933．

［25］傅东华．复兴初级中学教科书国文［M］．上海：商务印书馆，1933．

［26］叶楚伧．初中教科书国文［M］．南京：正中书局，1934．

［27］叶楚伧．初级中学国文［M］．南京：正中书局，1934．

［28］黎锦熙，王恩华．中等学校国文选本书目提要［M］．北京：北平国立师范大学文学院，1937．

［29］教育总署编审会．初中国文［M］．北平：新民印书馆，1941．

［30］叶圣陶．开明国文讲义［M］．上海：开明书店，1944．

［31］方阜云，等．初中国文甲编［M］．南京：国立编译馆，1945 年

［32］叶圣陶，等．开明新编国文读本甲种［M］．上海：开明书店，1946．

［33］朱自清，吕叔湘，叶圣陶．开明新编高级国文读本［M］．上海：开明书店，1948．

［34］胡适．五十年来中国之文学［M］．上海：申报馆，1924．

［35］孙俍工．新诗作法讲义［M］．上海：商务印书馆，1925．

［36］刘大白．旧诗新话［M］．上海：开明书店，1928．

［37］陈子展．中国近代文学之变迁（上海群治大学讲义）［M］．上海：

南国艺术学院，1928.

［38］江恒源. 中国诗学大纲［M］. 上海：大东书局，1928 年

［39］草川未雨（张秀中）. 中国新诗坛的昨日今日和明日［M］. 北平：海音书局，1929.

［40］胡怀琛. 诗歌学 ABC［M］. 上海：世界书局，1929.

［41］傅东华. 诗歌原理 ABC［M］. 上海：世界书局，1929.

［42］卢冀野讲，柳升祺，等记. 近代中国文学讲话（光华大学讲课记录）［M］. 上海：会文堂新记书局，1930.

［43］周作人讲校，沈恭三记录. 中国新文学源流［M］. 北平：人文书店，1934.

［44］钱基博. 现代中国文学史. 上海：世界书局，1933.

［45］荻原朔太郎. 诗底原理［M］. 孙俍工，译. 上海：中华书局，1933.

［46］陆侃如，冯沅君. 中国诗史［M］. 上海：大江书铺／商务印书馆，1931—1939.

［47］胡怀琛. 诗学讨论集［M］. 上海：新文化书社，1934.

［48］光华编辑部. 文艺创作讲座［M］. 上海：大光书局，1935.

［49］范烟桥. 作诗门径［M］. 上海：中央书店，1935.

［50］胡云翼. 我们的文艺. 南京：正中书局，1936.

［51］霍衣仙. 最近二十年中国文学史纲［M］. 广州：北新书局，1936.

［52］徐芳. 中国新诗史［M］. 台北：秀威资讯科技股份有限公司，2006.

| 后 记 |

　　2016 年北京的春天格外美丽，天气晴朗，少有雾霾，师大校园里的鲜花和绿树，更是生机勃发。尽管论文工作已经告一段落，我还是流连校园中，享受这最后的学生生活。

　　在读大学期间，大概是 2005 年前后，我突然对诗歌阅读产生了兴趣，和同学分享读诗的感受成了件最快乐的事情。本科毕业论文中，我讨论了海子包含文化人物形象的诗歌创作，在论文中我写了一句"理论只能改变理论，生命才能改变生命"，我当时坚信的是文学能改变人的一生。选择继续考学后，2008 年我调剂到四川师范大学读研究生，做毕业论文时，又选择做《中国当代地下诗歌形式研究》这个题目，当时的目的很简单也很明确，去触摸那些难能可贵的诗的"自由"，以及更难能可贵的精神的自由。在 2013 年，我很荣幸地进入北京师范大学，跟随李怡老师读博，在选择毕业论文时，很自然地又选择做了一个和新诗的历史发展有关的题目，就是本文，引发我的兴趣的不仅是关于新诗的历史追问，同时也是向自己提问：诗歌教育怎么塑造了今天的我。这些粗糙简陋的思考，就是真实的我。今天看来，自己读读诗歌，便度过了十多年的时光，是多么幸运啊。

　　这十年里，我从南京迁往成都又来到北京，从学生时代到步入教师行列到再次回归学生生活，也从一个"文艺青年"，到成家立业。多亏了家人的支持，师友的帮助，能以这样的方式走过自己的青春。

　　在博士求学阶段，导师李怡先生的言传身教，不仅从学术上滋养了我，更是从人生态度上影响着我。同门间的深厚情谊，也构成了我学习和生活中不可或缺的一部分。正是师友们的真挚和热忱，才使我的博士学习阶段充满了收获。

　　感谢李怡老师和康老师，那些无微不至的关怀，我将铭记。感谢我的同学刘嘉，我们从本科时便一起出入南京的书店，读硕士时在成都狮山相会，又分别进入北京师范大学和南京大学读博士，在共同前行中我收获了很大的鼓舞。感谢师兄李哲在学术和生活上的真诚交流和无私帮助，使我感到温暖。感谢谢君兰、罗维斯两位师姐时常发来各种信息，给我提点。感谢孙伟兄真挚的友谊和帮助，感谢妥佳宁的真知灼见启发我的思考，感谢赵静、肖志成、朱元军等同门在各个方面给予我帮助，感谢西川论坛的各位师友的关爱。

感谢我的硕士生导师曹万生先生，曹老师时刻记挂我的学业和生活，惠我良多。感谢万光治、齐宏伟、段从学、欧震等老师课堂内外的交流。

同时，还要感谢北京师范大学文学院的刘勇、邹红、沈庆利、钱振纲等老师课堂上精彩的讲授给予我的学术滋养，并为论文提出了宝贵的意见。

谢谢我的父亲李兆顺、母亲王粉英、妻子黄代柯、儿子李牧达，是你们让我意识到了自己存在的意义。我爱你们。

这篇论文仍待完善，读诗、思考和分享自己的感受，或许是一生的事。

2016 年春于北京师范大学

| 补 记 |

　　这本《诗歌教育与中国现代新诗的发展》在我的博士论文基础上不断增加内容、拓展思路而成。在这期间，我完成了从一个学生，向一个教师的过渡。我曾在课堂上听到过很多老师讲述新诗，现在也努力地把自己学到的看到的想到的关于新诗的点点滴滴，教给我的学生，在这个过程中，越发感受到自己这本小书的浅陋和单薄。不过，这又何妨，中国现代新诗的起点何其简陋，却孕育出百年辉煌。

　　2017 年，恩师曹万生先生不幸离世，我与他最后的交流在微信上，谈的是他最后一篇发表于报刊上的谈张枣的《镜中》的文字。他叮嘱我，珍惜自己感受的独特性，当时我们都不知道曹老师身患疾病。一个多月后，得知曹老师离世的消息，我们都非常惊愕和痛苦。在以后的日子里，继续诗歌教学和研究，应该是对曹老师最真挚的缅怀。我和曹老师最初的交往，因为读了他的《现代派诗学与中西诗学》与他交流，最后的交谈，还是交换彼此读诗的感受，感恩曹老师给予我的滋养。

　　李怡老师给我的关爱极多。他鞭策我，鼓励我，同时也帮助我，没有李怡老师的关心，疏懒的我不会有出书的可能。我并不是一个善于写出自己所思所想的人，相较于学术表达，我更喜欢沉浸在阅读和缅想之中，更倾向于与身边的师友和学生分享一点一滴小小的发现，偏执于自己所谓的那种"散淡"的消极心态。希望能以本书为契机，唤醒我对科研的热忱，不至于辜负师友们对我的厚爱。

　　在读博期间，李怡老师邀请了日本的岩佐昌暲教授和欧洲的冯铁教授等多位国际知名学者到北京师范大学做讲座，本书中有一些内容和他们的授课直接有关联。岩佐教授将他毕生的藏书捐献给了四川大学中国诗歌研究院，令人感动不已，我想，这也是一种别样的"教育"吧。

花城出版社张瑛老师的辛勤工作，促成了这本书的出版，在这里我向她致敬、致谢！

感谢温暖我旅程的每一首诗，每一个人！

李俊杰

2018 年 11 月于杭州